新兵生活教練

吳佳駿 著

目錄

【推薦序】柏拉圖的洞穴——給愛麗絲・加樂　蘇偉貞　005
新兵生活教練　013
親愛的陳加樂　173

【推薦序】

柏拉圖的洞穴

——給愛麗絲．加樂

蘇偉貞

一天，悶悶的愛麗絲和姊姊坐在河畔。忽見一隻裝扮整齊的白兔，手握懷錶，自言自語，行色匆匆過去。好奇的愛麗絲跟隨兔子不意掉進了巨大深淵洞穴，她在奇怪的大廳落地，周邊環繞大大小小的門，所有的門都上了鎖。愛麗絲不禁大哭，哭到整個大廳全是淚水。她且行且遊走在自己的淚水裡。

——《愛麗絲夢遊仙境》

「祝你平安。」加樂站起來。

「很高興認識妳。」財佑說。加樂看著他笑了一下。「你真好玩。」轉身往人群外移動。

財佑只看到背影，她沒有回頭，手舉高搖動。財佑低頭注視著掌心裡的香包。在閃閃的陽光中，微微有水漬的反射。他抬起頭，加樂已經不知道消失在哪了。

——〈新兵生活教練〉

就是啊，因為妳，我以後可能無法記住，這個世界比妳還要好的人類長怎樣。
強風在眼球裡閃著光，小珠狀的影子從她的前髮沿著青春痘，在臉頰的邊境滑落，
好像又把她帶離我遠一點　世界是潮溼悶熱的。
妳是夜裡那惱人又揮之不去的該死蚊子，而我，是人類忘記丟掉的腐臭。

——〈親愛的陳加樂〉

是兔子洞啊！中學和新訓中心。

〈親愛的陳加樂〉作為〈新兵生活教練〉的前文本，一體告訴了我們：成長是多麼危險的事，一題沒有確定答案的算式，而更危險，是這體系裡沒有真正的大人。幸運的話，你偶爾會遇見偽裝的大人：〈新兵生活教練〉的老大和〈親愛的陳加樂〉的加樂媽媽。

僅僅這麼倆人，已是「這個城市很少大人」的所有隱喻。城市，高雄。老大白天抽著菸海邊地籠魚網魚叉補魚，晚上抽著菸在靠海的小村開一間「味覺上的錯覺與詐騙的隱喻」火鍋店，酒店姊姊們續攤據點。這樣的老大是濱海小鎮唯二考上重點高中、大學的財佑、譽靜身邊僅有的大人，能理解財佑「是個說謊成性的人」，又同意他是「可以說出這個世界真實的樣貌的人」，近似蘇珊·桑塔格〈在柏拉圖的洞穴〉幻影與真實比擬啊！此說與老大背景有落差，但當成是大人生活的體悟也解釋得過去，然後他對財佑說：「接

下來，就看你怎麼做而已。」怎麼做呢？朝向真實還是繼續說謊成性？在財佑，他想到《日夜流淌的寂寞》日本片，日文念 hi ru mo yo ru mo，直譯中文：白天也是晚上也是，同梯小混混單兵台語直釋：「日嘛是暝嘛是」，順口多了。影片旁白定格在：「你看到什麼？」「我到底該何去何從？」於是，財佑蒸發記憶，什麼也沒做。

可以這麼說，〈新兵生活教練〉看似軍中題材，寫了一個財佑出逃象牙塔研究所入伍徵召陸軍第六百八十七梯次役男故事，全篇集中單兵基本戰鬥教練，從「攻擊發起前準備」到實彈射擊鑑測。每一關都有教戰守則，所謂報告詞。熟背，鍵入記憶，實兵演練就有所本。多好的配備，真的嗎？偏偏財佑這時看見了白兔8+9妹加樂，他的兔子洞：

「你知道嗎？」加樂靠到財佑耳朵旁邊。

「什麼？」很小聲很小聲，好像全世界都是敵人一樣。所有看到的東西都是謊言。

絕對不能讓任何人發現，唯一能相信的真實只有自己。

「吸盤魔偶，很會吸喔。」

從生下來，兩個人就注定要在這很大的世界裡不斷地逃亡一樣。

柏拉圖的洞穴是個逃亡路徑。

如果說〈新兵生活教練〉角色分兩掛，大學生財佑、譽靜一掛；非大學生加樂、勁輝、茂沅、侑嘉一掛。〈親愛的陳加樂〉裡帶我們回到加樂國中場，勁輝、茂沅、侑嘉一掛，轉學生第一名楊潔黎一掛，又轉走的潔黎在這裡是未來的隱形大學生，加樂揮之不去的該死蚊子。

〈親愛的陳加樂〉的大人加樂媽媽是什麼款呢？不裝傻、學校訓育副組長、旅展找前往巨大世界的方式，然後在夜裡監視器裡「直接走上高速公路，走到車來車往的車道上，站定。」這樣的媽媽，「下不了決心，讓我當一個像她一樣的人」，什麼樣的人？戴著無形口罩的人？可能吧？但隨著潔黎轉學消失，（我討厭她數學很好……我討厭她什麼都沒解釋就消失了、我討厭她很多很多事情。我討厭她。）一直堅持在今天的加樂，「隔天醒來我就知道，我成功到達明天了。」在那之前，即使時時被數學和（隱喻的）蚊子攻擊，她還有動力，不斷在今天起立，陪著楊潔黎一起卡在新接龍10692關口。潔黎的消失就像從一起出發的成長遊戲中途偷跑，加速愛麗絲・加樂掉進學校偽裝的黑洞，學校邊廢棄工地是入口，裡頭有架被遺留下來「哪裡都去不了」的怪手，加樂就地成了大哥的女人、8+9妹、歡場姊姊……所以這世界的運作如費氏數列，1、1、2、3、5、8、13、21、34、55、89、144、233……存有的相加，如此有序。對照組是楊潔黎的接龍10692及加樂今天的體重：四四・五、四七・三、四五・二、四五・一、四四・九、四六・二、四五・三……，無序。這真的好讓人悲哀。在無序的世界裡逃亡，把潔黎的英文名字JELLY刺在脖子後，靠近頭髮的地方（每天經過楊潔黎的時候，我都會聞一下她今天頭髮的味道，那好讓我安心）。數字，人名，都是未被解題的存在。

終於，終於，來到故事定格前，我們的愛麗絲・加樂甩掉費氏數列，歸零，駐足南港中研院旁，每個今天單純的在租屋附近全家胡適門市打工，她曾遇過一個男孩（財佑？）在那裡做研究，「他說話的樣子和我想像中楊潔黎長大的樣子很像。」什麼樣子呢？「高中就是，……可能會想一下啊如果自己沒有變成自己想要的樣子的話，會是什麼樣子。」

加樂可以說是近年最打動我的女孩角色，她站在謊言和真實的邊界，不斷練習如何像潔黎：「拜託，這今天耶，全世界沒有人比我更懂今天好不好。」即使店長、買咖啡弟弟直接間接搭訕，即使周圍全是不認識的新生事物，即使「生活中漸漸找不太到回家的隱喻」，她對世界仍充滿了善意。好吧，讓我們向定格畫面推進，為了參加國中好友婚禮，加樂重回高雄，站在深夜的學校，一次建築物倒塌全校緊急疏散畫面重現，那天，她「一個人往反方向跑去，大家都叫不住」，她一個人的記憶，可能有另一個人記得這件事，她得問問，歸零給了她逆返的機會，她找到缺口，一躍而下。而這次，正好跳進媽媽帶她去的旅展時間，楊潔黎在台上，台下都大人：

「妳遲到好久。」

「對不起。」我爬上台。

她嘻嘻的笑著。

「迷路了嗎？」

「不是。」

加樂趁機牽起楊潔黎的手。那一天，十二月冬，她國三。

讀到這裡，心臟某個部位就像65K2步槍後座力撞擊，好痛好痛。我討厭陳加樂。

對於這個集體算術很糟的世代，（財佑開始懷疑，是不是全場只有他發現算式有錯。但某次……隔壁連一位弟兄舉手說八乘六不是二十四。）對正確答案的意識是很薄弱的，要不一起錯，要不放棄，或者繼續找答案，這種成長模式自身已是最終喻體。（童偉格語）我因此想到燕娜・泰勒《惡童》裡，小城一群和加樂同齡孩子，為了追求答案，一步步展開趨向死亡的費氏演算。一切起於皮爾・安東認為萬事無意義，並毅然離開了學校，留下的同學希望「向皮爾・安東證明，的確是有什麼是有意義的」收集對自身有意義之事物放進小城（好巧的）廢置鋸木廠，他們買了個掛鎖，密碼毫無懸念的設為皮爾・安東生日502。就此費氏數列運算啟動，第一個交出意義之物者，指定下一名交出何物，越來越殘酷無法控制的意義之堆數列排序：丹尼斯的書、塞巴斯蒂安的魚竿、李察的足球、勞拉的非洲鸚鵡耳環、奧納絲心愛的涼鞋、潔妲的小倉鼠、麥肯的天文望遠鏡、費德烈的丹麥國旗、維納爾的日記、李安娜的領養證明、英格麗的枴杖、享利父親稀有品種眼鏡蛇、奧拉的拳擊手套、愛麗絲兩歲去世弟弟的屍身、麗卡的藍頭髮、胡塞的祈禱氈、漢斯的腳踏車、蘇菲雅的貞操、凱恩的耶穌像十字架、蘿沙愛狗的頭、顏約翰的食指……他們的行動引來報紙電視熱烈報導與肯定，除了皮爾・安東，他否定了意義之堆的意義，那晚，鋸木廠被一把莫明的大火燒毀，安東且喪身火窟。費氏定義，是意義的終極答案？安東：「死亡是如此地輕易，因為死亡本身一點意義也沒有。」而主述者奧納絲：「你不能和意義開玩笑。不是嗎？皮爾・安東。」

所以，要答案，得先問對題目，吳佳駿《新兵生活教練》不斷扣問離開與回到、謊言與真實、背叛與誠實、殘酷與天真、廢棄與重建……藉打靶、算術、文字填空遊戲……給出一個暫時的發現：「生活還有另一個不用追求那唯一答案的玩法：想另一個答案。」這樣的扣問，在吳佳駿，應該只是個開始。

至於對有軍事背景的我，〈新兵生活教練〉不免帶我回到從未過去之「今天」軍校入伍訓練，當年單兵配備卡賓槍，〈新兵生活教練〉財佑，進化到65K2步槍，六條右旋膛線，射擊更精準。

倒是教練守則如是多年幾乎沒變。行軍出操打靶，左線預備右線預備全線預備，照表操作，可打靶成績始終低分掠過，從未掌握準星對準靶心決竅，入伍結束，進了木蘭村正式發給一把卡賓槍，每學期輪換寢室，槍不離人跟著走，周一至周五，不放假的日子，午飯後擦槍，通槍管是重頭戲，望進去，縱軸螺旋膛線，永遠的吸引力，全部軍事生活的隱喻。碰上緊急集合夜行軍全副武裝大背槍，除了前面單兵腳步指引，就是想像螺旋膛線了。四年軍校，最固定的夥伴。所以，畢業下部隊，與其說離開了復興崗，不如說，離開了卡賓槍。我想念我的卡賓槍和單兵訓練歲月。

唯一，很確信，那樣的離開，我就地轉成大人。

新兵生活教練

0

老大在淺灘不遠處的海裡，海水就差不多淹過了膝蓋。不怎麼高，他從水面下拉出綠色的地籠，拿在手上看了看，把它一個個收緊夾在腋下，朝著財佑走過來。走過財佑身旁的時候，他說：「我們換個地方放了，拿這個還有車上有一個到那邊去放。」

他指著和太陽相反的方向，沒有等財佑，自顧自地走上了岸，往車子的方向走。財佑跟在後頭，老大上了車，鑰匙插進了鑰匙孔裡，車子發出機械的女子聲音：請注意。

到了另一個岩灘，老大走下車，從後面拿了兩個地籠起來放到財佑懷裡：「把這兩個地籠，拿去放在這邊。」他從底下挖出白色的油漆空桶和長長的鐵夾，想了一想，從車座底下拿出一根像水行俠會拿的魚叉。還是伸縮的，財佑沒看過這根，不知道他什麼時候弄來的。他把魚叉伸到最長，笑了一笑，好像很滿意。

「前兩天過來的時候沒什麼收穫，所以我昨天也懶了沒來看。今天來早一點，順便買了一把這個。」他握在手掌心轉了一圈：「叉一下，看一下有什麼可以叉的不。」

找了好一陣子，可能是前兩天風剛颳過，水太清了，然後就沒有什麼魚。老大小腿划過水的聲音突然在他身後停止，財佑轉頭過去，恰好看見老大蹲了馬步，眼睛緊盯著斜下方的水。「好像有什麼東西動了一下。」他說。財佑本來想走過去，但想了一下仍舊停在原地。不要讓水有波動。兩秒後，老大用力的往下一叉。

「叉不中。啊，中了中了！」中間他拿起來又往下叉了第二次：「開張囉！桶子桶子。」財佑連忙把岸上的桶子拿過去。

魚的背鰭被小小的掀到，叉子就從那邊淺淺的挑過去。老大平行地將魚甩入了桶子：「叉得不是很深，所以不敢抬起來。」他左看了看右看了看：「死是沒死，不過叉得不是那麼完美。」

「石斑？」財佑問。

「對，石斑。」

「好小。」

「不大，這種。長不大的這種。」老大又欣賞了幾秒自己的石斑，把桶子放在旁邊礁岩的平坦處，沿著石縫往更遠的海裡走去。

尋了大約又一個小時，潮水一直不退下去。老大說算了不玩了，去收地籠吧。他和財佑拿著桶子往前幾天放下地籠的地點走去，裡頭的魚已經不會動了。「要放水養嗎？」財佑問。「不用。叉過的魚就爛掉了。」老大說。他把地籠的一端拉在胸膛，整個網子往自己的身體拉：「有一條石斑。」網子裡的魚掉到了地籠的末端，老大把牠稍微舉高讓財佑看到：「可能有八九兩喔，這樣的石斑魚。」

第一個地籠收完後，老大把那隻魚滑進桶子裡。這隻會動，他把桶口對給財佑看：「跟剛剛叉的那條石斑比，要大了一點。」說著把桶子放進海水過了一回：「放點水養著。」他指著太陽的方向：「去收那邊的，那邊還有兩條地籠。也許地籠都被人家偷走了，昨天我都沒來收，哈哈。」

最後一個地籠的沙灘，老大指著塗鴉在沙子上的痕跡：「看來是今天有遊客過來畫下的，這什麼？手指嗎？又不像。」他用那根只叉了兩下的魚叉末端指著地上：「太陽嗎？不像。應該是想畫個章魚吧。不管了，不猜人家的心。這邊也好多，下去收地籠去。」海浪離這些塗鴉還有一些距離，看來它們還可以存在這裡一些時間。

最後，今天真的來得太早了，水都還沒退下去。必須走進水深及胸的地方把地籠拉回岸邊，老大的衣服都已經溼到肩膀位置了。「收穫不錯。」他說：「本來想拿這個魚叉叉的，不過不管了，地籠搞好了就好了。」他拿著魚叉在頭頂上，全身上下跟著海浪一起律動著。總共有六尾石斑，其中兩尾太小了就直接放了。有一尾雖然只有三兩，不過卡在網中已經死了。「這個不好賣，我們拿回去自己吃。」老大說。

拿去給魚販秤時，好像是三斤八，總共所有的魚。老闆娘不在，是譽靜在顧攤。老大跟譽靜說：「那妳先記著帳，我趕回去。我衣服溼完了。」老大走出店門，譽靜說掰掰，財佑跟譽靜揮手，說掰掰。

「晚上見。」譽靜說。

經過港口的時候，老大直接把車開過草坡往海過去：「哇看日落看日落，先看日落再回家。」他一路開到泥灘前面才停下來，下方遠洋的船似乎忙碌著正要出發。「哇日落，太遠了。」老大心情好像很亢奮：「不過很漂亮喔。要是在大海上開著船看，那就很漂亮了。」他反過身來，爬下平台到了泥灘上一直往海的方向走過去。財佑沒有跟上去，空氣好像有點帶了太多風，只是在後面看著他的背影。

1

菸味撲面。計程車倒車的聲音聽起來有點必叉。是耳朵壞去了。太陽熱他辣的，視線也跟著模糊。男子也似乎被汗水困擾著。這個男的很聒噪。

「把它這樣捲起來啊，」男子說：「然後塞進菸盒就行了。」

男子說著，從盒子裡扣出一捲白色的東西，輕輕旋開頂端的結，倒出了粉狀的物品在掌上。他把手掌往上抬到財佑的鼻子旁。財佑靠近聞了一下後，男子很快地把白粉拍掉，手滑下去在褲子上抹了幾下。

六月，下午除了下雨好像沒有別的選擇。財佑想，就跟開不開冷氣一樣沒有差。看沒有車子經過，兩人一前一後穿越車站前的馬路。

他們走進車站前的廣場，三三兩兩一些年紀相仿的人群慢慢聚集。大部分坐在周圍的階梯上，中間空出的龜裂路面只有那邊有檳榔汁的痕跡。沒有人大聲說話，手上拿著各式各樣早餐，嘴裡叼著菸。

「啊不是說八點集合，怎麼沒看到區公所的人？沒有人來是不是我們就全部不用當兵了？」

男子選了最後幾塊陰影坐下。財佑跟著坐下，看了手錶，離八點還有四分鐘。

「你叫什麼？」一問完財佑就後悔了。男子有些身高，比自己矮了一點。他看著男子翹起來的瀏海，額頭的皺紋裡有幾滴汗偷偷探出頭。感覺得出來，自己的年紀應該比他大。有大人的成熟，大人的厭世，大人的沉默。這樣的男子在這裡隨便一抓就是一大把，在深夜騎著勁戰載著妹仔甩過大順橋，跟自己差不多都對社會沒什麼貢獻。

「李侑嘉。木子李，你咧？」

財佑報上自己的名字。侑嘉這名字很菜市場，從國小到大學認識了不下十個侑嘉。宥家、右佳、又加……。男的女的都有。

「好老派。」

「我爸媽沒讀什麼書，他們直接抄廣告上的。」

「廣告？」男子說，左手拿出打火機，右手把菸盒遞了過來。「你說那個抓漏的？」財佑點點頭，又擺擺手。「嗯，對，那個小發財車上的。」侑嘉自己點了菸，皺起眉頭，大力地吸了一口後用力地吐出很遠一坨煙。財佑以為侑嘉要笑個幾下。通常意會了這個名字之後，大家都會訕笑個幾下。財佑也習慣了，但侑嘉卻說「有這款父母嘛是金甘苦」，再往更遠的地方吐著煙。

三輛機車從車站後的工地繞出來，應該不是工人，只是從後火車站不知名的入口進來抄捷徑的。中柱立好，三男三女，只有兩個人身上揹著大包，剩下四個的應該是送行的。侑嘉指著其中腰最小腿最細的女生，轉過頭來跟財佑說。

「加樂。」說完他揮揮手。女生正在拉襯裙的肩帶，看到侑嘉後也朝這邊揮了揮手。財佑不知道加樂是誰，他已經後悔在吃早餐時回應這個男子的搭話了。事實上，這整個空間的人他都不認識。別的人沒像他那麼尷尬，多少好像都偶遇得到一兩個國中還國小同學，但自己這邊唯一叫得出名字的只有剛剛知道的侑嘉。

「跟你一樣，姓陳。」

那個叫陳加樂的女生幫和自己同輛機車的男子拿下安全帽，把手上的豆漿遞給他，順手從屁股後方的口袋拿出手帕幫他擦了額頭的汗。兩隻手臂細細白白沒有一點贅肉，垂在黑色吊嘎外面遠遠好像就有特別香的味道。汗擦完，很順便地臉就靠上去，兩人擁吻起來。旁邊的情侶也是在類似打情罵俏，但明顯不像加樂他們兩個那麼扎人眼睛。兩旁的視線都集中加樂身上。不知道是不是感覺到異樣的眼光，加樂歪過頭掃了一圈周圍，看到幾個有回應的表情時也舉起手打了招呼。看來這裡認識她的人不少。

但侑嘉已經轉移話題了，他指向後面那一大塊的工地。剛剛那三輛摩托車出現的地方。

「他媽的這個破工程不知道還要弄多久？每次從後面繞都要多一大段去旁邊路橋過來，看到就倒彈。抄近路走工地過來抓到還會罰錢。」侑嘉機關槍似的開罵著。「你會搭火車嗎？」

財佑搖搖頭，他也是第一次看到。鐵路地下化工程。高中雖然在車站附近，但因為沒搭火車上下課，所以一直對這區沒有很熟。捷運蓋好一年內自己就離開這座城市了，緊接著鐵路地下化的工程也如火如荼地展開。沙塵與卡車，接管了這個從前車站附近遊民與外勞的地盤。再回來時，這個地方已經沒有任何自己存在過的痕跡了。

他看著侑嘉抽著菸隨口碎念的側影。集合的時間算早，現在還沒有入梅時期特有的溼熱，但煩悶的形狀已悄悄暈開變成情緒了。手心不知道什麼時候開始出汗。他覺得周圍的陌生吵得更猖狂了。

「幹到底花錢把地下挖空衝三小，搞得像台北一樣人家就會來玩嗎？而且在高雄坐火車衝三小，是不會騎車喔幹。」

侑嘉點上第二根菸，又把菸盒遞過來一次。財佑再表示一次不用，他有點後悔沒帶手帕在身上，只能是把手掌在褲管上抹了幾下。

「我不會騎車其實。」

財佑本來不想說的。但可能是想讓侑嘉安靜，或者擔心再講下去自己的弱點會被這個男子不經意的一一點出來。侑嘉聽到後吸了一口菸，沒有說話的注視著他。

會被笑吧。他心裡想。

「好吧。」

「怎樣？」

「沒有啊，嘛係有袂曉騎車的人。」

財佑眉頭一緊，有點疑惑。這個人也太，不確定怎麼講。好嗎？總之，和自己想像的有點不一樣。好像也不是心思很細膩的反應，所以單純是人善良嗎？財佑有點慚愧。他並不是很想跟這個人來往，從第一眼開始。但他喋喋不休地，不斷和自己講話。但也不是因為這個原因所以擺脫不了他，總覺得，這人好像不怎麼討厭得起來。

這時，幾個身上穿著白色背心的人拿著板子站到階梯前的廣場，滾著紅色的邊。有的寫著小港區區公所，有的是三民區區公所。還有的是寫著某某議員、立法委員辦公室的，手上拎著兩大袋物品。有幾個好像是真的民代，但財佑分不太出來，他們長得跟競選看板上有點像，又很不像。人群開始躁動，穿著背心的人們圍成圓圈交流了兩三句，一個綁著馬尾的中年大媽站出來，手裡拿著大聲公。她站的位置剛好在地板上最大的檳榔汁痕跡上，旁邊的人拉了她的袖子指地上。她發現後往旁邊移了一公尺，拿起手上的大聲公。扳開開關後，馬上便發出刺耳的高頻噪音，所有人下意識用雙手摀住耳朵。她馬上重開一次。

「我們、我們、我們這邊，現在，現在，早上八點整。中華民國陸軍第六百八十七梯次役男，來今天要當新兵的，各位新兵，請到我前面來集合。三民區在我的右手邊，這位戴帽子的大哥，在他前面排成六列。小港區的，小港區的請到我的左手邊。對，我的左手邊。這位戴手套的小姐前面，一樣，來，排成三列。各位役男，確認自己行李，來，身分證都有記得帶嗎？」

侑嘉拿起行李。「我小港的，你呢？」

「三民。」

「好吧，那先 Bye 囉。」

他站起來，把菸盒收回褲子右邊的口袋裡。

「不知道我們當完兵蓋完了沒。」

愣了幾秒，財佑才意識到他是在講旁邊的鐵路地下化工程。還來不及回應，侑嘉就離開了。雖然也是沒有打算回答。他手指逐一去撫摸了掌心一遍，汗出得更厲害了。把自己行李上肩，身分證應該帶了吧。

走進人群，沒有人說話。財佑走到那個代表三民區的大叔前面，已經有幾個人蹲在地上了。財佑跟著隊伍後面，好像還要很久。他決定直接坐下來。看到有人先坐了下來，陸陸續續傳來行李被放下，屁股坐到地上的聲音。立委和市議員辦公室的人這時進到隊伍裡，開始分送印著自家主人頭像的衛生紙。有些是筆，那種自動藍筆或黑筆。「等一下填資料會用到。」上面會寫著辦公室的電話。「在裡面遇到問題就打給我們喔，不要擔心。」後面的人傳了一大把筆給他，財佑沒有拿，原封不動的往前傳。他自己有帶筆他知道。前面的人沒有反應，戴著眼鏡。身形雖然很薄，但袖口那邊隱隱露出一點點刺青。財佑決定不要發出聲音，他拿那一大把筆點了點對方的肩膀。對方眉角突然跳動，轉頭看了財佑，把那一大把筆接走。

有人拿了不知道是什麼東西從斜後方點了肩膀。財佑以為是侑嘉，回頭一看。竟是站著的陳加樂，他感到一陣疑惑。她應該是努力擠過重重人牆過來的，右腳還跨在另一個人行李的另一邊。左手直接伸過來，抓在財佑的肩膀當作支點。伸直的手臂上掛著有花朵圖案的側揹皮包。

財佑挪了挪位置，多出一點空間。加樂說謝謝，把右腳也抬過來。左手鬆開他的肩膀，在旁邊蹲下。加樂肩膀微微起伏喘著氣，白皙的膝蓋底下透出木色系的短褲，大腿的線條一覽無遺。年紀看起來比剛剛遠遠看著還幼了點，白色上衣的第一個扣子不知道是忘了還是故意沒扣，黑色的襯衣若隱若現。「幫我叫一下他。」加樂手指往前。

財佑指了前面戴著眼鏡的男子確認，加樂點點頭。於是他身子往前傾，用手指點了男子的肩膀。男子再次轉身，一臉疑惑。

他看到財佑旁邊的加樂。

「給你。」

加樂拿出一個香包，輕輕甩出漂亮的拋物線到男子的手上。

男子看了香包一眼，舉起來點了頭。加樂咧嘴對著他笑起來。沒有說話，男子又轉了回去。

「他話一向很少。」

「嗯。」

財佑不知道怎麼回應她。

「你是侑嘉的朋友嗎？」

加樂問他。

算是吧。「對。」

「你好，我叫陳加樂。」她伸出右手，財佑連忙跟她握手。

「陳財佑。」

「哈哈，陳財佑。真的嗎？」她把手收回來，看了一眼，往自己短到不行的褲子上擦了幾下。「你手汗好多喔，你在緊張嗎？」無視瞬間羞愧的想找把刀把自己雙手剁下的財佑，加樂打開自己肩上的皮包在裡頭撈。從裡面又拿出一個香包。「來，還有多的，給你。」

「我男朋友跟你們同一梯，他在那裡。他叫茂沅，黃茂沅。那裡。」沒有等他回答，加樂指著在小港三民中間的區域。分不出來是哪一邊。剛剛騎車的男子跟他的同伴面對面蹲著，忙碌地從地上尋找小石頭攻擊對方。

「來吧，拿著，當平安符。我去金獅湖求的，這邊認識的每個人都給一個。」她的腳上穿著帶子上鑲著亮亮東西的夾腳拖，不知是不是水鑽。看起來滿有質感的，令她的腳踝顯得纖細無比。「侑嘉也有。大家都認識，進去不要找茂沅麻煩。來，最後一個。」

「可以嗎？」

「為什麼不行？」

「好吧。」財佑在自己的上衣腹部抹了幾下，用雙手接過香包。「謝謝。」他接到時手拿著舉過頭，再放下。香包上畫了太子爺持劍的樣貌，看起來甚是凶惡。下面還寫著金獅湖保安宮字樣，以及電話。那號碼看起來十分空洞。

「祝你平安。」加樂站起來。

「很高興認識妳。」財佑說。加樂看著他笑了一下。「你真好玩。」轉身往人群外移動。「ByeBye——」

財佑只有看到背影，她沒有回頭，手舉高搖動。財佑低頭注視著掌心裡的香包。在閃閃的陽光中，微微有水漬的反射。他抬起頭，加樂已經不知道消失在哪了。隊伍的邊界是熱氣蒸騰的路面，來送行的人們圍著和慢慢上升的氣溫搏鬥，有人已經撐起傘了。財佑拉住剛好經過，穿著立法委員辦公室背心的男子。

「還有衛生紙嗎？」他問。

*

結果還真的有人沒有帶身分證。

準確來說，是有人沒有身分證。排在前方，同樣拿了加樂香包的男子。整路上他沒有什麼動作跟聲音，偶爾在先剃好的光頭上撓撓。財佑沒有剃。他看網路上說的，有剃沒剃進去理容部的髮婆還是會公式化的擼一刀。所以他沒剃。不想多花錢，也不想太快走在路上被人發現是個光頭。

一路同行，男子和財佑坐在相鄰的位置上。戶政事務所的人員上車，他們從車頭開始。像是車掌驗票一樣，叫大家把徵集令和身分證給他看。財佑用食指跟大拇指把兩樣東西捏在一塊，放在懷裡等人過來。男子毫無動作。戶政事務所的人手上抱著一塊板子，驗過人後便會在紙上頭打勾。慢慢往後移動，到了財佑身邊。「先生，你的身分證謝謝。」他說。因為男子坐在走道側，財佑並沒有先把自己的證件遞過去。

「我沒有。」男子說。

「沒有?沒有，剛剛喊了那麼多次怎麼不說？」

雖然周圍有點小騷動，但戶政事務所的人很明顯沒有要因為這樣而壓下自己情緒。

「剛剛是說沒有帶的。」

「你不就是沒有帶的嗎？」

「不是，我沒有身分證。」

稍遠的地方已有噗哧笑出的聲音。「大哥，他沒辦過的意思啦！」「出監證明應該有啦，身分證沒啦。」「什麼出監，在監啦在監。」像是壓迫很久的氣球突然被鬆開，車廂裡一下子被打開開關。訕笑、口哨聲此起彼落。

「他昨天才知道要當兵啦，大哥你不要那麼凶他。他阿嬤把他徵召令回收了。」

聲音從後面傳出，財佑回頭看。是茂沅，他臉大大的。而且方方的，嘴巴很大鼻子也很明顯。骨架子不小，大約和自己差不了太多。可能比侑嘉矮一點，但更大隻。加上自己應該是這輛車上體型最好的三個人了。手臂很長，線條明顯，感覺應該是平常有在工作的功勞。茂沅笑得很開心，但他旁邊的人卻沒有表情。並不是在發呆，他很專注的看著車廂裡的一舉一動，但卻完全事不關己。嘴角沒有上揚，發現財佑的視線時他也略略調了一下角度反向注視著他。沒有眨眼。一股寒意從財佑心裡竄起，他急忙轉身回來。

是和加樂一起騎車過來，另一輛摩托車上的男生。

從剛剛就沒有離開茂沅半步。那眼神，財佑不知道怎麼說。他不熟悉，但他很知道這樣的神情。是家裡附近小混混群聚在小七外面抽菸時的樣子。幾個月前剛回高雄時，他還不曉得家裡附近的狀況。一次深夜從外頭回來，想要繞去巷子口的便利商店買瓶啤酒睡前喝。明亮的店門口停了一整排的摩托車，或蹲或靠在椅子上的少年們把目光集中到從黑暗裡出現的財佑。手上全部都拿著菸。也不是單只有男生。畫著紅色眼影、假睫毛快壓到瀏海的妹妹，手裡滑著手機的同時也盯著他。整個空間的人都注意到了，現在轉身也很奇怪，財佑只能硬著頭皮走進店裡。結帳後，再頂著大家的眼神穿過機車之間留下的行人通道。最後好像也沒有買啤酒，拿了可樂就出來了。也忘記為什麼。自此，財佑不敢再在晚上走出自己家的門。

他們其實沒有做任何事。看到不認識的人來，原本吵雜的環境瞬間靜音。所有人盯著財佑看，全程沒有眨眼。和茂沅身旁的男子同個樣子。

他不太了解他們。財佑知道，雖然從小生長的環境，說小混混也好，8＋9也好，就沒有在他們家附近少過。但那還是不太真實了一點。他們不會怕警察，但也不會讓人感覺猖狂。人數總是很多，也沒看過他們打架，只是在晚上會騎著很吵的車子從路上呼嘯而過。國中時班上幾個大哥，開始慢慢一點一點出現那樣子的氣質。去染頭髮、燙捲或燙玉米鬚、穿耳朵。在班上的時間開始比在訓導處的時間少、路上遇到都跟穿著高中制服的哥哥或姊姊走在一起、有些人還沒畢業就消失了。財佑上高中後，是這個地區最好的高中。

穿著制服走在附近，那些混混好像自然地就會和他保持一段距離。

會驕傲嗎？財佑其實不知道，他是感到有點彆扭。並不會覺得特別，或者害怕。那就是不同的人而已，財佑覺得。他不懂8＋9的很多東西，他們一直聚在那裡要幹嘛？他們不讀書的話到底時間都花在什麼上面？為什麼他們的打扮那麼不俐落？男的女的都是。褲子很大，從後面看屁股往往會露出來。女生的妝很濃，聲音很嗲而且二十根指甲上一定有顏色或圖案。他不太能抓到那種所謂很辣的美感。穿得少是真的。但通常不是腰身和大腿豐滿到皮膚上有皺紋，就是瘦到兩頰空洞，下巴好像快要掉下來。

車上氣氛已經緩和不少，發呆的發呆談天的談天。大家注意力已經離開財佑身邊沒有身分證的男子了。戶政事務所的人員正走到月台打電話，似乎在詢問這個狀況應該怎麼辦。財佑注意到，在建築物和建築物之間，勉強可以看到天空的縫隙裡，太陽已悄悄被烏雲遮住。

加樂也是那個樣子嗎？

財佑突然疑惑。

加樂。她手指指甲上也擦了指甲油。好像是石榴色的。她也是瘦的，可是不是那種像竹竿，前面後面都沒特別起伏的。她腿的肉感覺很健康。財佑不太確定健康是怎樣一個形容詞，但重點是，加樂感覺比較乾淨。是皮膚白的關係嗎？她沒有那種＋9妹濁濁的感覺。

上大學後財佑幾乎忘記自己家附近的狀況了。偶爾會在台北遇到混混，或者說，像混混的人。但他們卻不會讓財佑感覺害怕，而且都是很偶爾。也不是所有8＋9都有那種濁濁的感覺。例如這整台車上嚴格來說，都是有點混混氣質，和自己不同的人。但不是每個人都看起來濁濁的。

一袋一袋的早餐被帶大家拎著上車，大部分是小七買的。有種死刑犯最後一餐的感覺，非常豐富。大家把握最後在外面世界吃到食物的機會，便當、義大利麵等等不太像早餐的東西也被帶上車了。許多人已經吃了起來，竹筷的套子在地上四處飛舞。

不知道還要多久才要開車。負責各個車廂戶政事務所的人員好像都完事了，只剩這個沒有身分證的不知怎麼辦。他們在財佑窗子外的月台站著一圈討論，但其實也只是圍著看本來的那個大叔打電話而已。也許是等得太久，台鐵的月台人員也過來關切，拿著無線對講機在機械音裡不知道在講什麼。「啊，落雨了。」茂沅的聲音從後面傳來。財佑眼睛往上一瞥，剛好一滴雨水滑落玻璃。眼鏡鏡片裡一點點的反光照出車頭，把悶熱的空氣劃開。大雨以可以聽到的程度打在鐵皮上，不知道是哪裡的遮雨棚。月台上的人們往裡面移動，避免被急速加大的雨勢波及。雨滴順著地勢留在月台底部柏油上，會有一個像燃燒的氣味。隱形的來講，很像專門在補漁船汽油的汽油桶的味道。

從大學離開去了台北，一直到再回來高雄，中間也有六七年之久。並不是讀什麼需要特別多年的科系，單純只是大學畢業，覺得好像沒有找到想做的事，便繼續上了原本大學的研究所。財佑不知道自己是不是一個適合待在象牙塔裡的人，寫論文不是難事。還是會累，但跟同學或學長比起來，他知道自己壓力沒有他們那麼大。在研究室裡，不管是學術上的還是雜事，自己都顯得比較手腳俐落。師長們放心，夥伴們喜歡，自己也好像顯得駕輕就熟。但就感覺好像，沒有真在做一件事情的感覺。

自己論文指導的教授不是個好人，財佑也知道。他沒有殺人放火，單純是個很爛的人。沒有生活能力，喝酒比學術厲害，死占著資源明偷暗搶的從各個專案拿錢。為什麼選這個人？因為沒差。跟唯一一個同是這個教授指導的學長一樣，沒差。教授名氣大，講話很難聽，但跟著被使喚幾年學位不會有什麼問題。財佑和學長是他唯二指導的研究生，學長跟了六年了，好像跟教授慢慢變得不對盤，但也沒什麼辦法。

學長是個很好的人，而且很有趣。學長和他女朋友本來是財佑跟譽靜的長年的旅伴。小到譽靜下班後幫她慶生的草莓蛋糕，大到四個人一起去了日本三趟。關西、九州、山陰。去年九月學期剛開始時，財佑進到研究室。學長反常的不是在裡頭做一些莫名其妙的事（像餵魚或玩公仔），而是在翻一本厚重的書。財佑想說，終於想到要畢業了啊。但走近一看，發現並不是本科系的書，而是《六法全書》。

「他可能不小心吃掉家教的高中妹妹了吧，或者碰了哪個不該碰的女生了吧。」譽靜發表這樣的看法。

「應該要看刑法的部分。」

大約半年後，新聞爆出教授貪汙挪用公款的事情。是很小的事情，很小的新聞。小到連財佑都沒注意到，在電視上可能不到十秒的空間。自己還很年輕，沒有經手相關經費的程序，所以完全在暴風圈的範圍之外。但學長被約談了，他手上有研究室出納的章。一個下午，地下室有著大鐵門的資料室被反鎖。因為裡面藏有一些古老且易毀的珍貴文物，那裡會特別有定溫的空調。大門也是特別的厚重。一雙軟木質的室內拖，整齊地放在外面。是學長習慣穿著在研究室裡移動的那雙，只是沒有人疑惑為什麼它會出現在那裡。等不知道是哪一班警衛叫來的鎖匠打開資料室的大門時，學長的屍體已然冰冷。

大家眾說紛紜，但大部分人說法都是，是教授要把鍋完全甩到學長身上。教授本來就不討喜，學長人緣一直都很好。沒有人站在教授那邊。但財佑也不知道最後的結果是什麼，學長死的消息一傳出來他立刻東西收拾好離開台北。所有告別跟辭職都是用電子郵件。他也不知道這樣可不可以，但他毫不猶豫。

裝滿新兵的列車莫名其妙的就到站了。好像沒有錯過任何時間，本來就是應該這個時間到站。車子停了，但沒有人動作，沒有人往前，沒有人想往前。走下車時，座椅上四散著各種食物，天空是暗的。雨是停了沒錯，但世界仍然陰陰的。出月台之後，戶政事務所的人員，將人群從地下引導去停著前往營區的遊覽車停車場。會經過一個長長的隧道，有扶手，但沒有光。在上遊覽車之前，司機大哥說；「來，現在我們放最後一根菸的時間喔。」

人們自動自發地把菸拿出來點著，在快速流動卻不均的時間裡，隱隱摻著一股極度刺鼻的味道。像焦油，但比那更臭，財佑不知道那是不是錯覺。他沒有吸菸，正打算先行上車時，發現跟在他旁邊那安靜的男子嘆了好大一口氣，然後搖搖頭。他好像也聞到了那股難聞的味道，眉頭緊得很厲害。沒有聲音。只有時間，若有若無地平行著牆壁。

＊

財佑很快就知道了那位，讓他心裡升起寒意的人的名字。他叫黃勁輝，只是不是透過雙方面對面，自我介紹才認識的。進到新訓中心後，便是沒有停止的填資料行程。從早上，一路到下午，接著隔天繼續。在這之間，進餐廳的口號被教導了，敬禮的順序也被傳授了。依照身高的高矮，十三人左右為一班的單位。大家被給予了自己的號碼，還有班級。和財佑猜的一樣，他、茂沅、侑嘉是這批人裡面特別高的幾個。他最高，是001，念作洞洞么，站在最前頭，第一個。一班班頭。

床也睡第一個，櫃子也是。那個沒什麼出聲的男子還是在自己旁邊，003。因為是上下鋪的關係，單數在下偶數在上，所以003睡在財佑旁邊。茂沅是014，侑嘉是

０４０。洞么肆、洞肆洞。二班班頭，四班班頭。

而勁輝，是洞么柒。連長在第一次點名時，他選擇舉手，但沒有喊「有！」立刻就被電了。黃勁輝，財佑是第一次聽到這個名字，他承認他是有點好奇，所以特別心去聽連長的點名。但顯然周圍的人認識勁輝的不少，底下傳出竊竊的笑聲。連長是個臉很堅硬的人，於是，全部人都被電了。

「沒有大人了啊？」

因為是班頭關係，財佑被帶去和自己班的班長見面。很黑。他在連集合場旁邊的魚池，拿著水管，一端導向更低的水溝，兩隻手指頭壓制另一端。似乎在控制排出去的水量。蹲著，黝亮的皮鞋踩在堆成小池的石子上，另一隻手伸進水池裡撥。幾片落葉被他挑了出來，甩到旁邊的空地上。連長叫了班長的名字，他抬起頭。財佑是最後被送出去的班頭，在來的路上其他幾個班頭都已去認了親。茂沅的班長在器材室，侑嘉的在中山室。兩個人都馬上被分配了粗重的任務，搬棉被還有搬高麗菜。

「你的班長。」連長說完後，便先行離去。班長抬頭看注視著財佑，讓他開始思考現在是不是應該要敬禮，雖然剛剛侑嘉和茂沅都沒有做。「幫我把烏龜抓回來。」班長說，撥弄池水的那隻手臂平舉伸了出去，指著一隻正在往大馬路大步移動的烏龜。這是財佑當兵後接到的第一個命令。

2

「一班班頭。」財佑抬頭看，是侑嘉。手上拿著寶礦力水得，朝他的方向丟過來。財佑伸手接住。「你在幹嘛？幹你娘熱死了。」

「玩烏龜。」

他把瓶蓋旋開，咕嚕嚕地讓液體流進喉嚨。「怎麼跟你們家班長一樣？」說完他蹲在財佑旁邊，下巴放到同一個高度上，往池子裡尋找烏龜的蹤影。「幹，真的操他媽的熱。」

「在出水孔那邊。」

「喔，看到了。」侑嘉伸手去戳財佑手上的寶礦力水得。「喝啊。」

「你怎麼不去抽菸？」財佑問。

「抽完了。他們在抽不知道第幾根了。幹才兩天沒抽就飢渴成這樣，雞雞一定很小。」

進營區後，被暫時保管的東西中，最重要的就是手機和打火機了。手機在第一天晚上時，便發回來一次讓大家報平安。而菸則變成一種獎勵的標準。無菸將近五十小時後，值星的班長交代了吸菸區的大樹後，從屁股位置的口袋摸出三台打火機。解散命令下，弟兄們歡天喜地地衝去迎接自己當了守規矩好新兵兩天後的報酬。

「啊你咧？怎麼沒去？」侑嘉拿著不知道從哪邊找來的樹枝，伸進池子裡戳著烏龜。「幹，天氣熱成這樣真的沒有人可以來管一下嗎？」烏龜把四肢跟頭都縮進殼裡，在水面漂浮被樹枝不斷轉動方向。「頭頭，龜頭。來，快點露出你的小龜頭給哥哥看。」

「我沒有抽菸，了。」

財佑說「了」之前頓了一拍。他覺得說成過去式，在這個環境好像比較安全。如果單單只說沒在抽菸，可能會有不必要的麻煩。

「戒了？」

「嗯。」

「也好啦，抽菸雞雞會變小。為什麼不抽了？」

「變貴了。」不知道侑嘉能不能接受這個答案，但依稀記得有菸酒稅調漲的新聞。出國時朋友也常常叫他幫忙帶菸。他猜菸是有變貴一點的。

「好熱喔。」

侑嘉點點頭，看來他接受了這個理由。

前天晚上打電話回家時，是侑嘉分了他那限制裡短短的幾分鐘給財佑的。「我們家沒人在，剛剛阿嬤接的。」他把手機遞給財佑，班長在旁邊擺著無奈又厭世的神情。

「為什麼沒帶手機？要怎麼跟家裡聯絡？」班長頭真的很痛。

「報告班長，寄來的需帶物品裡沒有手機。」財佑很想這樣跟班長講，但他不敢，只好說：「報告是。」

「好啦班長，我沒有要用了，可以借他啦報平安重要。」

「001，今天先用鄰兵的手機。第一次放假完我要看到你帶手機回來，你這樣讓父母找不到你是造成我們的困擾。」

「是。」他接過侑嘉的手機。

為什麼不帶手機呢？覺得沒有人會聯絡自己，也沒有特別需要聯絡的人。想說話的人不會接，平常不會回應了，不會因為自己在當兵就神奇的接起來。不想跟這個世界溝通，也沒什麼好溝通的。本來寧願被當個麻煩的人，也不想和人類有所瓜葛。但當真的有機會能當個天兵時，卻又毫不猶豫的退縮了。

果然很像自己啊。財佑心想。永遠都只是說說而已。

「龜頭、龜頭、龜頭，掀起你的龜頭來。」侑嘉在旁邊哼著不知名的調子，烏龜已經被他弄得腹部朝上了。但牠沒有掙扎，隨著樹枝的撥弄載浮載沉。可能烏龜不會腦充血吧，財佑猜。自己要是被翻成那個樣子在水裡，四腳朝天估計都要溺斃了。不過烏龜好像本來就不怕水。

「001、040。」不知道什麼時候，連長已經走到他們面前，旁邊跟著黃茂沅。兩人趕緊站起來。「你們兩個沒有要抽了吧。」

「報告沒有。」侑嘉的反應快了一拍喊出來。

「好，你們兩個現在跟二班班頭去地下庫房。他們需要高一點的人，要搬東西出來。君達班長會在下面等你們。」

茂沅一臉燦笑的站過來他們這邊。

「你沒去抽菸？」侑嘉問。應該是沒有在他身上聞到菸味的關係。

「沒有。我，戒掉了。」

茂沅的牙齒兩排一點點的黃垢很明顯，話講完轉過頭來對著侑嘉和財佑兩人笑。那語氣滿肯定的，財佑知道那樣的程度絕對是真話。他真的抽了又戒了。「喔，那你跟001一樣。」

「直接走中間樓梯下去，不要從餐廳。餐廳門現在應該是鎖的。」連長說。「快去快去。」

地下沒有開燈。三個人也找不到開關，就打算摸黑往前。和已經熱炸的戶外不同，底下的通道裡非常涼快，好像在盛夏的晚上摸進了冰冷的河川裡。

「為什麼不開燈啊？」

「可能因為是白天吧。」茂沅回答。三人的腳步聲迴盪在窄窄的兩堵牆壁之間。也不是完全沒有光，但微弱到連是從哪個縫縫跑進來都無法知覺。

「白天的黑總是比晚上的黑還更明顯。」

「侑嘉，你認識我女朋友喔？」茂沅走向前，拍了侑嘉的肩膀。侑嘉往下旋轉了自己的身體，讓他只拍到一下，第二下在空氣裡揮空。

「不要拍我肩膀。」

「啊？」聽起來那語氣有點認真，茂沅愣住了。

「還有頭。我們在做禮儀公司的，這兩個地方不能被人家拍。」

「啊，拍謝拍謝。我不知道。」

「沒關係，以後要記得就好。」

「為什麼不能拍？」

「這我們行裡的迷信。如果是另一個世界的朋友來拍，然後我們又回頭了，就會很麻煩。」

「喔喔，我不知道耶。不好意思。」

「我們這行比較多接觸這種看不到的事情，所以會比較計較。」侑嘉頓了一下。「你知道那個九龍，九如一路上的那個。我是九龍的少爺。」

財佑不知道，但感覺好像是個應該要知道的名字。正在考慮要不要點頭說喔的時候，茂沅爽快地搖了搖頭。「沒聽過。」

「沒有關係，南部九成的市場都是我們的。你們老一點這幾年已經先走的家人我應該都有去幫忙收過。」侑嘉說。「你剛剛問什麼？」

「喔，我說你是不是認識我女朋友。」

「加樂嗎？」

「對啊。」

「認識啊。我大內彭于晏耶。」

雖然財佑一聽到那三個字立刻在黑暗中翻了白眼，但茂沅明顯輕巧地無視掉了。

「怎麼認識的啊？幹，昨天不是在那個廣場那邊。我們在集合等火車那裡，幹那邊她認識超多人的，我一個都不認識。」

「沒辦法，你女朋友那麼可愛，大都想認識。」侑嘉說。他們三人前面出現一道屏障，財佑上前上下摸索，在腰際部位發現了一個門把。他轉頭說：「是門。」

「所以是怎麼認識的啊？」

「認識很久了啦，我也忘了。」

「要直接進去嗎？」

侑嘉沒有回答，他直接伸手去轉門把。「鎖的。」

「怎麼辦？」

「鬼知。」

「等吧。」財佑說。

「加樂昨天有跟我提到你。」

「我？」侑嘉說。

「不是。財佑，昨天講電話的時候。」

突然被cue到，財佑嚇了一下。「我？」

「對啊，她說你很不像我們。」

「有嗎？什麼意思？」

「可能在說你帥吧。雖然應該是差大內彭于晏一點。」侑嘉插嘴。

「不是。她不是說長相，她說那個感覺。跟我們很不一樣。」

「你是不是有讀高中？」侑嘉又問。

「對。」

「看。你看。女人都是很敏銳的，這種有讀過書她們一靠近就會有感覺。」

這時，前方的庫房門打開。班長拿著手電筒從門後走出來。「你各位是要讓我在裡面等多久？」沒有戴小帽，右手拿著一整串鑰匙。

「報告，剛剛門是鎖的。」茂沅回答。財佑好像隱約看到侑嘉手去扯了茂沅的衣服下襬。

「鎖著不會撬開喔。」班長似乎沒有打算跟他計較。他轉頭，手貼著牆壁往右邊摸。碰到電燈開關後快速的把它全部按下來。「進來。」

*

譽靜在某一個日子剛過子夜時和財佑說了一件事，她說，她非常討厭某些男生。說的時候，她正在滑手機。財佑問了她是誰，她說，某些指的不是某些名字，而是一些人。

他那時可能沒有太聽懂那個意思吧，不知道是沒有在注意，還是年紀還不到。那個時候財佑還在學校裡頭，記不得是哪一年了，但那年雨在那個城市挺張狂，整個季節被颱風假覆蓋，而且沒有一次是白放的。研究室也是焦頭爛額，所有事都撞在一起。每個人都處理不好自己的事情，卻都又插進別人的事裡。

這件事其實不太能當作譽靜和財佑兩個人之間故事的開始。更嚴格的來講，財佑甚至不知道，在人生交織並且不斷被改寫的記憶裡，到底有沒有任何部分是因為譽靜和他說了「她討厭某些男人」，而有所開始或進行的。

兩人相識甚早，在高中的時候。跟財佑同校的男高中生，總會特別注意幾個同年級的白衣黑裙女校的學生。譽靜是其中一個。但和他的同學不同的是，財佑每天比他們多了整整八十分鐘和譽靜相處的時間。從家裡開往市區的公車四十分鐘，以及補習後回去他們居住的濱海小鎮的末班車四十分鐘。說都沒交流絕對是騙人的，每天八十分鐘耶。財佑是這個社區第一個上那所市區裡重點高校，而譽靜是有史以來第二個錄取第一女校的。上一個已經是五六十年前的事了。

回程的末班車會行經一個在山裡的小鎮。其實也不能算山裡，它只是地勢比較高的大岩石上的聚落。在過楠梓後，往岡山的那個十字路。轉左邊不要往岡山走。車子要爬上去甚是吃力，引擎每天都在發出抗議似的怒吼。四周會有種淡淡的薄暮色的晦暗，離前後的路燈感覺都有些距離。那個小鎮街道很窄，而且僅此一條。公車的體積太大，明顯不適合。速度一定會放慢，慢到比走路還慢的程度。小心地喬，小心地往前移動，只是鐵藍色的遮雨棚還是每天在車窗的大玻璃上留下刮痕，而且位置都差不多。

過了那個鎮，還有一條兩旁都是養龍膽石斑的路。龍膽石斑其實本身不貴，魚苗的話。但是牠很難養，常常要換水，而且每次都是整塭整塭在換，還不能隨隨便便來的水。要乾淨的水。水費飆高，價格自然就高。那條路四周架滿監視器，綿延大約七八公里。中間都沒有設站牌，司機說只要有人招手就會停，要下車也是直接跟司機講就好。但譽靜和財佑那麼多年搭這輛車，都沒看過有人在這邊上車。當地人叫這裡「大海崎」。

譽靜和財佑，兩人在同一年一起離開高雄去了台北。在共同的時光裡過了很多種方式。兩人分別，兩人生活。並且兩人再次碰面，嘗試用光陰衡量彼此時，財佑確實的感受到了時間的重量。除了帶給兩人什麼或奪去兩人什麼以外，他對時光本身給予的部分有了更嚴重的體認。

他感覺所有的過程都像是各式各樣的錯誤，有些大錯有些小錯。但不是對的就對了。他必須拿著很多錯誤，非常多錯誤的觀光地圖，在人潮湧動的區域找著前往車站的路。跟著人群走嗎？財佑不知道如果被帶到一個計畫之外的城鎮，他還有沒有辦法回到原本的時間。也或者，兩人無法回到任何一個地方。

很多人不懂譽靜，但也很多人覺得財佑懂她。但他自己不這麼認為。譽靜有很多他可能一輩子沒辦法理解的事情。譽靜的身體不好，時好時壞。從高中開始，譽靜就必須常常跟學校請長長的假。一個禮拜的、一個月的、一個學期的。每隔一陣子的單人通勤，都讓財佑有從此不會再見到她的預感。但還好時至今日，全部都落空了。可是每次當譽靜身體一好一些，她便會竭盡全力下去做所有事。即便所有旁邊的人都看得出來她不是滿血回歸。全力的讀書、每天留在學校做科展到很晚、午休參加馬上要省賽的合唱團練習、五六日會跟著外面社會人的球隊練球。就算後來財佑長大，遇到很多不同的人後，健康的，譽靜仍然是他看過最努力做所有事情的人。不對，半健康狀態的譽靜。然後過不了多久，果不其然地，她的身體又倒下了。

不能找個平衡嗎？財佑問她。這樣子看了真的讓人很難受。

「你能夠保證我下次身體不好時還能好起來嗎？」譽靜問他。「我不想後悔，我要確定我自己不會後悔。」

見面的時間點，是在財佑當兵的前四天。

本來說好要看電影的。但見了面就發懶。譽靜把魚攤收好，兩人騎著車到市區時已經快八點了。財佑下午和老大出去潮間帶那裡找有沒有什麼貨。回到高雄後，財佑閒著也是沒事，偶爾跟老大出去海邊晃晃。找找螃蟹，看看有沒有辣螺。整理地籠、修補魚網。找點事做，想辦法證明自己還是活著的。

兩人找了一家可以吃很多東西的店，點了過量的食物。他跟譽靜說，他愈發的相信時間的力量。大量的時間的堆疊，是可以讓某些事物完成的。某些我們渴望自己成為的樣子，是可以透過大量時間的重複與花費來達成的。他吃著牛奶魚片鍋，譽靜吃著海南雞飯。她反問他，那這東西跟謊言有什麼兩樣。

看著她的大眼睛，財佑無法答辯。

譽靜問他，當兵前有什麼事沒做到很遺憾的嗎？財佑看了看她的鞋子，回答，我沒有買一雙白到要用鞋油保養的愛迪達。

財佑認為時間的重量，或者力量，有其神聖性。當然，是跟謊言不一樣的。謊言是不好的。總是和謊言一起，倚仗著謊言，那會帶來立刻的回饋和紅利，但那沒有未來。像花蒂的墜落，或者飛向南邊就客死異鄉的候鳥。可是他不敢的是就此跟譽靜說，時間便是好的，謊言便是壞的。而好與壞，更是財佑無法和她說是可以確定判斷，這兩個東西就此不同的點。

所以財佑沒有繼續那個話題。在她喝了不知道第幾口巧克力時，他開始跟她說他在新堀江被搭訕的事情。是個比較輕鬆的話題，兩人像正常一樣對話。新堀江大姊姊在大手臂抓了一個刺青，掛著白色棉質的襯衫向在等公車的他問話。

「你怎麼知道她不是單純在跟你問路？」

「她沒問我路。她是真的在問我問題。」

「問你什麼？要不要加入安麗嗎？」

「不是。我忘了。」

「那你有跟她說你從研究所逃掉嗎？」譽靜問他。

「沒有。」財佑回答：「有差嗎？」

牛奶魚片鍋是譽靜堅持要點的。她說要請吃這餐。財佑說不用。她說要，你太小隻了，不像要當兵的人。他說不用。她說，我想吃。然後她就點了，另外她自己又點了一堆炸海鮮，黑色的，有一個炫炮的名字，叫作炸岩石。

沒讀完研究所意味著，少了兩年的教育，少了兩年的朋友。跟這個世界大部分人一樣，雖然從研究所逃走的經驗是滿少人有的。被蒙蔽了雙耳，被壓抑的眼睛。把腳裝到手的位置，而學習用手走路。如果想往前走，得有夠強的臂力。透支了之後，也無法回補。還是可以去排星巴克買一送一，或者，也依舊能夠說謊。只是無法得知自己話語的力道程度。沒有一個客觀的，別人給的保證說，你講的是對的。

愈靠近當兵事情，這樣的念頭在腦海好像愈發張狂，像是懷疑自己在某個時間節點後的所作所為都是無用之類的念頭。觀其日光，得其枝果。和不熟卻美麗的人類來往。把她當成朋友，但另一個意識裡卻又不認同自己可以和這樣的人來往。反正都是客套，對方也沒辦法拒絕。在這總結來講，原本可以純樸下去的過程被激起了名為告別的一番碰面與吃喝，這誠然讓財佑覺得，自己普通得像隻動物，有所心機的動物。

那甚至帶了點把空氣給撕毀的絕望。

譽靜後來和他還是去看了電影。片名叫《日夜流淌的寂寞》，日本片，用日文念會變成這樣：hi ru mo yo ru mo。直白的翻譯應該是，白天也是晚上也是。是部寂寞的片子。

財佑在當兵前一天的中午又和譽靜通了一通電話，關於一個想找一種理解的想法。當兵是什麼？放棄腦袋？不，不可能，不可能說一便是一。她問他，所以是要我安慰你的意思嗎？財佑說，不，不是，我只是覺得這感覺用講的會比用打字的好一點。

＊

寢室裡有兩台工業用的大電扇。扇片是橘色的，一台放在最前頭，另一台在中間。財佑的位置在最前面，所以他也要負責每天把電風扇關上，延長線捲好收起來。茂沅睡在對面，看到就會幫他收。晚上時就寢再拿出來打開。聲音很有存在感，但頻率一直一樣，並不惱人。

清晨五點多，財佑在床上睜開眼睛。他沒有立即起身，事實上他連手錶都沒看，只是單從蚊帳小小窗格中透出的光來判斷。

他所在的新訓中心位於大內，來之前從網路上資料來看，是個整體算新，設備還不錯的營區。但進來時，依舊嚇了一跳。不知道是不是自己心理建設做太多，把生活環境想的太艱辛。大內裡的狀況，比他想像中的軍旅生活好上很多。建築不太像營舍，反而有一種校園的感覺。衛生、餐食都沒有讓人生厭的東西。到目前為止吃下來幾餐，就他的標準來看比外頭許多餐點實在很多。每餐都有剩的，肉啊菜啊，似乎總是買了很多保險量的食材。所以喜歡吃的，要吃多少都可以。財佑甚至開始有了每天進餐廳時，對今天是什麼東西的興奮感。希望不要太快膩了。

但真正讓他超出預料的，還是居住空間。床是軟的，薄薄一層，但是他喜歡的感覺。是個將近兩百人的通鋪，但說真的財佑沒什麼在管旁邊發生什麼事。睡在上鋪的００４從第一晚就抱怨００２打呼聲很大，兩人不斷拌嘴。財佑什麼都沒聽到，九點倒下去完全不受外界干擾的睡著對現在的他不是難事。

晚上有冷氣，雖然是在整間寢室最後面，離他最遠的地方。但有電扇，可以睡得很沉。他甚至覺得，這個地方怎麼看都比自己在台北的租屋還強。不是頂加，不會漏水，深夜沒有薄薄隔牆另一邊的麻將搓牌聲或做愛時床的呻吟。睡在一旁的００３還是很安靜，兩人交流還不多。財佑偶爾會看到００３在吸菸區哈菸時，在跟旁邊的人聊天。他左手兩隻手指頭挾著菸，白圈的煙慢慢飄到他的眉間，偶爾不小心鑽進他眼鏡和眼睛之間的縫隙。

財佑觀察到，００３有和自己很不一樣的一個特質。００３一定是每次集合時最後一個出現的。幾乎最後一個，在他後面其實還有，但那基本上都已經被歸入天兵的行列了。右手拿槍左手拿水壺，衝入連集合場時鋼盔的扣環還在兩頰旁晃啊晃。站定了才開始調整服裝儀容。以財佑為參考點的話，財佑全身著裝完成，把褲管塞進靴子裡開始綁鞋帶時，００３才會從床上彈射起來開始動作。狀態是身上只有軍用內衣，跟沒繫皮帶的褲子。財佑也滿佩服他的，在那樣短暫的時間內完成事項，是自己絕對會出錯的範圍。但００３總是可以在一旁看著整間寢室開始動作而繼續在床上翻滾，直到最後一秒再開始他的表演。那是一種勇氣，也是一種能力。

財佑又閉上眼睛。他試圖讓自己再次進入睡眠，但全身肌肉都很放鬆，沒有倦意。看來是不可能。於是他選擇起身，拉開蚊帳的一角。等下再來摺棉被好了。他想。於是下床，小心的拉開床旁邊的內務櫃。是那種鐵製的，公務機關常看到的舊式鐵櫃。但可能因為還算新，並沒有發出想像中的噪音。財佑拿出一包衛生紙，決定先去解決大便的任務。

００１的床位在房間的最前面，而廁所是在通鋪的底部。他小心地走過成排的床位，皮膚變得比想像中冰冷。財佑可以憑溫度推測自己醒來多久。好想變得冷冷冰冰永遠躺在床上。早知道就不爬起來了。他走過床位的末端，最後幾號的內務櫃彎過去可以直接通到廁所。傍晚洗澡時這排櫃子前面總是排滿等沖澡間的人。裡頭白色的日光燈是開著的，財佑打開第一間廁所。半瞇著眼，進去把褲子脫了蹲下。

不知道是不是錯覺，財佑覺得光影之中好像有聲音停止了。他彎手到後方拉了沖水，空氣被很刺鼻的味道占據。是第一天要來營區的火車站時，那個讓人難受的怪味。帶著強烈燃燒的痕跡。

財佑先去外頭看了放在外面的製冰機，為了中暑防治課程的。那裡面的冰塊不能吃，是很自來的水做的。只能放在腋下降溫。浴室裡淋浴間那邊傳來聲響。財佑原本以為是製冰機燒壞了，但打開來看發現應該是沒什麼問題。於是他轉身走進淋浴間。應該是蓮蓬頭撞到牆壁的聲音，在第三間或第四間。那兩間水力特別強，很直，比較像強力鎮暴水柱。

打開門，裡面蹲著五個人。侑嘉就站在門邊。由於逆光，臉看上去是一片黑影。「幹你娘嚇死人。」勁輝看著他說。財佑也嚇到。他沒有預料到裡面是有人的。

「警報解除警報解除。咖底人咖底欸。」

侑嘉從門後面出來。在最裡面的人從屁股後面拿出一個鐵盆，裡頭有什麼物品氧化後的殘渣。好像是056。「幹就跟你說不要開燈。」

財佑覺得現在直接離開好像有點奇怪。淋浴間裡除了侑嘉其他四個人都狐疑地盯著他應該是041，回056說幹不然什麼都看不到點尛喔。侑嘉問他：「你也要來一根嗎？001。」財佑低頭看他手中的白色物品，是在車站他表演怎麼捲起來的粉末。「不用。」

「你也是母雞嗎？」勁輝問。

「輝仔，賣安餒，人家是讀過高中的。」

母雞？財佑聽到時疑惑了一下。但他決定不要發問。056抬頭，雙脣微嘟，好像在問「高中？」房裡所有人都細細打量著財佑。

「那你怎麼確定他不會跟班長講。」

勁輝雙眼完全不眨地看著財佑說。

「不會啦。人家沒那麼無聊。對吧？」

侑嘉並不是問財佑，他看著淋浴間裡的眾人，彷彿在尋求一致的認同。沒有人說話，但感覺好像不是否定的沉默。先去把電燈關掉。侑嘉對056說。056用雙手撐起身體，走了出去。

財佑深深吸了一口氣。太陽的光照進室內，斜斜的，只有頭皮勉強觸碰到一點點。氣氛好像變得更昏暗了。

「所以你剛剛在外面有聞到味道嗎？」侑嘉問：「寢室那邊就聞得到了嗎？」

「寢室沒有。在大便那邊才有感覺。」

「很明顯嗎？」056問。

「有點明顯。」

「我們要不要換個地方？」041問。

「要換去哪裡？」侑嘉說。

「再找啊，不然要全部人都知道晚上在廁所有糖可以吃喔？」

「是浴室。」056說。

「欸你不要亂講，我這邊沒有糖喔。那種東西我碰不起的，我們這邊只有美金。」侑嘉說。

「一樣意思啦。」

「不一樣。」侑嘉說。「新聞出來一定很屌，軍中吃糖吃到飽。大家一定搶著當兵，國軍招募進度超過一百分。全部人來廁所開性愛雜交趴。」

「可是我們沒有女生啊。」056說。

「你可以幹班長啊。你看班長那個屁股，又翹又挺。」侑嘉戳了056屁股一下。

「我不喜歡男生啦。」

「001。」角落裡發出聲音。從財佑剛剛進來開始，那個男子就沒有說過話。所有人都轉過頭去看他。「嗯？」突然被cue到，財佑也是整頭問號。這人的號碼他想不起來，可能是後面五班或六班的人，比較不熟。「我聽連長說，你有上過大學？」

「喔，有啊。」

像是砂鍋大的石頭落進平靜的湖面，很明顯的可以感覺得到所有人的情緒一下被點了起來。

「幹，大學生耶。」

「那不就跟你姊一樣？」

「幹，傜北人生中第一次認識大學生。」

「幹，屁啦，瘋狗他哥不是也是大學生。」

「你們大學生每天都可以在宿舍打炮喔？」

「你也可以啊。」

「不是啦，人家是很多個人一起打，還有外國妞也會一起的。」

「你阿嬤不是也是大學生？」

「幹，大學生都超亂的。每天都去夜店趴妹。」

「不是啦，她的是空中大學。不是大學。」

「不都是大學？」

「傜北國中那個七辣後來就是被去她家家教的大學生牽走的。」

雖然和自己的大學經驗不太一樣，但財佑在旁邊聽得也是挺好玩的。041有點疑惑的發問：「你真的是侑嘉的朋友？」

「我騙你們幹嘛？」

「沒有人問你。」

「是。」

財佑看著０４１有點圓潤的人中回答。可能被周圍的氣氛感染，他沒有那麼想離開這裡了。所有人都很熱絡地談。也不一定是關於大學生或財佑的，現在話題進行到０５６豐富的愛情被甩歷史。０４１說那是自以為的女朋友幻想史，侑嘉說是一次元，連二次元女友都比較可能。

除了勁輝。他只有發問了那兩個問題，之後便和周遭的情緒脫節。但他一直在注意聽著大家在講什麼，雙眼好像真的完全不用眨一樣。注意力跟著脖子有時會移動，但大部分時間是直直盯著財佑。財佑沒有回看他，並不是害怕。但真的不知道怎麼辦。於是只好迴避他的眼神，選擇放著不去管。

3

想像中當兵應該要做的事情，一直到第五天後才陸續開始。掃落葉或拔草、拿著槍在地上匍匐前進、伏地挺身跟仰臥起坐。子彈目前還沒蹤影，不過槍是絕對不能撞到地上的。撞了百分之百會被電到飛上去。在這之前，拍大合照、健康檢查就花了好些天。要做的事情其實都不複雜。但因為人數龐大，等待的時間多到讓人常常忘記自己現在是在等什麼。一個禮拜後，各路募兵人員都進來了。空軍、後勤、薪優、現在外面社會哪有人給那麼好薪水、還不會加班、包吃住、結婚生子都有補助、一年內考個試就可以當士官了、三十歲退休還可以在外面繼續找工作、退休金一大把、算給你們看中校退月領這樣、可以帶職在大學進修、有學位薪水再往上加、我們很多學長退休馬上都可以找到主管職、軍隊裡面的經歷在外面很吃香的、不用怕有霸凌現在申訴都很透明、沒有人會欺負你、升遷制度完整、現在我們營舍都很新都有冷氣了……對財佑來說，照X光的等待四周有風有蟬聲，雖然一個多小時但並不無聊。他還有茂沅可以聊天，一班班頭和二班班頭座位在前後。但在冷氣房裡聽著類似的內容，真的很難支撐。特別是每次台上有人在試算薪水時，一定都會算錯。百分之百的機率，都讓財佑覺得是不是一種故意出錯，看能不能引起台下注意的小心機了。但沒有人有反應，台上也沒修改。所以財佑開始懷疑，是不是全場只有他發現算式有錯。但某次666旅的募兵官剛在台上演示完結訓後的薪資加給，隔壁連一位弟兄立刻舉手說八乘六不是二十四。這件事讓營長很開心，送了一箱立頓紅茶給那一班。

財佑於是知道，至少有兩個人有意識這件事情的。而那時，跟著清晨起床號角的跑步還沒開始。

早上是單兵基本戰鬥教練。

在連集合場集合。財佑在一班，所以最早進去槍庫領槍。左手托著槍出來時，三班最後一個人才剛起身前去排到隊伍的最末尾。整個營區的新兵都是配備65K2，正名國造六五式步槍或六五步槍。是中華民國陸軍第一種自行設計量產與配發服役的5.56公釐口徑突擊步槍。是把曖昧的自行設計製造的步槍。

拿完了槍，財佑坐到迷彩板凳等待，003也在旁邊坐下。今天兩人中間的002出外就診，是牙泡，拿了外出單。003沒有說話，拿出夾在小冊子裡的單兵戰鬥教練講義。

一張手掌大小的白紙，上面寫著從第一站「攻擊發起前準備」到第十站「鞏固與整頓」的所有報告詞。說是報告詞，就是趴在地上時要喊的口令，可能還有簡單的動作指令。財佑花了一陣子才理解這兩件事彼此的運作互動關係，授課的班長說要全部背起來。003低頭盯著，財佑也拿出來，因為班長在前頭說：「你各位的不會拿單兵出來背啊，再發呆啊。背完了嗎？」

只有營站旁邊的醫官可以開外出單。據說那張紙比大樂透中獎彩券還值錢。一張通往天堂的門票。昨天晚上，士官長集合身體不舒服的人時，大家十分踴躍。將近二十個人在吸菸區飛快地把菸捻熄，衝到士官長面前自動整隊。

「你要去嗎？」茂沅和財佑坐在靠近自動販賣機的花圃上。兩人正享受著洗完澡後吹在身上的涼風。

「不要。我沒有不舒服。」財佑回答。

「沒關係啊。就當去求個希望。」

「轉診到底可以幹嘛？」

「出去啊。不用操課，有冷氣吹還可以看電視，中午還可以吃便利商店。」茂沅每舉一個例子便用拳頭敲一下自己的大腿。已經有幾名勇者去過了在鳳山的三軍總醫院轉診，從前線帶回了令人振奮的好消息。大部分是在健康體診時開出轉診的，還有人直接被驗退的。帶隊班長人很好，還可以讓他們聯絡朋友從外面帶食物進候診室給他們。「是自由的空氣啊。」茂沅說完，雙手掌心朝上張臂指向天空。

「那你要去嗎？」

「我沒興趣。」茂沅咧嘴笑著，財佑在想這個人是不是不會除了笑以外別的表情。

「你看你看，侑嘉也跑去了。」

財佑轉頭過去，果然看到剛才還不見蹤影的侑嘉衝向隊伍去。班頭的身形，從旁邊看到他在一群人中有所比較，更能感覺到他的高大。財佑想了想，他不想給別人不好印象，決定還是不去了。

別人是誰？長官嗎？還是這些不認識的人？自己裝模作樣的表現要給誰看呢？但不這樣做，好像也不行。應該會顯得很奇怪吧。不過，這樣做就可以沒事了嗎？從入營第一天，就被安排在貼上名條的鐵架床前。像營區那兩隻烏龜，一隻公的另一隻母的，沒有別的選擇的被置在同一個池子裡，和一堆聽不懂自己語言的魚。

財佑想到那兩隻烏龜，於是抬頭向池子的方向。牠們不在池子裡，現在那兩隻烏龜正端坐在池子和連集合場中間的空地上，冷漠地看著所有人。距離有點遙遠，財佑沒辦法很確定牠們頭有沒有出來。

冷漠，十足的冷漠。

完全沒有身為烏龜應該討喜的自覺。

「001。」財佑從恍神的思緒裡抬頭。他發現是前面的班長在叫他。「發呆啊？單兵背完了嗎？第三站，射擊與運動之聯繫。開始。」

財佑連忙抱著槍站起來，立正。把講義揉在手心，壓在左邊大腿上。「一，就射擊位置。單兵注意。抬頭觀察由左至右由近而遠反覆觀察。目標前方二十公尺土堆，伍長命令你就射擊位置，問單兵該如何處置？報告伍長，請伍長以火力掩護我以便我就射擊位置。好，我以火力掩護你。請鄰兵以火力掩護我，好，我以火力掩護你。關保險提槍躍進至土堆後方三至五步迅速臥倒，以伏進左右偏移進入土堆後方，觀察目標，測距離選定瞄準點，抬頭看前方三次。出槍試瞄，出槍慢轉槍面快。」

財佑心裡知道下一個是保險，然後呢，然後是什麼。這時他突然想到，如果背完了是不是太出風頭了。班長叫他背應該也不是要他背完，而是要挑個人起來罵而已。如果今天背完了，估計也只是給自己帶來麻煩。但還沒考慮到底要不要背完前，因為這一分心，財佑發現他真的忘記下一句要幹嘛了。他只好傻著站在那裡。班長等了他兩秒，雙手抱著胸盯著他。「背完了？」

財佑搖搖頭，心裡暗叫不好，正要補喊報告沒有時班長先出聲了。「還沒嘛！還以為你多屌。」

「起立！」所有人站了起來，把迷彩板凳收上。集合場瞬間被聲音淹沒。

財佑不知道剛剛這樣一系列的處理對不對，但班長沒有把注意力放在自己身上了。他鬆了一口氣。

對財佑來說，單兵戰鬥教練的第三站是十個站裡最像大魔王的。首先，因為它很必要。在第一站「攻擊前準備」，第二站是長得有點雞肋，要操作也比較麻煩的「核爆及毒氣狀況」後。第三站是變成趴姿，可以往前爬的過程。再來，它的長度很嚇人。班長剛剛抽考時，財佑事實上連第一部分都還沒背完。他也沒有信心到底自己可不可以背完全部，因為第二部分的內容更複雜。必須從頭頂到腳，一邊背誦一邊檢查身上的道具。先是武器，火帽、準星、刺刀座、瓦斯鎖螺、上護木、上護木螺絲、槍機總成、扳機總成、檢查槍托底板是否斷裂脫落、檢查子彈，不滿五發予以更換或補足。接著是裝具，由上而下，由左而右，由前而後，檢查左鞋帶、左綁腿、右鞋帶、右綁腿、彈帶、S腰帶、刺刀鞘、水壺、土工器具。雖然就是按照順序，用手指指著上來。槍是由槍口往內。但大量的名詞還是令人生懼。最後從左側小徑前進，再出槍試瞄一次。結束。

第三站繁雜得很重要。東西很多，但又讓人無法忽視。感覺不會那麼狠吧最後鑑測考這個，但如果考了好像也理所當然。最後的第十站感覺就很像鬧劇：親愛的共軍弟兄們，你們已經被包圍了，不要再做無謂的抵抗了。我們有熱騰騰的牛肉湯和麵包。財佑不知道現在共軍會不會被麵包招降，但他滿確定在營區是不會有機會吃到牛肉湯的。

侑嘉趴在財佑的左前方。石頭像被捶扁的豆花，軟爛隨便地散落在兩個人之間。伏進前進，記住不要同手同腳，基本上就可以算是抓到訣竅了。像龍女一樣讓手臂彎成隨時可以肘擊的角度。槍背在身上，想像手中握了一把苦無好了。讓手掌下方朝行進的方向。最好加上嘴巴再咬一把，這樣更有戰場上的壓迫感。侑嘉不知道發什麼神經，班長口令一下「爬」，就像浴室裡的壁虎被蓮蓬頭的熱水水柱攻擊一樣，非常不合理的速度往前爬。一次爬一次停，再一次爬再一次停。兩次口令他就超越了三排的人，直接從四班的位置搶奪到最前面的一班前面。快要撞上前方隔壁連最慢幾人的靴底。

「０４０、００１，你們兩個原地爬。不要再往前了。」一班長轉過頭大喊，侑嘉回頭看了財佑哼笑了一下。再一次「爬」的口令出現，侑嘉用腹部把身體撐了起來，四肢在空氣裡轉動。有點像游泳，只是是二十出頭的大學生在兒童淺池裡划水的滑稽模樣。他的頭左右晃動旋轉，還做出大口吐氣的動作。財佑知道他真的在游泳。

和第三站的大魔王以及第十站的歡樂牛肉湯相比，今天上的第四站「敵火下作業」就能感覺出一種長得像必考題的天分。內容不到太少，但也不像來鬧的。口令十分明確，要執行的動作也偏多。將槍置於上風一臂可及之處，水平取出圓鍬，先挖左側土，由前往後挖，由後往前送，將挖出之土向前堆成胸牆，翻身入坑內，再挖右側土，直至能掩蔽全身為止，以圓鍬背面將胸前土拍實，以兩手內側將臂座拍實，水平收回圓鍬，出槍。簡單來說，就是要完成一個蓋子型的簡單工事。班長表示，不會叫你真的挖土。「挖一挖等一下有蛇怎麼辦？」挖了坑坑洞洞，就不能操課了吧。財佑心想。

不知道最後頭還要多久才能爬過來，財佑等到都忘記要呼吸了。班長說以００１和０４０兩個人為界，不要再往前爬了。茂沅很快地跟上，他一直爬到侑嘉旁邊，兩人開始在空地上划水。過來的鄰兵都戴著頭盔，財佑沒有注意，他感覺自己好像到了遙遠的地方，初來乍到，沒有人認識他。但又覺得，他和大家熟識。

第四站另外還有一小部分的伏進。在兩個轉槍面快之間。也就是趴在地上前進。「臥倒」是一個旋轉腳踝的口令，從站立轉瞬完成趴姿的方法。看試範的時候，雙腿如果用力打直的話這是個快速又有美感的動作。財佑不知道自己操作起來怎樣。茂沅在旁邊臥倒的時候，真的很像突然被絆倒重重摔了下去。但他滿喜歡這個動作的。

趴在用熱當作心跳振動的六月上，身體慢慢感受到，原來草也是一種變溫動物。這次停的時候是右手在上，財佑看著自己手腕上戴的手錶，長的分針剛好指向十二點鐘方向。

雲朵在陽光下，像是被大力搖晃後的啤酒罐，味道肯定是不甜了。拉開易開罐，泡沫會像有女明星穿著比基尼的廣告那樣噴射出來，把整個草地弄得一團糊塗。但沒辦法持久，光線會把東西照得太透澈，水氣和其他都會快速的被沒收。只剩下乾扁的口感，殘留在吃食後的口腔。這裡好像海底。班長說：「休息，全部去陰涼處喝水。」像只剩一隻鯨魚的海底，陽光是有漸層的。愈靠近太陽，就愈接近海面。透明的，撞擊在S腰帶和水壺之間的赫茲。鯨魚已經太老了，牠已經老到沒有辦法往上潛入那些謊言和信仰，日頭只能在心中擲地有聲。

「現在時間早上十一點整，所有人拿出飲水小卡，在今天第二格寫十一點，飲水五百CC。」

飲水小卡是一張比單兵戰鬥教練報告詞更小的紙張，上面是空白的格子。要確實記錄每天幾個固定時間的飲水量，一天要喝一定的公升量。視情況而定。如果有人中暑，或者流行性感冒發生，那就是一定要喝到水中毒。登記完每天要全部收在一起給班長簽名，這是洗澡前班頭的工作。

蟬聲從四處跑來，有點囂張，又有點苛刻。財佑的水還沒喝完，但他打算等人少一點再過去旁邊推車的大桶上裝水。現在的人有點多。他抬頭，發現坐在對面的勁輝正在看他。兩人中間是班長剛剛站的位置，所以都沒有人，有四公尺左右。他有點累，於是沒有轉過頭，一邊調整呼吸一邊看著勁輝。勁輝像猴子一樣，發現財佑也看著他，下巴往下一沉轉過去戳坐在他旁邊的０４１說：「他是不是被霸凌啊？」

０４１很熱，他的皮膚在軍隊裡算白的。而且粉嫩粉嫩，現在整個漲紅，微胖的體型很有發財的味道。他正拿毛巾，從解開的第二顆扣子開始擦。從裡而外，一直到額頭。

「麥甲伊欺負啦！」

勁輝轉過來兩隻手在眼袋旁邊，上下轉動模仿了小嬰兒哭的樣子。

「等一下哭哭喔。」他對著財佑笑了一下。

財佑比起疑惑，心裡多了比疑惑更不知道怎麼辦的情緒。他還是呼吸，發覺現在好像不適合想事情。想任何東西，好像都會變成反過來攻擊自己的怪獸。所以他小心翼翼地放空了。沒有管旁邊有人還是沒人。

天氣宜人。

＊

營區裡不用自己洗衣服，會有專門的廠商來收。每人兩套迷彩，一套穿在身上，另一套會在洗衣廠。明天的。這樣有效率的輪迴，總是讓人期待萬一出了什麼差錯，車子後面沒關好衣服全部飛出來之類的，隔天應該可以整天死在室內不用出操。和每天載廚餘出去、餐點食材的供應商和出外轉診搭的遊覽車一樣，這些廠商都是營區裡最大的營長的學長們在外面開的。他們會用相對優惠的價格，讓偌大的營區維持正常的運作。名字也都很豪氣，感覺就是出了社會也難忘裡頭點點滴滴的熱血學長們。忠烈遊覽車、勇冠西瓜、南靖洗衣公司之類的。

在進營區的第一天晚上，值星班長就說這很重要。但因為不要有包庇廠商官商勾結的疑慮，叫新兵們自己推三個人去和廠商談。

「以後出了什麼問題，少了褲子、名牌不見所有問題一慮請你們跟洗衣代表反映。班長這邊絕對沒有插手你們跟洗衣廠商的關係。」

在這點上，他們做得十分守信用。彼此不太熟悉的新兵在起鬨亂叫之中推出了三個人。說是家裡開店的，其中一個自信滿滿地走進中山室。簽約之後，迅速成為大家攻擊的目標。不管是衣服沒送來、還是有人飲水小卡放在裡面完好無損的回來，班長們都克制的沒有干涉。

每個班會有一個人負責這件事。大家一天操課結束的時候，會把髒的衣服各自丟在連走廊上的大推車裡，內衣和運動服另外放在有寫著名字的洗衣袋裡。因為它們不像迷彩上已經繡上號碼了，沒辦法直接分辨。財佑班上負責的人是004，他是個小胖子。和041那種有點福氣的體態不同，004的肉是如果跑到一半開始摀著心口喘氣，班長一定立馬讓他停下休息的程度。他每天中午會拉著002去走廊那邊的大推車。廠商不知道什麼時候把衣服送回來，沒有味道，但有一股綿密的熱氣。002和004會在成堆的衣服裡尋找自己班的部分，從001到013。不能每個人都去，那一定會塞爆走廊。東西拿到後，他們一一丟在每個人床上，然後去已經過了高峰期的大樹下抽菸。

００３的衣服被直接扔在他的身上，但他沒有打算把它們弄開。褲子蓋在他的胸膛，衣服堆疊上去，袖口剛好能遮住胯下。財佑躺在旁邊，他的衣物都已經整理好放到櫃子了。該掛的掛了，躺好的躺好。現在時間大約還沒過一點，他沒有看時間。不過午休結束是一點二十，還久。眼睛看著上鋪的木板，風有點舒適。他沒有把眼鏡拔下來。

「班頭。」財佑嚇了一跳。００３叫他。意料之外的對話讓他有點害怕。

「嘿，什麼事？」

「你認識加樂？」００３轉過身來面向財佑躺著。衣服跟褲子夾在他的兩腿之間，跟著身體一起轉過來。

茂沅的女朋友。

財佑點點頭。

「是在車站前才認識的嗎？」

「嗯。」財佑點點頭。

「以前不認識嗎？」

「嗯。」００３沒有說話，於是財佑問他：「你們是以前認識的朋友嗎？」

００３轉回去，眼睛也盯著上鋪。衣服和褲子被他遺留在旁邊，從他身上滑落。他沒有回答。財佑正打算閉上眼睛，試試看能不能小小睡著時，００３又轉過來，問：「你覺得她怎樣？」

「我不知道耶。我只見過她那一次。」財佑回答。

「不是啦，我是說，她長得怎樣？」００３在怎樣兩個字微微加重口氣並放慢。

「可愛嗎？」

「可愛啊。滿可愛的。」財佑說。

００３像是知道什麼八卦一樣，用整個肩膀跟頭部緩緩點了幾下。又沒說話，但這次財佑看著他，並沒有打算再次嘗試睡著。

有股顏色，十分柔軟而小聲，躡手躡腳地闖進大台的工業電扇轉著頭吹的大通鋪裡。和放在床頭亂倒的、倉促的跑向廁所時夾腳拖打在地上的部隊成了一個極大的對比。

「她是我國中同學。」

００３又翻了回去，閉上眼睛開始說。

「同班同學，我座號是15她是24。」

他又張開眼睛。

「吸盤魔偶。」

「蛤？」

「她以前的綽號叫吸盤魔偶。因為她太瘦了，手指很細看起來很大。」

「喔。」

「神奇寶貝那隻。」

「嗯。」

應該是粉紅色白色那隻吧，財佑想。

「她國中的時候跟民族國中的大哥在當情侶。我跟她是正興的。不同學校。」003想了一下，繼續。

「我們都會去正興旁邊一間賣奶茶跟義大利麵的店。那種絕對沒有營業執照，自己開的。還沒有自動門，是一般住的房子那種鐵門推開，中間還有車庫的。反正就一個阿姨太閒開的吧，叫小蜜蜂。」

003語速不快，臉上毫不設防。

「我跟她放學都會去那邊打電動，混到很晚。奶茶是那種基諾茶包泡的，很難喝。因為阿姨都用得很淡，一包當三杯泡。她有很多漫畫，我們也會跟她借來看。」

停頓。

「她在那邊認識那個大哥的。我都沒感覺，莫名其妙就變男女朋友了。」

暫停。

「然後她就沒什麼來小蜜蜂了。」

沉默。財佑已經開始抓到003的節奏了。但其實他覺得，好像可以不用管他。有回應或者沒回應都不太影響。

「後來我聽別人說，我們正興的老大，他跟那個民族的大哥感情不太好。有一天他跟他哥放學後就把加樂拖走，用他們家的Cefiro。那天晚上她沒有回家，不過沒有人那時有注意到。大家都以為又是在約會沒回家而已。她男朋友找不到她，本來很生氣，問她到底消失去哪。她一直不說。瞞了幾天，正興的老大自己找上門來跟他炫耀。她男朋友晚上馬上拿著刀砍到他們家。」

003胸膛緩緩降下，好像偷偷吐了很長的一口氣。有些用詞雖然讓財佑反應沒辦法連貫，但他說的事情卻有著不單是安靜的細膩。

「她男朋友被關進去，那種已經不只五年了，不能只送少年法庭。加樂也沒來學校，老師沒有說她去哪。只是叫我把她的桌椅搬去地下室放。有一天，我突然想到，跑去小蜜蜂的時候。我在那個阿姨放漫畫的櫃子後面發現，應該是她留的東西。上面寫著XX我永遠等你。XX被塗改了好幾次，一下是她男朋友的名字，一下又是沒人聽過的不知道什麼鬼。紅色的，我一開始以為是血，後來靠近一看，發現是口紅。」

雖然有點想吐槽，是在演《鬥魚》嗎？但財佑沒有說。工業用大電扇的聲音愈來愈大，和許多人休息的聲音賽跑，好奇心在兩張床之中的細細窟窿裡冒出，應該可以當個更優秀的聆聽者才對。然而在整個早上汗水洗滌後，心思也完全暴露在光天化日之下。他無法正確的表達自己想像的自己。

「你喜歡她嗎？」

「幹！」帶了點音量，003身子彈了起來。睡在對面的人頭抬高看了一下，又縮下去。沒有驚到太多人。

財佑本來還想要緩和說不是愛情那種喜歡，但003倒了回去，「對啦。」順手把一直擱在旁邊的褲子和衣服抱在手中。他開始不看衣服摺它，但財佑怎麼看都覺得那樣是摺不好。果不其然，拗了幾下沒有變成一般的幾合形狀後，003放棄地把它往旁邊丟。

「她高中被送去普門。你知道嗎？山上那個要吃素的私校。」

財佑知道。

「我高中去上雄工的夜校。我們晚上才要上課，所以早上都騎著車到處亂晃。也沒有人管我們。我們科分三個班，甲班是考試進來的，乙班是人家工廠的兒子女兒的，啊我們班我也不知道是怎麼進去的。老師也說我們不用去實習。景氣不好，工廠也沒接什麼訂單。反正很閒就是了啦。」

「我白天不知道要幹嘛，就會從正興旁邊買她喜歡吃的蔥油餅過去給她。騎省道，過去很快，不用一個小時。她看到都會嗆我，問我怎麼敢長得比她還高。」

「你有跟她講嗎你喜歡她嗎？」

「沒有。她高一下就交了一個學長男朋友。已經高三了。也是我們正興畢業的，以前就是很有名的花心大蘿蔔。才一個學期人家就去台北念大學了。」

說到蘿蔔時，寢室外的炎熱剛好給了一陣很長的風。財佑感覺到蚊帳上刺刺的格子撫過自己肌膚，身體上的汗被拉得很遠。他忘了下一句他接著想要問什麼。

好像有什麼已經遠去的東西又再次被抽離。財佑不知道003講的是不是真的。心裡其實感覺，以活了十八年來說，不太像是來得及把全部事情都經歷過一遍。但他喜歡裡頭所有被他認定的事實。不知道多少，但就算是有些部分的疑惑，也都溫柔得比木質吉他的撥弦還遙遠。財佑看著上鋪的木頭橫梁，好像是在和世界靜默對視。

那個下午照課表上的安排還是單兵戰鬥教練，要走出營區到外頭的草地，向前爬，像一隻烏龜一樣。但003才剛把腳伸進靴子，雨就開始下了。只要下雨就不會出外，人們會在室內練習，像地下的餐廳，或二樓有國父肖像的空間。地下餐廳的上課比較無趣，很溼。財佑本來想說和003說說譽靜的事，但轉頭時看到他的鋼盔已經上下晃動成頻率，就不打算打攪他的午覺了。

4

要跟人聯絡懇親假的事情。財佑趁著某個晚上就寢前，到收大家髒衣服的推車後面打電話。那邊有八台公用電話，吃硬幣的跟電話卡的都有。班長在財佑第一天晚上成功用侑嘉的手機聯絡後就沒有管他，也沒問為什麼不打電話回去。「你不是會出問題那種。」班長是這麼說的，在他幫忙把水管拿過來給班長換池子水時。

打電話的人不多，財佑等了不到一分鐘就接手前一個鄰兵的話筒。他拿出全新沒用過的電話卡插進去。他先打到老大店裡，鈴鈴了幾聲，感覺是沒人接。他把卡拔出來，回頭確認後面沒有人在等後，又插回去，撥了譽靜的手機。

全世界可能只有譽靜會覺得自己不是瘦的。她是個奇怪，只是漂亮的女生。關於這件事，她和財佑討論過。她認為自己和他一樣，不怕冷，但是絕對不瘦。說的時候，捏了左腿的小腿肚，低著一頭剛染的棕色長髮。

財佑對譽靜一直抱有一種厲害的人的感覺。從這輩子認識她開始，這個人好像就是為了當一個很厲害很忙的人而存在。在她偷閒發呆甩著手時，還有每次眼睛決定注目她時。他擅自將這種情感稱作「對永恆的追趕跑跳」，因為他覺得，那樣巨大的情感與渴望，並不只是譽靜這個人真實能力所展現的。更多的是，譽靜所凝視在他前方被她擋住的事物。財佑無法觀察那東西的輪廓，只能透過譽靜旁邊四散溢出的光芒理解。那些離他太遠，時間，他和譽靜之間。大部分時候財佑沒辦法知道譽靜在想什麼，但他知道他懂她在幹嘛。

不管自己的思考裡是怎樣的進化，對事物持續更開放更努力的思考，譽靜的樂觀像是被拐走了一般，始終不出現。她相信自己，不相信地圖，也不相信嚮導，還有光線。所以即便是每個天亮，每個陽光照亮前方原本晦暗不明前途的時刻。她也總是說，原本存在的障礙，並沒有消失。

為什麼她只是捏了左腿的小腿肚，財佑就會想到這些呢？雖然大部分時間他必須看著她的背影，但財佑放任自己的速度。每一個晚上，好像都可以期待，好像都可以有她。

譽靜說她不瘦之後，財佑便沒有再有喜歡上任何一個人的感覺了。沒辦法很精準地說出這樣一個判斷的依據。從結果來看，技術上的問題，這是忘記。忘記了身為喜歡的基準點的那個人，就沒辦法判斷所有新的情感是站在哪一邊。但又有點像是忘記的進化版，在忘記後，找到一個更好的辦法去處理人和人之間的關係。不是喜歡，而是更精準有效的東西來對抗這些感情上的波動。

「有這種東西嗎？」譽靜這樣問他。那跟付出有關還是傷害？她的懷疑有所保留，但仍帶有一點只要是人類啊這樣的語氣。

「還是逃避？」她這樣問。

「你喜歡我嗎？」譽靜把臉湊向前，問財佑。手揹在後頭。

「喂？」電話接了起來，是她的聲音。

「喂，我是財佑。我用公共電話打來。」

「嗯，我知道。嗨，好久不見。」不知道是不是調侃，譽靜的語氣比營區的燈火還明亮。

「妳可以幫我跟老大問一件事嗎？」

「嘿，可以啊。很急嗎？」

「不會。不急不急。」

「好喔，那我明天再去跟他說。」

「可以。」

「所以是什麼事？」

「禮拜六是懇親假，他們說因為家長會全部把我們領回去，所以不會特別有巴士載我們去車站。我沒有聯絡誰，所以沒有車可以回去。妳可以幫我問他能不能開車來載我嗎？」發現是自己很不熟悉的事情，財佑在用詞上選擇愈來愈困難。他不確定譽靜有沒有聽懂，但他最後幾個字的發音已經變得很彆扭。

「可以啊，沒問題。」

不過譽靜感覺沒有注意到這件事。

「然後他們說有寄邀請卡還是什麼的，上面有交通方式跟那天的流程。妳可以去我們家信箱看一下，如果有的話把那張給老大。」

「好啊。」

「嗯，就這樣。」

「你過得還好嗎？」

「沒什麼問題。」

「你聲音怎麼聽起來有點鼻音？」

「有嗎？我沒感覺。」

「雖然有預料到，可是你完全不熱烈的跟我分享軍中生活還是讓我有點傻眼。」

財佑把話筒從左邊耳朵換到右邊。「我不知道怎麼講。」

「我能去嗎？」

「懇親嗎？」

「嗯嗯，對啊。」

「可以啊，可是我不知道妳有興趣。」

「沒有。不過我有點想要看看軍隊的建築長怎樣。」

「喔，我可以形容給妳聽其實。」

「不用。」

「好吧。妳要來的話再搭老大的車過來。」

「好……星期六是……後天嘛！」

「對。」

「啊萬一老大沒空，我要怎麼跟你講他沒辦法？」

「我明天會再打給妳一次。」

「喔，好。」

「如果沒有，就算了。我會自己想辦法。」

「好的，掰掰。」

「掰掰。」財佑把話筒掛了上去。左右一瞥，旁邊已經完全沒人了。只有他一個人站在公共電話前。喉嚨有點癢，他輕輕咳了一聲。

老大開的店叫帝一，賣火鍋的。在財佑和譽靜去市區要搭的長長旅途公車的站牌旁邊。那一站叫「區公所前」，但如果要更符合地理事實的話，應該要叫作「帝一火鍋前」財佑很喜歡去帝一吃火鍋。跟老大沒有太大關係，跟便宜也扯不上原因。挺貴的，每次付錢都覺得心痛。但好吃。

譽靜很小就認識老大了，但她不喜歡去帝一。不管是自己，還是跟財佑。她的聒噪在那裡會終結，連最適合在吃飯時說的夢想，都會閉嘴。他不知道這所有的關係和原因，也沒打算問她。就連和老大在別的地方吃飯時，她都有禮貌的如同戴著面具。戴著面具的人在眼前挾著食物給你吃。好吃的，但不能問食物從哪裡來。

財佑很想每個晚上都吃帝一，如果金錢允許。他知道那只是一種味覺上的錯覺與詐騙的隱喻。但與此同時，他沒辦法分析出到底自己對帝一食物的喜愛是源自於何處。湯頭，沒有特別。番茄，普通。豬肉，五片。譽靜的不尋常讓他的思考多了遍。他不知道需不需要，但他不覺得也不想因為這樣，真實與謊言有了善惡的分別。

「你知道帝一開那麼晚的原因嗎？」譽靜有一次問他。財佑毫無頭緒，不就是做消夜的嗎？她說，那是酒店裡姊姊們每個晚上的分際，重生、繼續、紙鈔、酒。十點，或是十一點。在我們結束生活的週期時，她們的故事才開始努力過活。外頭的人們會到那裡，拿著角落放了不知多久的酒倒入她們的口中。魚板、金針菇、高麗菜、番茄……。隨著熱度的刺激，口腔的形狀會被包圍成像陰道口。

他告訴譽靜，他可能知道，她便不說話了。捏了捏鼻子。

爾後，在日亦加深的夜裡，吸入或排出的腔口，都被灌入濃稠的異性精液，夜復一夜。但財佑不覺得，這會是譽靜不喜進入那家店的原因。

他們上了彎過來的公車。那是一個紙醉金迷的夜晚，只有雨聲勞碌認分的工作。譽靜笨拙地把一卡通收回皮夾子裡，而空氣，耳朵在空氣旁邊爆炸。震動後溼潤全被壓得貼近地面，像過得很慢的時間。

公車在還未擁擠的街道轉行，有位中年男人從店的後門走出，背對著兩人抽菸。是老大，他彈了彈菸蒂。一間賣石頭小火鍋的店，晚上正要開始。在這種小小的村子裡，大家靠近大海，每個日子都會營業。沒有人會公休，老大不會，譽靜和財佑也不會。火星四散在半空中閃爍，老大轉身對著街道，眼神蒼老。路旁還有很多抽著菸的人，東張西望，漫步吐息。老大沒有和他們一樣，那些人剛從漁港回來，身上還套著連身的防水衣。老大穿著紅色與白色橫條紋的POLO衫，那是他的戰鬥服。他挺著肚子，像是看星星般地觀賞著街道。

＊

懇親前一天，部隊打了第一次靶。那天行程很滿，隔天就有一大堆家長要進來，整個營區忙著打掃跟裝飾。連長帶著幾個看起來比較強壯的人到廚房後面，把用來防水的大輪胎全部抬起來放到旁邊，把裡頭的垃圾跟泥沙沖刷掉。

財佑、侑嘉、茂沅都中選了。侑嘉雙腳橫跨水溝，一隻腳踩住一邊，變成很騷氣的倒V字形。茂沅跟財佑說，他搞不懂這樣做的意義是三小，你只是要在中間傳遞輪胎而已。好好站好很難嗎？不過整體而言，三個人都沒在摸魚。

連長人很溫和，也很受大家喜歡。雖然背值星的時候常常被營長幹，可是不太會罵下面的新兵。他和士官長兩個掌握這個連的人似乎都比較渴望以理治理的形象，語氣很重，賞罰很快。財佑也不知道是不是幸運。他沒有把握遇到任何人都能應付，但至少這次遇到的是比較能抓到他們節奏的人。

不會一開始就打標準靶，要從比較近的靶場開始。跟靶紙的距離近，離營區的距離也近。側門出來，走路不用五分鐘的山坡上。拿著65K2跟木棍演練了很多遍，口令也驗收了多次。射手起立射手就位臥射預備裝子彈左線預備右線預備全線預備開保險開始射擊。射擊完後，要檢查有沒有子彈遺留在彈室裡，避免誤擊觸發傷人。這也有一整組口令和動作。驗槍開始驗槍蹲下轉槍面向左取下彈匣轉槍面向右拉拉柄將槍基固定在後通視槍膛檢查藥室有無子彈將槍輕輕放下送上槍基開保險擊發拉拉柄兩次擊發再擊發轉槍面向左裝上彈匣轉槍面向內蓋上防塵蓋驗槍完畢。通視槍膛時，要把槍斜斜地架在自己肩上，槍口朝上。這樣擊發時才不會是瞄準人的。一隻膝蓋立起，另一腳單膝跪地。這個姿勢很像歷史課本裡拿破崙打仗時，英國人在滑鐵盧用的圓陣時跪射的樣子。財佑心想。

這比單兵戰鬥教練的報告詞簡單太多。特別是幾天下來，手中是有拿著真的物品操演。不像單兵的取出圓鍬先挖左側土由前往後挖由後往前送將挖出之土向前堆成胸牆翻身入坑內再挖右側土直至能掩蔽全身為止，必須想像出一把挖土工具兩手拿著假裝在挖。大家很快上手了順序，背的進度也看起來簡直有如神助。

真的上靶場完全是不同的事。

梯次與梯次之間輪換很快，排隊，上去趴下來。第一次打靶的人們緊張的程度跟排笑傲飛鷹有得比。但排隊的速度是數倍快。心理建設還沒做完，就輪到自己端著65K2上台。射擊指揮官下令射手就位，一排八個人大約兩個就會直接趴下去了。被電。臥射預備時，會有三四個人選擇比較適合睡覺的姿勢而不是臥倒。被電。接著會暫停，因為所有人都好像不會被手靠到前面沙包上。等全部處理完，才會開始射擊。

土堆、土堆、地瓜、土堆、地瓜、土堆。

簡單來說，就是被電得很慘。

拿了一張五個彈孔的靶紙，財佑在想應該高興嗎。他有點想咳嗽。雖然打靶很快，但因為是四個連一起出來打，所以等待時間又是很久。剛剛002在自己旁邊打，他的靶紙上是零個彈孔。一個人只有三發，不過財佑不敢確定是不是自己和002總共六發的子彈打中的五個彈孔。因為003在他們旁邊，他的靶紙也是零個彈孔。

順帶一提，茂沅的靶紙上有十二個彈孔，而侑嘉的靶紙在他跑去前面拿的時候沒有抓穩被風吹走了。

「三個啦，我有看到。」他自己是這麼說的。

吃過午餐後，財佑和003一如往常地躺在床上發呆。小貨卡載著活動式的遮雨棚來營區裡，是為了給明天懇親會的外人用的。小貨卡就停在自動販賣機旁的馬路上，那邊有一個停車格。司機以為車子進來都得停那裡，上面寫著卸貨專用。只是那平常是給補自動販賣機裡純喫茶的小貨車停的。小貨車後面進來，發現平常的位置被停走了，於是司機轉了個彎到另一邊。這時，慘劇發生了。

烏龜平常有自己的散步路線。跟其他的物種一樣，也有非常龜毛的特性。跟著班長養了幾天烏龜，也很容易就感覺到這兩位營區的學長有自己固定的操課表。而且每天都是一樣固定的，該幾點去哪裡上班，該幾點縮進龜殼都很有自己的堅持。而中午的其中一隻烏龜，牠的散步路徑剛好跟今天堅持改道沒有申請的補純喫茶的貨車重疊到。閃避不及，烏龜死惹。

「欸，001，你要不要去看烏龜啦。」侑嘉跑到財佑的床上，使勁地搖著他。

「不要。」

「難得耶，恁北這輩子沒見過爆開的龜頭耶，很壯觀耶。」剛剛就是他一路從外頭喊到裡頭的，烏龜死惹，殺龜害命喔。

「啊那個司機有怎樣嗎？」茂沅跑了過來，才床上勉強擠出另一個空位。

「有的。他剛剛被烏龜法庭判刑，要進勒戒所吃很多很多的糖。」

「對啊。然後糖都要跟你買。」茂沅嘴巴咧開來笑。

「欸，你怎麼知道。這樣不行喔，這是官商勾結被發現了。我要跟烏龜法官講。」侑嘉右手食指伸出來在茂沅前面搖。「你們知道烏龜的法官叫什麼嗎？」

茂沅搖搖頭。他看了財佑，財佑也跟著搖頭。003在旁邊也搖頭表示。

「叫龜官。」侑嘉說。

茂沅一臉疑惑的轉頭看財佑。「什麼意思？」財佑搖搖頭。他再轉過去看003，蛤的表情寫在臉上。「我聽不懂。」003說。

「厚，就龜官啊。你們很笨耶，怎麼聽不懂。」侑嘉在財佑頭上敲了一下。「特別是你，大學生耶。」

「欸幹，你們知道我也考上大學嗎？」茂沅在旁邊說。

「喔，我知道。社會大學嘛，我也有上過。」侑嘉回應。

「不是啦，中山大學。西子灣那個。」

「你說有一個牌樓，都是紅紅的那個。」003說。

「對對對。我那個時候學測考上的。」

「啊你怎麼不去讀？」003繼續問。

「一定是因為每天上課都要划船，還要穿丁字褲戴斗笠，對不對？」侑嘉在旁邊說。

「幹，白癡喔。那是蘭嶼啦。」茂沅回答，他笑得眼睛都瞇起來了。「我就想說直接工作就好了，不是對大學很有興趣。」

「001，你真的不去看看嗎？世界奇觀耶，你下次想看龜頭爆開可能茂沅要比較委屈一下了。」侑嘉把手變成爪形往茂沅胯下一抓。「幹。」茂沅躲開，立刻反擊。財佑笑著搖搖頭。

「班頭，你怎麼都不講話？」003問。

「我喉嚨有點不舒服。」這是實話。從在靶場喉嚨變愈來愈緊了。除了緊，還有乾。像是很便宜的肉乾片變成自己喉嚨裡的肉，沒有水分，也沒有人體應該有軟嫩。每次嚥氣都覺得好像有什麼東西跑上來，撞上一個會痛的部位，然後卡在那裡。

「剛好，明天就可以出去看醫生了。」茂沅說。

「哇，沒機會出外轉診了。真是選了錯的時間生病。虧你還讀過大學。」侑嘉敲了茂沅的頭：「幸好你沒去讀大學，不然就變得甲幾扣同款。連什麼時辰破病攏嘸知。」

財佑任由他們鬧，想說試試看睡一下會怎樣。但可能是旁邊真的太熱鬧的關係，他閉了眼睛完全沒有倦意。侑嘉的聲音又出現。

「幹白癡喔，那隻當然是母的啊。龜頭都爆了，當然是母的啊。你有看過女生有龜頭的嗎？」

「欸，我書讀得少你不要說一些人家聽不懂的話，我會以為你在說我帥喔。」

「003，來，你聽我說。不要擔心，剩一隻公的，你還是可以幹。我們社會是很尊重多元的，你幹個公烏龜，連長不會有意見，營長不會有意見，國防部長也不會有意見。你就放心去幹吧。不然，你想要跟烏龜在連集合場玩龜頭親龜頭，我也一定幫你安排。我們這邊，一班、二班、四班總共三個班頭去幫你跟班長說……」

雖然所有人都對烏龜被殺死這件事感到憤恨不平。但下午第二節下課，壓死烏龜凶手的統一那台販賣機前還是擠滿了人。

＊

「媽的你們這些統一的死走狗，全部抓去槍斃。」侑嘉手裡拿著純喫茶大喊。

期待雨天，跟喜歡雨天的心情，是很類似的。

烏雲將整個營區包圍，時序入夏。圍牆外的雞不停的在叫。暮色的光被雲分割成塊狀的，空曠地切割在時間上。有些溼度被遺失在月曆的格線裡，就像有著很快對事物撒手不管的方法。現實靠得太近，那些站在眼前到來的，總是巨大恐懼且充滿未知。

懇親要用的篷帳和暫時替代停車格的拉線都準備好了。連長說，晚上讓大家去營站。這句話讓今天的洗澡活動，達成了開訓以後次好的紀錄。全部洗完只花了三十二分鐘，大家乖乖準備好錢包連去抽菸的人都不多。最佳紀錄是第二天達成的，那天班長在洗澡時叫一個班去出公差，回來時不知道什麼事大發雷霆就忘了他們還沒洗澡。二十九分鐘，是只用五個班才達成的成績。茂沅那班，剛進來沒人敢出來強出風頭，成功地節省水資源。

士官長廣播，今天晚上要去看醫生的到連集合場集合。時間跟去營站的時間衝突，加上明天就要放假不用拚轉診單，整個營舍靜悄悄的。財佑突然覺得很尷尬，因為他打算要去給軍醫看一看的。他知道明天就放假了，可是看醫生還要跑到市區。他連明天老大會不會來都還不確定，所以打算在裡面看能不能拿個藥來吃。

沒有人站出來，但他感覺頭開始昏昏的了。這是要我還是現在要看的意思吧。財佑心想。於是他自己一個人走了出去，站到偌大的連集合場。只有自己一個人，連國旗都已經降下來了。侑嘉跟茂沅剛好從廁所走出來。侑嘉身體趴在廁所外的製冰機上，打開蓋子正在偷吃裡面的冰塊。他咬碎嘴裡的冰塊，讓它們變得比較小在口腔裡滾動。用含糊的聲音大喊：「001，你站在那邊罰站幹嘛？」

「看醫生。」財佑不敢發出太大的聲音，所以他盡力讓自己的嘴形變化明顯一點。

「你喉嚨還在痛喔？」茂沅大喊。財佑點點頭。

「怎麼辦，他只有一個人站在那邊，好像白癡喔。」侑嘉對著茂沅說，聲音沒有那麼大了，但財佑還是聽得到。

「超像被人霸凌的。」茂沅說。

「自己站出來，被自己霸凌。現在台灣大學生的想法真的很難懂。」侑嘉好像終於咬光所有冰塊，嗽的一聲把所有水吸進去。「來啦，001不要說對你不好。今天就我們兩個去找醫生玩小護士打針遊戲，用我們大棒棒來幫醫生打針。」侑嘉也走到連集合場來，把財佑抓進懷裡。「茂沅要一起來4P嗎？」

「不用了，我沒興趣。」他一邊大笑，一邊看著連集合場上的兩人。

士官長這時從樓梯上下來，看到財佑和侑嘉兩人站在連集合場上。「今天要去看診的只有你們兩人嗎？」

「報告是。」侑嘉立刻兩腳跟靠攏併齊，腳尖向外分開四十五度，兩腿挺直，兩膝靠攏，上體正直微向前傾。體重平均落於腳跟及腳掌上。手心向內，兩手五指併攏伸直，手掌及指與腿相接。中指貼於褲縫。

士官長看了侑嘉一眼。「040，今天不會開轉診單喔。」

「報告士官長，單兵不會為了一張轉診單就浪費營區寶貴的醫療資源。一定是等到真的影響到正常作息才……」

「好了好了夠了。」士官長搖著手上的原子筆，打斷了他的話。打開手上的簿子。「001，什麼地方不舒服？」

「報告，他喉嚨痛。」侑嘉搶在財佑之前回答。

「洞洞么，喉……嚨……痛。」士官長一邊在簿子上登記，一邊念出來。「啊你咧，040，今天又什麼毛病。腳痛？腰痛？」

「報告，今天是肩膀痛。」

「肩……啊，算了，筆畫太多了。我幫你寫手痛就好。」

「是，謝謝士官長。」

士官長把簿子合上，轉身進連長室報告。「出發。」鐵紗門開的聲音響了兩次，士官長從連長室出來。

「先跟你們兩個提醒，今天中午連長雖然有說要放福利，讓你們晚上去營站。不過你們兩個現在去看醫官，他們十分鐘後就出發了。如果看完醫官還有時間，我會讓你們兩個去營站。可是如果排隊看醫官的人太多，結束的時間太晚，那就沒辦法給你們放福利了喔。」

「報告知道。」侑嘉說。

士官長搖著頭看了一眼侑嘉：「040你人雖然皮皮的，不過對朋友還不錯嘛。」

侑嘉聽到後一臉得意，他偷偷靠近財佑的耳朵，小聲地說：「謝謝不用了。」好像很帥的樣子。

財佑沒有虛弱到完全沒辦法同人話的地步，只是侑嘉都先搶著說了。他想說，算了，就不講話了。

但他們在來的短短路上，還是沒有逃過烏雲。雨滴打到頭上時，一開始只覺得是下得滿密集的雨絲。但後面狂風將雨甩在地上的聲音愈來愈近，回頭看發現連路燈都看不見了。士官長一開始說：「走快一點。」後面當真的雨珠打在三人身上時，士官長說：「起步，跑！」

士官長的身高不輸侑嘉，但身型更壯。會讓人害怕握緊拳頭過來威力的那種。「還是要對腳步！」他在前頭大喊。三人的腳長差不多，而雨勢很誇張。所以當他邁開步伐全力往前跑的時候，財佑和侑嘉其實也只要全力衝刺，腳步便一致了。凌亂錯雜的雨聲中，財佑甚至還能聽到三個人的腳步聲是一致的。三雙運動鞋快速壓過柏油路的頻率相同，聽起來非常有快感。

「跑到室內！跑到有光的地方！」士官長大喊。

根本沒什麼人來看醫官，加侑嘉和財佑也才三個人。醫官那邊給了他們大毛巾把身上擦乾。看診也十分快速，侑嘉不到三十秒吧。財佑花比較久，但最後醫官也只開了兩包藥丸。「這個可以讓你今天晚上睡得比較好而已，明天出去還是要自己找醫生看。」侑嘉把兩包藥丸拿過來看，放在燈光下轉了一圈。「這種顏色的藥你找我拿就好，而且我的包你一定更High。」

士官長帶他們到達營站時，裡頭還有營業，但外面已經熄燈了。黑暗之中，無數人的身影在閃動。階梯上的長椅區被占領，桌子上擺滿各式各樣久違的零食：洋芋片、新貴派、威化餅……。每個人手上幾乎都拿著一瓶可樂，600ml的。比較誇張是拿著三公升開始灌的，旁邊的人不斷笑他。「幹死定了班長說要全部吃完，不能帶回去。灌死吧。」「幹，看㤞北不起喔！」說完繼續狂喝。

「001，這邊。」

侑嘉剛剛一到就衝進營站跟著人群搶購食物了，財佑轉頭一看，看不到人，都黑的。不過從臉的大小跟聲音，應該有其中一個人影是茂沅。財佑走過去。「來啦，不用進去擠啦，這邊就吃不完了。」茂沅說。

黑暗之中，財佑只能猜到旁邊一直笑的人應該是茂沅。他被一個圈圈快速地吸入，很自然成為它的一部分看不見。大家交換著手上的零食和飲料，但因為看不到包裝，所以必須大喊說：「乖乖，誰要？」「美力果，誰要？」然後傳給伸到眼前的手。也是因為看不到，所以搞錯、惡搞的情況也在傳遞間交錯著。「幹你娘，這最好是可樂果。這口香糖，還咬過的，幹。媽的，誰給我的？」沒有人知道，只有笑聲。

「你能喝冰的嗎？」茂沅問財佑。

「我覺得不太行。有水嗎？我想吃藥。」

「有啊這裡。」茂沅拿出一個寶特瓶。財佑前幾下沒找到位子，第三下才成功抓牢寶特瓶。旋開瓶蓋小試了一口。是水。

「哈哈幹是水啦，我才不像侑嘉那麼沒品。」茂沅大笑。「這瓶給你，應該也沒人敢喝病患喝的水吧。」剛剛吃到咬過口香糖的聲音突然發現了什麼，大喊：「幹李侑嘉，果然是你，賣走。幹你賣走。甲恁北凍欸。」複數個人影衝出了圓圈之外。

營區本身晚上不會開燈，附近又是農田。整個環境光害很小，天空中的星星像多寶盒撒出時被定格一樣。數量多到每一片星星都像銀河，很多層很多層交揉上去的。不知道哪塊的黑影先開始注意到天上的動靜。「那顆是鄧紫棋。」「那顆是阮七辣啦幹。」「那顆是雷姆啦，最亮那顆。」「靠北雷姆三小，好噁心。艾密莉亞啦！」「厚！班長不喜歡雷姆，你死定了。」

「幹，最亮那顆是士官長啦，有沒有意見？」是侑嘉的聲音。不知道他在哪裡。「哪裡？」「每顆都很亮啊！」「看不到哪裡？」「幹，就最亮的目小喔。」「媽的，看不到不會弄亮一點看喔。」有一支菸被舉到半空中，對著夜空燃燒。「你各位不來幫忙把光打亮是在衝三小。」

「幹白癡喔。」「班長有人在模仿你啦！」漸漸將伸手不見五指吞噬的嘻笑聲中，無數支菸出現在黑暗裡，橘色的火光忽明忽暗。也有人直接拿打火機出來，大拇指壓著讓火苗在空氣中一直燃燒。

「001，來，這根給你。茂沅你拿這根。」侑嘉不知道什麼時候又跑回兩人這邊，手上拿著點著的三根菸。「快點，快點。舉起來。」財佑拿著香菸，慢慢把它到頭頂的斜上方，變成眾多光亮的其中一支。

5

部隊裡的跑步，很不像跑步。跟外面那種時尚的河濱慢跑當然不一樣。可以說本質相同，只是這樣講會很微妙。

每個人入伍時能跑的程度不同，所以得從最低標準開始。人類往往會高估沒有運動的自己能夠跑動的距離，新訓中心深深明白這樣。所以一開始會跑得極慢，可能是九分半速。一群人同時跑步絕對不是什麼舒服的事。特別是還必須保持隊型，不能超過領跑的班長，也不能以自己的速度向前。這點讓財佑覺得跟跑步有點矛盾。

他總覺得，跑步應該是在一道專屬自己沒人干擾的跑道上用盡自己的全力向前。自己所有的能力、自己所有的意志。每一下踩在跑道上，都比醒來要面對一天無所事事的茫然真實。一步兩步，肌肉痠痛是真的，汗水也是真的。不知不覺，就養成了每天跑步的習慣了。

前後左右都是人，晃動的號碼衣，飛揚的塵土。好像是買了一張單程旅行的機票，在黃沙滾滾的機場降落，沒有一句聽得懂的被排海關通關的人群推擠往前。隨著多數，太多人跑動，反而讓沒有在跑步的風景變成很搶眼的過程。都是無能抗拒的勢在必行。

財佑不覺得那個在早晨的跑步適合當作時間的單位。它雖然固定，第二個禮拜後確定了在這之後每天起床都會晨跑，卻無趣。甚至讓他有一種相同的感覺，但沒有任何一個時間會和另一個完全相同。各個時間會堆積類似，但它們絕對不相同。

沒有完全相同的，還有每天就寢的方式。雖然都是差不多的行程，操了差不多的課後結束的一天。但財佑在人生中沒有那麼確切的感受過，自己的每一天那樣相似，卻又明確地和昨天不同。有什麼東西改變了。是不是變好，或者變壯，他都沒辦法確定。

事實上，在第一天進到營區，第一個晚上嘗試入睡時，他便想起譽靜了。在黑暗中，菜兵的興奮和緊張還沒有見過世面，過了半小時後仍無人入睡。譽靜跑到了爬上上鋪的階梯上，用奇怪卻平衡的方式縮在兩個階梯中間。盯著財佑。無力而重迴，就像在深深的水中，四周都是弟兄吐氣所冒出來的氣泡。整個部隊都沉在飼養巨型海藻的水族箱裡。肥大的藻類把床的支架環繞，在氣泡不斷移位的光影裡慢慢抬離地面。財佑想起身開燈，但譽靜制住了他。她先用左手按住移動上半身的財佑，接著，另一隻手撫摸他的臉頰。

譽靜在和財佑交往後沒久就摔傷了腿，兩個月沒有至操場跑步。冬天過了春天來時，雨沒有被帶走。但她重新穿著螢光夾克來到了操場。能運動的程度不大，只是慢慢地跑，慢慢地繞。

「東西壞掉了，好像真的就沒辦法變回原本那樣了啊。」那天跑完後，兩人坐在學校操場旁邊司令台的大階梯時譽靜這麼笑著跟財佑說：「模仿過去曾經的自己真的是件滿白癡的事。可是又會很不服氣覺得，那是我啊我就是這樣啊憑什麼說我不是那樣了。」

學校操場旁邊種了一棵樹形很美的櫻花樹，幾年前一部偶像劇曾經在那邊取過景。財佑記得往年的這個時候應該要開花了才對，只是那個晚上還是光禿禿一片。

兩天後，譽靜便開始嘗試加速。全力奔跑樣子的確有幾個月跌倒之前她的影子，動作很順暢沒有停滯。只是不到四分之一圈，就得停下摸著腿喘氣。那時也是在夜晚。財佑知道她不喜歡他那時過去問她怎麼了，便慢慢的從旁邊超過她。熟悉的螢光夾克在眼前掠過那一剎那，財佑不敢去看單膝跪在跑道上的譽靜。只是他突然很想大喊，跑啊，跑啊，在前面跑啊，不要停，請妳一直在我前面跑啊！

＊

「001，」財佑抬頭，是侑嘉。「在思春喔？」

「看烏龜。」

侑嘉蹲到他身邊。池子裡只剩一隻烏龜，牠四肢都伸出龜殼，頭也抬得老高。頂天立地地站在池子裡最大的一塊石頭上。細長的脖子上有一塊東西在滑動。不知道是不是喉結，財佑對烏龜沒什麼研究。

「晚上有沒有事？要不要來小港吃飯？我可以去接你。」

「喔，好啊。應該可以。」

「吃我們家開的一家義大利麵店，我以前也在那邊打工過。」

「可以啊，沒什麼事。」

昨天從營站回來時太晚了，所有人都直接被趕上床去睡覺。財佑沒機會去打電話給譬靜或老大問今天懇親的事。所以他還真的不確定等下會不會有人來看他。應該會來吧。算了，可以就是可以。不差這通電話。

「我等一下去問茂沅，順便叫他問一下加樂。」

「喔，好啊。」

聽到加樂，財佑突然感覺手心似乎出了一點汗。他本來想問侑嘉要不要問003一起，但馬上覺得這主意不太對。於是就沒問了。

「啊茂沅這個小廢物跑去哪打手槍了啊？」

「剛剛三樓廁所水管又出問題，他被班長叫去弄了。」

「真的是小廢物耶，躲到上面去幹水管了。」

在新兵裡，會一些專業技能的人是長官最愛，也最快認識的幾個人。最熱門的三個行業是油漆工、汽修工和水電工。

油漆工，因為每個梯次的懇親都要好好打扮，所以從進來資料填完，就會有出不完的公差、刷不完的牆壁。厲害一點的還會塗鴉。但財佑這梯沒有。汽修工，出的公差都是去很遠的地方。會認識很高級、營本部的人。那天在清晨廁所遇到的那群人裡的056就是汽修，操課很少看到他。上靶場時財佑很疑惑，因為他根本沒上到過打靶的課，都是在公差。只是因為全部人表現的都荒腔走板，他並沒有特別明顯落後進度。大家都很疑惑，哪來那麼多車可以修。

「沒有啦，這種一定不能修好的啊。要一直修到比較好，但還有一點問題才能一直出公差。欸，營長每次都會請喝珍奶耶。」他是這樣表示。今天雖然是懇親，但一大早他還是不知道被叫去哪裡出公差。

茂沅說過，他職業不是水電工。他只是剛好會而已。

「我們家是開山貓的。」他說：「修馬桶這個不是很基本嗎？」雖然這樣說，可是長官們很信任他。反正營區裡的水電出狀況的頻率比三餐更像日常，水電工永遠不夠用，茂沅也就頂上去了。

不知道是不是醫官給的那兩顆藥丸的功勞，早上醒來時財佑根本忘記自己喉嚨會痛這件事情。是張口出聲時，那陌生的沙啞才讓他回想起自己類病患的身分。他喝了藏在床底下、昨天茂沅給他被他一路帶回來的水。好像又像自己的聲音一點。

財佑其實也算有特殊技能的。一天晚上，連長叫班長就寢時間過後偷偷把他帶去連長房間。「要寫滿五百字，內容主要是檢討跟反省。」連長給財佑看書桌上一疊稿紙，桌面上只有放著紙跟筆。有一台很老式可是看起來十分典雅的檯燈。「總共有四個班長需要寫，內務缺失。棉被沒摺好，四個都是。」他幫財佑拉開鐵製的T型椅。「今天晚上弄出來可以嗎？不能有塗改。」連長把桌上的筆拿起來，垂直握著在眼前豎起。

財佑滿喜歡那個公差的。有冷氣吹，還很強。可以晚睡，又有一種祕密行動的刺激感。很有當兵的感覺。只可惜這個任務只有出過一次，當天晚上好死不死營長巡房，連長快速地把犯罪證據收拾好搬了一張椅子坐到財佑對面。

「單兵因為遭遇感情上的變故心情不穩定，正在和他進行心理輔導。」連長拉著財佑起立和營長敬禮後說。營長上下掃了財佑一眼。嚴肅地看著他，嘆了一口氣。

「唉，女人嘛！如果才進來幾天就跟你說要分手的，這種不是真的愛你啦！聽營長一句話，你還年輕！女人，下一個會更好。真的！外面那麼多，不用在這種小地方執著。看你漢草不錯，又長得眉清目秀。不用怕啦！一定會找到真的喜歡你的人。營長啊，年輕的時候，也是跟你們一樣……」

財佑看著營長有點中年肥的身材，肚子太大所以走路時重心會讓屁股也一擺一擺的。他懷疑現在才是最機密的隱藏任務，而自己厭世的眼神和演技成功地幫助完成了此項任務。

「烏龜啊烏龜啊，你真的很可憐。昨天老婆才剛被壓死，今天就要眼睜睜看著我們抱七辣。而且還會連續三天看不到我大內彭于晏帥氣的臉龐。」

又是不知道哪裡找來的樹枝，侑嘉一邊戳著烏龜一邊自言自語。烏龜雖然沒什麼動靜，卻也被他弄得很煩躁，慢慢地把四肢跟頭縮進殼裡。

「所以這隻真的是公的？」

「對啊。男生才會知道忌親前一天不要亂跑，外面路上很危險，一不小心就會被車子壓死。只有白七查某人才會在這種日子還亂跑出去。」說完擺了一個拉弓的手勢：「大內彭于晏今日名言。外面路上很危險，一不小心就會被車子壓死。」

財佑只是冷冷地看著他，沒打算接他的話。

「我上去問那個幹水管的小廢物。你回家就有手機了嘛！那我再打電話跟你說。」

侑嘉比出一個OK的手勢問他。財佑點點頭。侑嘉立刻成拉弓的姿勢。只是這次他把頭低下，眼睛壓在右手小手臂上。保持這個姿勢快速地跑上樓梯。

家長們進來時，所有新兵被趕到二樓的大通鋪去等待。一樓是完全淨空的，安官桌被搬到自動販賣機，那裡是動線的入口。班長坐在那邊確認是誰的家長後，用廣播通知。

「兵器連四十四號，至服務台。」大概像這樣。被認領的人就可以下去到一樓，開始吃家長帶來的外面的食物。

財佑、侑嘉和茂沅三個人擠在最靠前門床位的附近，從那裡直接下去最快。只是好像沒什效果，已經有超過十個人被念到號碼，跨過他們囂張地晃去一樓了。

「欸所以，你會來載我們囉？」茂沅問。

「對啊，四個人開一台車比較方便。」侑嘉說。「加樂等一下會來嗎？」

「不會耶，等一下是我爸。她說她有事。」

講到加樂，財佑下意識地檢查了現在手掌有沒有出汗。

「幹，把年輕的藏起來只給我們看老的，茂沅你真的很會做人。」

茂沅哈哈大笑。「不會啦，我爸沒有很老。」

「可是我不想看。」侑嘉嫌棄的說。「001，你家在哪裡？三民對嘛！」

「我只是遷戶籍在那裡耶。我家有點遠。我去茂沅家那邊一起讓你載你比較方便好了。」

「果然是大學生。」侑嘉好像很滿意，拍了拍財佑的肩膀。

「兵器連003，至服務台。」003在房間中段跳了起來，一跳一跳地一路擊掌。走過三人旁邊的時候，對著財佑敬禮。

「班頭，小的要先走一步了。請您保重。」003下樓梯的聲音好像特別大聲。

「幹我們家那個老鬼死去哪了，說好十點半，十點半，現在台灣人都忘記要準時了嗎？」侑嘉忍不住開幹。「我們來賭我們三個誰最快下去。」

「我賭茂沅。」財佑說。

「好啊，要賭什麼？」茂沅問。幾乎再同一個時間，下一個廣播響起：「兵器連001，至服務台。」

茂沅和侑嘉用一種看垃圾的表情盯著財佑。他小心地站起來。「呃，待會見？」

「幹，博歹賭啦，抓起來。看雞雞還是手指，選一個剁掉啦。」財佑走下樓梯，侑嘉的聲音還是從上面不斷傳下來。

老大在水塔旁邊抽菸。

他蹲著，轉過頭時兩人眼神相交。財佑往他的方向走過去，剛剛一下來沒看到人，坐在安官桌的班長叫了他。「洞洞么，那邊。」那個水塔大部分時候上頭是沒放任何東西的，空的，連還有沒有在用都不知道。最常看到的是外掃區的班級沒藏好，裝滿落葉的垃圾袋出現在那裡。有時候有小鳥會飛去那邊築巢，連長叫侑嘉去把牠們趕跑。旁邊就是營區的白色牆面，高度不高，感覺很適合偷偷訂外賣從那裡交易。老大隻身一人，看起來沒有特別帶什麼東西。

「嘿呦，我不知道這邊能不能抽菸，不過他們也沒有趕我。」

「我們吸菸區在那裡。」財佑指向大樹下。

「喔喔，看起來差不多嘛。」老大把菸彈了一彈，用衛生紙包起來，放進自己口袋。「我太晚醒來了。怕遲到馬上開過來，來不及買什麼東西。我們等一下再出去看你想吃什麼。」

「不用。我沒有特別餓。」

老大伸了個懶腰。

「難得當個兵，你表現隨便一點沒關係啦。」

財佑疑惑地看著老大。「這有點難，對我來說。」

「嘛，都可以啦。」老大將兩隻手臂放下，在身體旁邊甩著。「譽靜本來想來的，只是早上說她身體不舒服，沒辦法過來。」

「她還好吧？」財佑問。

「就那樣啊，她那個身體狀況。」老大挖苦說。「怎麼，她沒來你很失望嗎？」

「沒有特別。」

老大笑了一下。

「唉，年輕人啊。」他慵懶的說。

「什麼時候可以走啊？」

「要等離營宣教。」

「那應該不是馬上的事吧？」

「對。」

「好，那我去拉坨屎。起床到現在還沒大便。」

財佑本來想指路給他，但老大擺了擺手，頭也不回地走了。財佑心想好現在要幹嘛，回去二樓嗎？沒有聽到014跟040，所以茂沅跟侑嘉應該都還在上面。

老大大便一向都滿久的。

有個人拍了拍他的肩膀。財佑回頭，有點訝異。是勁輝。

「001。」

「嘿，什麼事。」

「你有汽車駕照嗎？」

「有啊，可是我駕訓班上完後就沒開過車了喔，駕照只是好看的。」

「你有嘛。」

「對，我有。」

勁輝摸著下巴思考了一下。不是惡意，但財佑真的覺得他的長相滿像猴子的。

「我再跟你聯絡。」

說完也是頭也不回地離開。

＊

侑嘉家開的義大利麵店比財佑想像中樸素很多。很學生的店，可以加十塊加麵，加二十八就有沙拉跟飲料那種。侑嘉進門時，店裡的阿伯好像也很意外。他舉手打了個招呼，兩人並沒有繼續的互動。這就是少爺的氣場吧。財佑心想，他原本以為會讓侑嘉特別邀兩人跟加樂來小港吃的東西，應該是很厲害的東西。不是說一定要神貴超精緻，但這店還是庶民得太超出他的意料了。不過他和茂沅都跟侑嘉說還不錯吃就是了。

「茂沅你不是說想買車，最近在看奧迪？」

侑嘉站起來。手上拿著結帳單。

「這餐我的，我的。這一點錢。」

他撥開說財佑跟加樂的茂沅拿錢的手，往前走到櫃檯。財佑也跟了上去。

「我們老家，」侑嘉一邊拿出信用卡：「現在車庫裡停了一台，就在附近，你要不要順便去開看看？」

「好啊。」

茂沅是真的很興奮。立馬回應。突然想到什麼似的，回頭問加樂：

「今天晚一點，我等一下載妳回去可以嗎？」

「你想看就去啊。」

「謝謝妳。」

「太閃太閃。」侑嘉遮住眼睛說。「奇怪眼前怎麼一片空白呢？」

四個人搭上車，侑嘉叫茂沅左轉，進了一條窄小的巷子。是只有當地人才敢進去，不怕轉錯的巷弄裡。茂沅因為對侑嘉正在開的 Ford 有興趣，直接坐上駕駛座。侑嘉坐在副駕駛座指導，而財佑和加樂兩個人坐在後座。加樂今天穿著一件黑色連身長裙，上次讓財佑心亂的大腿沒有露出來。但是小腿還是有很大一截在外面，腳踝上長滿金色羅馬鞋的綁帶。有高跟的。財佑發覺加樂今天指甲顏色也有搭配，腳上全部是紅色，手指則是淡淡的粉藍色。他不知道紅色對金色還有粉藍配黑色是那麼搭的。

「嗨。」說完嘻嘻地笑了起來。他們兩個今天晚上都還沒講過話。話最多的是侑嘉，茂沅整路都在跟他聊車。財佑和加樂的話都很少。捏緊口袋裡的手帕，這是財佑出門前跟老大拿的。小條白色的方巾，上面還有帝一火鍋四個紅色大字和它的電話。為了保險，包包裡還有衛生紙小包的。只是今天還好，手心還是乾爽的。

「謝謝妳的香包。」難道那天真的只是因為緊張？財佑心裡疑問。

「喔，居然還有人記得。真高興。」加樂眼睛瞇起來。

「我也記得喔。」茂沅轉過頭說。「欸欸專心專心，我的車耶。」侑嘉在旁邊說。

「財佑，你幾歲？」

加樂一手在侑嘉阿嬤的狗的下巴上搔癢，一邊問他。得知是二十四歲後，她驚呼哇看不出來。毛過長的拉不拉多。茂沅跟侑嘉開著奧迪去外面試車。財佑說他可以留在室內等，加樂說她也不想去。侑嘉幫他們開了冷氣。「冰箱想喝什麼自己隨便。」兩人也沒去看冰箱，只是坐在客廳跟狗玩。

「有女朋友嗎？」

財佑搖頭。

「你長那麼高，又有讀大學，怎麼會沒有女朋友？」

財佑疑惑讀大學跟交到女朋友的相關是什麼，但他沒問。

「茂沅跟你差多了。」加樂咂了一下舌頭。

「怎麼會，我覺得茂沅是很棒的一個人啊。」

「是啦，只是想到他大學考上結果沒有去讀就覺得很誇張。」

加樂看了窗外一眼。財佑分不太出來這是一種對自家人的自謙，還是真心的抱怨。

「我一直很希望可以認識大學生。可是都沒有機會。」她把手臂伸到財佑面前，兩面展示給他看。「你看我的身材很瘦小，所以大家都把我當小孩子看。」

雖然沒有露腿，但連身的黑色洋裝是無袖的。從財佑的角度，他可以直接看到伸過來的手的最根部。加樂的腋下沒有毛，黑色的胸罩隱隱在肌膚和衣服之間露出。手臂非常白嫩，上面沒有任何贅肉。其實還是有的，只是那彈性跟光澤太青春了，好像怎麼長都會是完美的。

「因為我太瘦了，我以前國中還有一個很奇怪的綽號。你要不要猜猜看？是一種神奇寶貝。」

「吸盤魔偶？」財佑想到003的話。

「欸！」拉不拉多被加樂突然的高音嚇到。「你怎麼會知道？你是第一個猜到的耶！一定是茂沅跟你說的，那個大嘴巴。」

「沒有啊，他沒跟我說。」

「對，對！不對，他應該不知道才對。還是你有在玩寶可夢？」

「有。」

「好吧，算你厲害。」加樂想通什麼，突然雙手一攤倒向後面的沙發上。「對啦，我就是長得像吸盤魔偶啦。嗚嗚嗚，好醜喔。」

「不會啦，妳比她漂亮很多。」財佑本來想說不會啦吸盤魔偶也很漂亮，可是想想這句話好笑比較像諷刺，就換了另一個講法。

「嗚嗚，超醜的。」加樂抓了一個沙發上的抱枕抱住，雙腳彎曲把自己身體縮起來。

財佑思考著要不要供出003的名字，雖然這樣做好像對他不太好。加樂突然跳到他坐的沙發上，跪在他身旁的抱枕上。這中間撞翻了侑嘉幫他們兩個倒好的兩杯水。

沒有掉到地上杯子沒破。可是水從杯口流出，在桌上像傷口一樣擴大。財佑的鼻子和她額頭微微亂掉的瀏海只剩下風能通過的距離。水碰到加樂放在桌上的包包後慢慢停止暈開。

「欸！二十四歲跟以前有什麼不同？」

「以前是什麼意思？」

「嗯，就是……你覺得你高中跟現在有什麼不同？」

「有很大的不同。」

「我知道，所以我問你最大的是什麼？」她把包包拿開水滴散落的區塊，轉頭過去想找什麼東西來擦。財佑記得自己口袋裡似乎有什麼，他伸手進去翻找。

「高中就是，你可能感到什麼，你想要的或是你不足的，然後就會向前看，沒有想別的。可能會想一下啊，如果自己沒有變成自己想要的樣子的話，會是什麼樣子。」從口袋裡拉出那條白色的帝一火鍋方巾。同一時間，加樂從桌子下找到一盒衛生紙。

「現在呢，不管你感受到任何的什麼的時候，你就會問自己，欸，都已經二十四歲了，你還在幹嘛。」

衛生紙用了四張，吸飽水的屍體堆積在桌子中間。加樂把它一次拿起來，丟到後面廚房的垃圾筒裡。她站到水槽旁邊，財佑正在把帝一火鍋方巾擰乾。

「果然很像大人會講的話。」財佑不知道原因，但加樂笑得很開心。

「不然你期待怎樣的答案嗎？」加樂嘟起嘴，抬頭想了一下。

「你會寫東西或畫畫嗎？」

「偶爾會。」

兩人關上廚房的燈，一起走回客廳。

「你知道嗎？我小的時候，只要拿到紙和筆，就會一整天都很開心。會想畫一點東西，或者寫些什麼。」

「我懂。」

「感覺不把那張白色的東西弄髒，它就只能跟其他千千萬萬張的白紙一樣糊裡糊塗的過一生。」

「我也會。只要一拿到紙和筆，就會很開心。」

「對啊。」

「小時候這樣的人都挺美好的。」財佑說。

「沒有。我以前是個很爛的人。」

加樂把水杯扶正，把裡頭剩下的水給一口喝了。

「我以前啊。抽了很多的菸，喝了很多的酒，過得很亂。」

「這些不是很壞的事啊。」

「真的很多。」

「多久了？」

「十幾年了吧，到昨天為止。」

門口傳來鑰匙的聲音，應該是侑嘉和茂沅回來了。財佑突然感覺自己的手好像出了一點汗。

「你真的是個滿有趣的人。」加樂對財佑說。她拍著拉不拉多仰躺的肚子。「認識你很開心。」

搭著最後一班公車在區公所前下車，財佑發現帝一火鍋還有開。他走了進去，裡面只有一組客人。酒店的姊姊眼妝畫得很有艾薇兒的感覺，蹺著二郎腿嘴上咬著菸正在滑手機。一旁帶她出場的中年大叔已經醉倒了，趴在吃剩的蝦殼上呼呼大睡。

老大看到財佑，把手中的報紙放下。

「我以為軍人都很早睡。」

「我現在休假。毛巾。」

的了。

財佑把揉成一團的白色方巾扔給老大。老大雙手接著。沒有到全乾，但已經不是溼潤

「哼。」老大輕蔑地笑了，「明明就今天才放懇親。你要吃東西嗎？」

「不用。不會餓。」財佑想了一下。「我要蘋果西打。」

老大從冰箱拿出蘋果西打和台啤，左手邊拿了兩個寫著金牌啤酒的杯子，走到前頭。財佑正從免費的醬料區舀了一大勺香菜，然後加了很多的醬油到碗裡。「好久沒看到你心情這麼好。」

「真的嗎？」

「晚上遇到好事了，對不對？」老大把兩個杯子倒滿。都是台啤兌蘋果西打。

財佑把一杯直接一口乾。折了雙竹筷，從碗裡的醬油撈著香菜吃。「我也搞不清楚。」他把杯子推給老大，示意要再一杯。

「人生啊。」老大幫財佑把杯子再次倒滿。「真的很短。要恨要幹嘛都要趕快。不然時間不夠，你會後悔的啊。」

老大把杯子推回財佑前面。

6

在研究室裡，財佑知道，唯一一個可以比自己討人喜歡的，就是譽靜。學長人也很好的，但待久了總是彼此會發生什麼事。認識久了之後的友好，跟小動物的相處不一樣。雖然見面仍是件開心的事，但已經不會期待了。譽靜和財佑不一定。年輕的血，總是有種新鮮感。明天這個人會做什麼呢？他會穿什麼呢？財佑不確定這是不是在意，但他感覺不太相同。人總不應該對所有新的事物都好奇吧？如果是這樣，那麼那些不在意的東西到底是什麼。

財佑很好聊、反應很快、辦事很決斷。有些時候都讓人懷疑，這件事可以這樣弄沒問題嗎？但大家很喜歡他就是了。這些點譽靜也都有，但她更多了一點。她是女生。而且是個，符合世俗美觀的女孩子。早上進研究室第一杯咖啡的顏色，跟她眼睛好像。

從大學大家就很喜歡有她存在的環境。系排球經、系籃球經、會長執祕。上了研究所，教授也很喜歡找她幫忙。她的教授、系主任、財佑和學長的教授。小到小一點會議的主持人，大到大一點會議的主持人。

「教授找她來真的很多餘。」學長有天跟財佑說。

「真的。」

「而且明明就沒事，還硬要弄個事出來好像沒人可以做。」

「我們兩個是沒什麼當宣傳照主角的天分啦。」

「不是，」學長認真地說：「研討會海報放人像照真的很鬧。」

「這倒是真的。」

「我覺得你要嚴肅一點。我們的名字也在上面耶。」

「怎麼個嚴肅法？」

「你去勸勸她，不要理我們教授了。」

財佑那時沒有聽懂學長的意思。

不是所有事情都會上新聞的。通常是比較重要，影響到很多人的事情才會出現在新聞上。不然就好笑的，還可以笑就可以了。例如：洗衣服撿到兩百塊、Hong Kong protests take a violent turn again after most two weeks of relative calm、韓國來的魚。但愈長大財佑愈覺得，真正在一個人生命中占了重大樞紐的事情，反而都不會報出來。不是婚禮或者貪汙那種標誌性的結果，而是影響人的生命跟想法，讓人開始變化的事件。明明應該是更嚴重對人影響更大的，大家卻反而沒什麼興致觀看。這或許世界的一種溫柔吧。大多數幸運的人不需要在自己面臨抉擇時，還被整個社會的意見左右。

或許可以只看著社會上和身邊發生的事就能安然自處，不用面對自己心裡不斷迸發的聲音的人，也是一種幸運吧。

譽靜被診斷出重度憂鬱症以及PTSD，也就是創傷後壓力症候群。那個夏天財佑不在。整整三個月都在日本吃香喝辣，把落地簽用好用滿。剛開始看診的時候，是譽靜自己一個人。但那年第一個颱風剛過，譽靜連續八天沒有說話。她還是按時回診，只是進了診療室，醫生頭還盯著電腦螢幕時便崩潰大哭。她被從小診所緊急轉送急診。急診醫生一臉無奈，耐心地跟著在哭和笑不斷轉換的譽靜說話。好像鬧劇，旁邊的護士不敢說。從她沒有任何人的通訊錄裡找到了學長，在還沒搞清楚狀況前就被要求去安撫譽靜的情緒。臨時過來，腳上還穿著平常在研究室最喜歡的拖鞋。

「她還燒炭過。」學長說。一邊拉開抽屜。

「真的？」

「真的。」學長點頭：「可是失敗了。她自己叫救護車把自己送去醫院。」

嬰兒的時候要打很多預防針。打在屁股上、手臂上。正確名稱叫預防接種，B型肝炎、水痘、日本腦炎。財佑常常覺得，是不是要趁人還是個嬰兒的時候，沒辦法反抗，就把所有該預防的事情做完？因為很痛，要避免任何事情都很痛。趁著年紀還小，痛的記憶還不會帶到長大時，就要全部哭完。其中有一針叫卡介苗。那針因為拖到小一，所以財佑還有印象。在左手臂上。三角肌外緣皮內注射，接種時有灼痛感。打完的地方會形成疤痕，財佑是長出一顆痘子。長大後，手臂變粗，那顆痘子愈來愈不明顯。是變胖了嗎？可能。疤痕消失了，還是安全的嗎？

自殺失敗後，學長擔心譽靜再出事，每天離開研究室都會帶著食物去看譽靜。在房間裡，譽靜很正常。正常嗎？好像不能這樣講。她的談吐跟平常一樣風趣，言詞自帶神祕。臉上的微笑很危險，不小心就會被吸進去。而且學長知道，眼前的女生還是跟往常一樣敏銳。心思任何微小的變化都會被她開心地收下，沒有任何人可以逃過她。但這就正常嗎？一個人在經歷任何風波後，依舊表現得和印象中許久沒見的她相同，為什麼大家輕易地定義這樣的人是正常的？在她受過傷之後，還能夠跟沒事一樣跑著，就身體來講應該是不可能的。

一個晚上，離關燈時間還有一個小時。譽靜把門推開，隻身闖入只有學長單獨一人的研究室。學長感覺中間所有記憶都是空白，就被推倒了。一切都很著急。就算陰莖深入譽靜體內，學長仍然覺得沒辦法觸到她的深處，幾乎很快就被快感和恐懼給牢牢抓死。

「所以到底是誰去惹她？」財佑問，他把一疊疊資料搬到旁邊櫃子，桌面清空，確認沒有之後再放回來。

「就我們教授啊。除了他還會有誰。」

財佑又清空另一張桌面，他趴下去看電腦螢幕的後面。沒有。

「爛人。」

「嗯，爛人。真爛人。」

財佑回到台灣時，譽靜已經通報了。

性侵、疑似性侵。教授、學長。

她躺在財佑會漏水的頂加裡，沒有床鋪。財佑從研究室背回來的睡袋也是將就用了快兩年。兩個人剛做完愛，桌上沒吃完的鹽酥雞還插著竹籤。我跟他說了，如果你沒有戴保險套，那我們就是不可能，如果你有戴套，也要經過我的同意。譽靜這麼跟財佑說。可是他那天還是沒有戴套，而且還在裡面射了三次。

「就我個人而言，我還是不太懂這樣的安排。」財佑說。

譽靜在小夜燈昏黃之下看著財佑。

只有一瞬間，一下子從她眼睛閃過的。

實在太快快到財佑完全無法確認，但卻又好像真的有看到。那眼神好像她在渴望別人的認同。

譽靜笑了，從旁邊拿起手機。但財佑覺得那更像是嘆氣，他看到譽靜遞到眼前手機螢幕上的照片。分不清哪裡是桌子，哪裡是椅子的照片。牆角暗暗的。譽靜點回對話，照片下面是一句「正在筆錄。暫時都不會待在研究室了，先跟妳說一聲。」訊息的主人是學長。財佑看著她。情緒勒索，譽靜說。我沒辦法相信這樣的人在插入我時的想法不是犯罪。

「我非常討厭某些男生。」譽靜說。

在歐洲，在卡介苗廣泛應用之前，結核病盛行率已明顯下降。美國和加拿大從沒有大規模接種卡介苗，結核病的盛行率下降了。印度和中國廣泛應用卡介苗數十年了，結核病的盛行率並沒有因為卡介苗的使用而下降。多個大型的流行病學研究也無法證明卡介苗可以預防肺結核。對嬰幼兒的原發性感染是有作用的，這個肯定。

但財佑後來才知道，並不是自己挨了那一針，就可以不用擔心了。這個世界，沒有簡單到受過一點傷，就能確定以後不會再感覺到痛苦了。

「我覺得完全沒有人跟我說真的是有點扯的事情。」財佑已經翻到咖啡機旁邊的盆栽了。

「是有點扯。」學長回到他自己位置上，把眼前的論文一本一本打開一頁一頁看：

「不過誰知道你有沒有帶手機出門啊。」

「出國耶，出國我還是會帶手機的。」

「而且大家都覺得她自己會跟你講。如果她自己沒講，也沒人敢跟你講吧。」

「也是。」財佑想把花盆移位，但太重了他推不動。「不對。我覺得，如果是已經燒炭了，至少你知道應該可以通知我了才對。」

「是啦。」厚重的紙本被丟到地上的聲音，一本、兩本、三本……四本……五本、六本……。「我以為我有機會。」

財佑起身，手插著腰看他。才剛下飛機，拖著行李過來想說把伴手禮送一送而已。結果學長已經把研究室整個掀過來。出納的章不見了。

「幹，到底在哪裡啊。」學長抱頭大喊。

*

懇親假結束後，營區發生一件驚天動地的大事。

事情是這樣的。回新訓中心的第一天下午，課表就是令人生厭的單兵戰鬥。心還留在外頭，沒有人想去草地上爬。有人本來期待會下雨的，因為懇親假三天裡下了三天下午的雨。可是今天早上天空很明顯不同，感覺就是可以整天晴朗的好日子。

就在大家放棄一切希望，打算束手就擒時，003好像被什麼附身一樣。他從抽菸區的大樹下起身，手裡拿著香菸，不是用兩隻手指夾著，而是恭敬地雙手握在手心裡。確定沒有長官在看，他快速地帶香菸穿過連集合場。來到養著烏龜的池子面前。中午吃完飯，還不到十二點半。003在熾熱的陽光中不戴帽子來到烏龜的前面。自從它的同伴被壓死後，烏龜獨自站坐池中最大的石頭上時間愈來愈長。不會移動，板著它的龜頭，嚴肅地看著大家。就像長官站在台上訓話一樣，很有威嚴。003站在烏龜前面，在眾人洗完餐盤閒閒沒事全部目光集中之下，拿起香菸放在頭頂。假裝自己拿的是香，003虔誠的拜了下去。

茂沅、財佑和侑嘉近距離觀賞到這一幕。003起身，拿著香菸的手低了一點，再拜了下去。

「伊係做兵做告起肖喔？」茂沅說。侑嘉嘴裡正嚼著從製冰機裡偷拿的冰塊，那個不能吃。財佑沒有反應。

「哇，慘了。班頭，我們班有人瘋囉。」004和002剛拿完洗好的衣服經過，也觀賞到這歷史性的一刻。其實可能整個連除了長官待在室內沒有看到，全部人都在第一時間掌握這個消息。

「雨神。」003躺在財佑旁邊。「那隻烏龜是雨神。」

「瘋了啦，班頭你趕快跟班長說，他好奇怪。」004跟002頭從上鋪伸下來。

「我跟你們說，我書讀的很少常常被你們騙。沒關係，我都當你們說我帥。不過這次是真的，我跟你們說，那隻烏龜真的是雨神。」

「為什麼？」財佑問。

「我不知道。昨天晚上睡覺的時候，我聽到好像有人，我就注意聽。就有一個聲音，跟我說它是雨神。」

「瘋了。真的。沒救了。」004把頭縮回去。002跟在後面縮回去。「嗯，真的，沒救了。」

財佑懇親假時忘了去看醫生。時間太寶貴，喝到的每口四季春，吃到每塊蛋糕都像新世界。光是想聽音樂打開電腦，，個下午就莫名奇妙消失了。也沒有跑去哪裡，就在電腦前，床上。餓了自己出去外面隨便買東西吃，什麼東西都想吃。不過沒有選擇困難，全部買回來就對了。病也莫名奇妙，好像出來就好了。財佑完全沒有意識到自己的喉嚨會痛。只是昨天一回到營區，看到大門站崗的迷彩，胃部一緊，立刻回到放假前的身體狀況。

但沒那麼嚴重。這應該還不能算生病吧。財佑想。

「班頭，你相信嗎？」

「烏龜嗎？」

「對啊。」

「相信好了。反正也沒差。」

「嗚。」003撲到他身上抱住。「果然是我的好班頭。」

「走開，很熱。」財佑把003推回他的床位。「只用香菸拜有用嗎？」

「有用。班頭，你相信我，真的有用。你等一下就知道了。」

００３對這件事有異常的自信。在一點十六分，整間寢室都開始起床換裝準備一點二十的集合時，他仍舊躺平在床上。但他的動作本來就很快，所以沒人理他。只是當財佑已經全身著裝完畢，無聊的開始拿單兵戰鬥教練報告詞出來背的時候，００３還是沒打算動作的樣子。通常這個時候，他至少已經開始扣迷彩衣的扣子了。財佑有點頭痛，這樣等一下集合時００３一定來不及。到時候他們班就會被電，那樣很麻煩。可是他也沒打算幹嘛，於是起身去關那台巨大的工業用電風扇。在把開關按掉，茂沅也過來幫忙，他到插座去把插頭拔掉，財佑開始捲延長線的時候，突然從二樓爆出一陣歡呼聲。

財佑抬頭，一股熟悉的氣息撲面而來。清涼、爽快，非常自然的溼氣。集合的廣播還沒響起，但茂沅和幾個鄰兵已經按捺不住，衝到寢室外面。

「下雨了！下雨了！下了！下了！」

不只這個營舍，隔壁連也隱隱爆出這樣的歡呼。但聲音很快被淹沒，砂鍋大的雨滴從天而降。像LIVE HOUSE的重低音音響，整個營區跟著大雨一起震動。

「就跟你說吧。班頭。」財佑回頭，００３全身運動服，一派輕鬆的看著窗外的大雨。「就說我們家烏龜一定沒問題。」

烏龜，不對。應該是雨神一戰成名。第二天中午，烏龜的信眾翻了五倍。由００３領著，五根菸拜下去。下午，大雷雨。第三天中午，十一根菸，００３帶著拜下去。下午，豪雨。第四天中午，二十二根菸，００３這次混在人群裡面，侑嘉站在最前面。手裡拿著純喫茶，輕輕地放到池子前的空地上。右腳曲膝高高舉起，膝蓋剛好遮住了太陽。快速用力落下，一腳踏破外面的包裝盒。紅茶慢慢地從他的軍靴下流出。

下午，超大豪雨。很可怕，讓人起疑這種雨到底是從哪裡冒出來的。除了雨大，風也很狂暴。財佑和茂沅受連長所託，冒著大雨去搶救放在大門旁邊引導車輛動線只是現在快要被吹到營區外的三角錐。

兩個人穿著俗稱小飛俠全身斗蓬式雨衣，兩隻腳赤裸裸地有如插在水裡的蘿蔔。蒐集到全部五個三角錐往回走時，夾帶著異世界的超強陣風就這麼吹來。遠處傳來交雜，什麼東西被吹斷吹落的聲音，風浪壓迫了兩人的重心逼使他們倒下。財佑對著茂沅大喊「過來！」兩人將三角錐放在中間，抱著彼此額頭相靠跪在一起。不斷刷新雨滴的鏡片下，財佑好像看到遠處的風雨慢慢匯聚一個頭的造型。那個頭慢慢張開大嘴，伴隨著吼聲，更強的風牆襲來。本來以為是龍的頭，但定神仔細一看那個線條。財佑才發現，是那隻烏龜，雨神。它大大的龜頭，在現實與謊言之間瘋狂地怒吼著。

這營區的排水系統很快運作不及，連長指揮著大家趕緊搬沙包，封住幾個可以到地下餐廳和庫房的通道口。但為時已晚，晚餐大家移動到二樓的走廊和中山室用餐。大家腳底下完全成了汪洋一片。暫時棄守下方戰線了。

雨神這波操作，連四拉四一莊爆，讓本來對其神力仍有質疑的各方聲音全部噤聲。這其中包括連長。

「你各位啊，吸菸區的範圍不知道嗎？烏龜池子前面可以抽菸嗎？蛤？不行嘛！以後誰再讓我看到拿著菸跑到水池前面，你們就倒大楣了。」

第四天的災情也嚇到大家了。整個營區變得泥濘不堪，移動十分不便。有很多掉落的樹枝要清掃，第五天整個營區都在出公差。把水溝裡漫出來的落葉和淤泥、地下餐廳被水淹過的黃色痕漬、營長被水泡到的車子，全力恢復成原本的樣子。中午，沒有人敢拿著菸到池子前面去了。班長就拿著一張鐵椅坐在旁邊看著，一邊捧著鐵盒吃便當。不過大家也不敢忘記烏龜的恩惠，在經過池子前班長的視覺死角時，會彼此掩護，做點小動作。中午過後，池子周圍的水泥地上有五攤紅茶。

純喫茶的屍體都有被記得帶走，只有液體殘留。在下午集合時，所有人進入連集合場，都選了要特別繞到池子旁邊的路線。無數的軍靴走過，把暗紅色的液體踢到各個方向。班長走到連集合場時，並沒有發現什麼不對勁，好像什麼事都沒有發生一樣。

這樣一次神蹟，讓所有人印象太深，成了大家心中無法抹去的傳奇。原來不只命運，連天氣我們都可以掌控。只要帶著虔誠的心，謙虛地在烏龜前面低下頭，點上一根菸，牠會給你遠比你想像更多的。只要心誠，則靈。

心誠則靈。而傳奇，永不凋零。

＊

在槍聲中醒來。

００３的左手在搖財佑的肩膀，指了指前方。「班長在叫你。」鋼棚外在下著雨，班長站在外頭，沒有穿雨衣。旁邊正在打靶。前一個晚上，弟兄們拖到超過十點，超過水電管制時間才上床。班長把大夥集合起來，說了許多，左耳進右耳出，可能跟他要下值星有關，感情氾濫。說到很晚。解散時，財佑去販賣機前投了一罐葡萄柚口味的波爾茶。走回寢室，侑嘉迎面走來要去抽菸。他舉起波爾茶，想問他要不要喝時，侑嘉眼神回過來，和財佑說：「莫名其妙。」

雖然知道應是指剛剛班長那感人肺腑的說，不是針對他，財佑仍不知道如何應對這四個字。只好例行性地笑了笑，爬進蚊帳睡覺去。捕蚊燈藍色的光透過蚊帳的格線會無法聚焦，財佑聽到茂沅把工業用電風扇拿出來的聲音。他本來想起身去幫忙，但頭很痛，於是他倒回枕頭上。在隔壁００３抽完菸回來，把蚊帳裝上去之前，他就不支地睡著了。

現在部隊使用的營舍是在別的地方重新建起來的。建築物設備是新的，地點也是新的。就在原本的營區的旁邊，中間有一個小山坡，單兵教練場，還有一些農地。但除了睡覺的地方，部隊還有很多東西。譬如說歸零靶場。它也是靶場，但跟第一次打靶那個小小的短距離是完全不一樣的。這地方就在原本營區的另一邊。

原本營區叫作新中營區，已經沒有在使用了。但因為新營區裡沒有毒氣室之類的設施，所以時不時還是要拉到這裡操課。雖然說沒有在使用，但營舍裡頭還是堆滿物品。

營區正中間是一個用青苔裝飾的國父半身像，或者是蔣中正，分不太出來。因為年齡很大了，營區裡的樹也比較大。很漂亮，非常有救國團青年活動中心的味道，走在其中很像走進「報告班長」的世界。只剩籃板的籃球架、福字已經脫落只剩寫著利社的玻璃門。夏天時陽光鑽進樹縫，滿是落葉的地面被蟬聲打破，變成不小心摔到地上碎裂的光影。

靶場必須穿越這整個營區，連長走在最前面帶隊。一排兩個，茂沅和財佑，二班班頭和一班班頭走在最前面。走過農田、雞舍、泥濘和做著自己事戴著斗笠的阿伯，跟狗。身上揹著65K2，遇到拉上的營區大門，連長會叫002和003去開門。兩人像魚雷一樣發射出去，離開等速的部隊，衝到前面隊伍前面把全身靠上去，努力推動大門。部隊會像沒事一樣，用原速通過大門，兩人回到隊伍中。

如果有下雨，連長會叫大家把小飛俠雨衣穿上。全部人戴上雨帽，把槍藏在綠色雨衣裡。轟隆隆的烏雲把光擋住，晦暗之中行軍的隊伍像是要支援聖盔谷的精靈們。

大家都把歸零靶場叫作一七五，打的是人形靶，不是之前的同心圓靶紙。第一次到的時候，財佑看到電信杆上貼著官田鄉嚇了一跳。原來已經移動到另一個鄉鎮了。靶場被一個很像日系建築大師喜歡用的大形水泥ㄇ字型拱門罩住，從排隊等著上靶場的新兵頭上橫過。中間都是草地，如果改成都變成有點設計感的暗色系水池，應該可以變成一個滿網美的公園打卡點。

主體結構從中一分為二。打靶通常是兩個連一起過去，所以一連一邊。器材班會推著沙包、鋼架還有雜七雜八的東西掃早過來，在中間先架出很大的遮陽棚，裡頭桌子、椅子跟大聲公各一隻。這是射擊指揮官的位置，官階最高的人坐。愈接近鑑測，營長挺著肚子開著他的小車過來的頻率愈高。事關考績，全部人都有感受。一邊有六個靶位，班長叫了財佑和侑嘉一起上去，所以一人負責三個。把有彈藥的子彈放在鋼盆裡，送到靶台上。班長會把用網子罩著接住的射完的丟回空盆裡，財佑再拿回來。空包彈的數量要確認，一定要和出去的一樣。不然報告會寫死。

「001，你不要為了想出公差就故意把彈殼弄不見喔。」侑嘉對財佑說。

「什麼公差？」對面的彈藥兵笑著問。彈藥兵都要戴上紅色的帽套，財佑跟侑嘉也將自己的頭盔拿下套上紅色帽套。總共有三個彈藥兵坐在他們兩人對面，兩個戴紅色，一個戴白色。財佑本來以為他是士官，在那邊督導。但他說不是，只是紅色的有少拿白色的來用。三個人是真的在營區裡下部隊的，不是受新訓的菜兵。都是一年義務役。年紀應該大我一些了吧。財佑心想。

「001他們家是那種做彩色按摩的。會絕頂升天那種，連長很喜歡。睡覺的時候都會叫他出公差去他的房間幫忙助眠。」侑嘉補充。

「幹，彩色按摩是三小啦。」戴白色的那個彈藥兵笑著說。五個人會在射擊指揮官後面不遠，有遮陽棚的彈藥庫裡作業。氣氛很輕鬆，但手上動作很快。完整的一條工作流程。拿彈藥，裝子彈，清點。每次數量都要經過三個人確認，一有問題白色頭盔就會舉起旗子。整個靶場馬上停止運作。全部人趴到地上開始尋找那個遺失的彈殼。把沙包翻開，通視槍膛。

「我聽不懂你在說三小。」財佑對侑嘉說。

跟著口令，要聽到射擊完畢才能出發，在下一次全線預備前最好要離開靶台。數彈殼，裝彈匣，流汗，喝水，等下一次再走上靶台。給彈匣、拿彈殼、數彈殼、跑回來把鋼盆放在桌子上、確認後全部蒐集起來、把彈匣放進鋼盆裡、流汗、等待，喝水。戴著紅色的鋼盔。「射擊完畢！」離開有遮陽棚的彈藥庫，走入空氣。

如果動作太慢，射擊指揮官下了全線預備的口令時仍在靶台上，子彈炸裂的聲響就會在鋼盔上緣爆開，聽覺會麻痺，一瞬間，巨大的轟鳴，腦子裡頭也會跟著響起一聲高頻的音波。

財佑在用午餐時跟003說著這些跑彈藥的事情。

「那叫彈藥公差，不是跑彈藥的。」003說，一邊挾走財佑的雞腿。

「沒差啦。你下次要不要也來跑，挺好玩的。」

「不要，」003說，「白癡才去。」003不吃青江菜和太鹹的高麗菜，他把它們集中在餐盤中央，準備拿上樓去倒廚餘。

在台北的跨年都和譽靜去到同個地方，好像是叫大佳河濱公園還是什麼的。總之是個有河有堤防有空地的區域，沿著河，在饒河街夜市後面。每年的最後那天人會很多。財佑和譽靜是去那裡烤肉的，本來都是跟著大學時的朋友。大部分人去那裡也是為了烤肉。有穿著制服，通常是建中，看起來很囂張的熱舞男孩在旁邊用手機放著音樂扭動身體；有全家帶出來到處噴煙火跟甩炮的嬰孩及其父母，也有很多像他們對著沒什麼火的烤肉滑手機無所事事的死大學生或死中二屁孩。人群眾多，但交集甚少，每個人都在等待新的一年。在一〇一煙火遙遠而無聲綻放前的半小時左右，人們才會開始動作離開那個河濱。人潮洶湧，所以大家會小心的，不要碰觸到別人的移動。不去碰觸，每個人小心翼翼，也小聲，也安靜地走去新的一年。

最後一年比較特別，是跟研究室的大家去的。在那裡收完烤肉的器具要準備去看煙火時，譽靜在走上河堤的階梯和財佑小聲小心翼翼地說了這樣一段話：「不要放棄，加油，加油，加油，不要放棄。」

台北的冬天常常下雨，冷冷地，那天也有些小雨。

財佑在端著餐盤和003走上樓梯時講了這些。他說：「我每次想到這句話時，眼眶就會不由自主的酸了起來。好像我和譽靜只要走上了這個階梯，就是跨過了某個界線，謊言和真實，勇敢和懦弱，被迫長大。世界的巨大與無可奈何會接踵而來，不能逃避。」

003靜靜地聽完後，拍拍他的肩膀說，別怕。

「我們走上這個階梯，只有廚餘桶在等著我們。」003說。

7

另一個財佑發覺也是會有一陣巨大的轟鳴，聽覺麻痺腦袋暫停的時刻，他並沒有跟任何人說。那是在驗槍的時候。藏在它的口令之中的，一個口令跟著一個動作，驗槍開始驗槍蹲下轉槍面向左取下彈匣轉槍面向右拉拉柄將槍機固定在後通視槍膛檢查藥室有無子彈將槍輕輕放下送上槍機。這裡，送上槍機這裡，這個動作，在右手大拇指按上網球拍時槍機被送上，它會撞擊裡頭迸發聲音，有金屬撞擊金屬的，也有彈簧。有一次財佑不知道為什麼頭特別接近，這聲音讓他瞬間空白了兩秒鐘。而那聲音，很像「咔鏘」。

就在烏龜封神後，牠的一舉一動都受到所有人極大的關注。龜哥今天的散步路線好像不一樣、龜哥昨天都待在水裡沒辦法欣賞牠英俊的龜頭、龜哥昨天跟醫官拿了外出單，出營一腳踩爆統一純喫茶的工廠，順便用牠的頭把兵變的臭婊子給頂爆。就在今天，連上開始流傳另一個可疑的說法。

「龜哥是一隻很重感情的烏龜，雖然牠不說，但其實牠無時無刻不在想念牠那冤死的妻子。」

這段是侑嘉說的，沒什麼參考價值。那個一腳踩爆龜頭也是他說的。真正有可能的，是發生在茂沅昨天站夜哨的時候。大約兩點多，烏龜牠自己爬出池子，到馬路上牠同伴死的地方，在那裡把四肢縮進去，只剩殼。聽起來可笑，一開始所有人都不當真，但茂沅很堅持。

「幹，那一定是烏龜。我這樣一路看牠爬過去耶，能移動那麼慢的東西不多吧。」

但烏龜早上在馬路上出現的頻率的確變高了，這點很反常。在這之前，只有傍晚才能看到烏龜走到馬路。從池子到馬路這段距離以烏龜的速度來講，大約就是從連上穿越新中營區到一七五靶場的大工程。沒事牠應該不會跑去那邊亂晃。加上接下來幾天站夜哨的人也信誓旦旦地說他們也看到了烏龜，便又再加深這個傳言的真實性。

「為什麼烏龜要去那個地方？」

「應該是母烏龜帶了什麼東西出去，現在死掉了那東西不見了公的很急每天都在找。」003說。

「烏龜是可以帶什麼東西出去？」

「皮包啊，身分證件啊，軍證啊，都有可能。」003這麼說，「不然防毒面具也是有可能，那東西弄掉了真的挺麻煩的。」

下午是單兵戰鬥教練，但今天不用趴在地上。班長叫茂沅和侑嘉去地下庫房把防毒面具搬上來。「就是上次你們跟001一起弄的那箱。」

全部人被帶隊到新中營區，一人發一個。「吊帶或面罩有脫落的舉手。」連長在前面喊。「等一下我們讓各位弟兄體驗毒氣室，自由參加，各位弟兄自己評估。有心血管疾病、任何家族病史，或者你現在喉嚨就不舒服的，請不要白目。」

「我們這次放的是催淚瓦斯，對人體無害，只是會讓你很想哭而已。」連長繼續說。「你各位有機會就試試看，反正這輩子應該是沒什麼機會去吸催淚瓦斯。除非你各位常常需要跟鎮暴警察打架，他們才會拿這個丟你。」

「不會啦連長，我們都奉公守法的老百姓。看到交警都直接吹，看到女警都直接抱啦。」侑嘉在後面說。

「還是你們裡面有人喜歡參加社會運動的？現在多聞一點以後就不怕了。」連長轉頭看財佑。

「001感覺應該會很熟悉嗎？」堅硬的臉上笑得很慈祥。

雖然突然被cue到，有點措手不及。

「報告沒有聞過。」財佑難得的也跟著笑了。

隔天早上本來也是單兵戰鬥教練，是要去趴在地上的。可是就在財佑拿著迷彩板凳，以第一個身影身分踏進連集合場時，雨滴便打在他的頭上。像是在演電影一樣。雖然馬上就停了，但烏雲密布。是一個感覺出營區就會趴在一堆爛泥裡的節奏。鑑測就要到了，也已經兩週因為雨和各種因素，沒有出去營區到單兵教練場了。營長顯然比較在意打靶的成績，大家只好每天都去新中營區散步。

「你都不會擔心嗎？」財佑問003。

「擔心個屁，要爛一起爛，媽的不用曬太陽我們要做的事就是爽而已。」

這樣的天氣沒有辦法，連長只好叫茂沅跟侑嘉把還沒收進地下庫房的防毒面具拉到連集合場，趁還沒下雨之前操作一下防毒面具。

經過軍方的認證，大蒜味跟毒氣的味道很類似。單兵戰鬥教練報告詞裡是這樣寫的：單兵攻擊至此遭敵砲擊且砲聲低沉，且空氣中帶有濃厚大蒜味，試問單兵如何處置？這是班長的台詞。然後單兵要說：拔草測風向，將槍置於上風一臂可及之處，脫盔，向左迅速翻身，左手打開防護面具攜行袋，右手取出防護面具，迅速戴上防護面具做密合試驗。將身體仰起四十五度，並以手勢警告友軍。注意注意，毒氣毒氣。迅速戴上防毒面具，向左翻身，迅速覆盔，取槍。

完全長得一副鑑測不會出現的樣子。

班長抽人起來背的時候，也從來沒有抽過這一站。

戴防毒面具不能太講求合情合理，基本上幾個動作是有點硬拉硬扯把面具在九秒裡扯上頭去的。頭大的人比較麻煩，碩大的臉壓上一個濾毒罐從旁邊看跟河童簡直沒兩樣。財佑想像女孩子戴著防毒面具綁著馬尾的樣子，小小的頭被一個黑色的物體罩住的感覺應該是挺好看的，難怪日本漫畫裡蘿莉常常會戴一堆東西在頭上。誰小小隻的戴著防毒面具會很好看呢？財佑心想。這時，手掌突然開始出汗。

加樂拎著面具，慢慢地靠近他。她歪頭嘻嘻地笑了一聲，把面具交給財佑。「幫我拿著。」從口袋拿出橡皮筋咬在手中，手彎到頭後方綁了個馬尾。穿著合身的迷彩裝，不和道從哪找來特小的軍靴被她穿得像 converse 高筒一樣。

「給我。」今天手指指甲上沒有顏色。她把防毒面具戴上。眼睛的部位是兩片透明的塑膠片。她的眼睛好小，像月牙一樣瞇著。看不到嘴巴，但財佑知道她現在正在笑。

戴的時候，有戴眼鏡的人要先拿下來。戴完後會要立正站著，等班長來檢查會不會漏氣有沒有合格。檢查的方式是大力的將手壓上濾毒罐，若感到呼吸有困難，表示有戴好，沒有漏洞合格了。如果吸氣的時候還有感到空氣，有水氣在眼睛的部位的塑膠片上模糊，那就代表大蒜的味道還是可以鑽進去。不合格。財佑站著隊伍的第一個，但班長是從最末端開始檢查時。不知道壓到自己的濾毒罐還要多久，也不能亂動。

財佑只能看著池子，烏龜正在池子邊緣佇立著。他不太清楚跟一隻烏龜對上眼的感覺是什麼，但那時財佑真的覺得，烏龜在看他。

003在夜晚就寢後很小聲很小聲地跟財佑說，加樂其實很哈大學生。為什麼？不為什麼，就喜歡。他知道她交過的每個男朋友，全部都是成績好的。感覺就是以後考得上大學的。只有第一個那個民族的大哥沒在讀書。連茂沅，講一句難聽的，也是他那個時候學測有上大學才開始交往的。只是後來他回家開山貓而已。財佑不太想聽，就跟003說他想睡了等一下還要站夜哨。我不知道。003聽出來財佑的冷漠，說。好喔，幫我跟烏龜問好。

部隊開始輪起夜哨是在入伍　個月過後那天。拿著一枝木槍，站在建築物的連接通道上。要背口令，如果深夜裡頭有人來到眼前，那可能是查哨官，就要把他叫住，問他口令。口令會有三個部分，誰，做什麼，去哪裡。

「會給你一個名字，一件事情跟一個地點。可能像，王力宏打籃球去籃球場。你要記好，叫醒下一個輪班的時候要確實傳達給他。」班長拿著木棍站在前面示範。

「查哨官通常是別連的班長，臉你們大概都看過。不要認錯。營長什麼的就不用攔了，知道嗎？如果看到可疑的人再去安官桌通報，今天是班長在那裡。啊如果有可以看到另一個世界朋友的，看到了就不用來跟我講了。班長會怕。」

「班長。」侑嘉舉手。「有問題。」

「請說。」

「查哨官會有女的嗎？」

財佑上哨後特別地去留意了池子和馬路那邊的動態。今天是杜美心、參加比賽、去碼頭。注意黑夜，注意烏龜的動向。但視線裡頭太過黑暗，無法察覺池面上是否有波紋出現。他開始懷疑茂沅那些說看到烏龜爬出來的人了。地面上的蚊子很多，慢慢卷上身體，但財佑沒辦法處理，只好偷偷看天空。北面的天空有一顆很亮的星，很接近地面，好像隨時會掉落到地面上一樣。

那天夜哨，財佑持續想著那隻烏龜。早上在試戴防毒面具的時候，牠對上他的眼神，說真的有種非常安靜，像是某種心靈裡的東西。說牠真的是個神也不為過。跟烏龜對上眼的瞬間，也是有種巨大的、高頻的聲響在腦裡擴散開來，雖然只有一瞬間，班長的手便壓上財佑的濾毒罐，沒有空氣，將他拉回現實。

和在靶場讓聽覺失靈的炸裂不同，對上烏龜眼神時那個巨大的轟鳴比較像送上槍機時的聲音。只有一下子，不是靶場裡那連續不斷的槍聲，明目張膽張牙舞爪的邪惡與敵意鋪天蓋地的向人而來那種。驗槍開始驗槍蹲下轉槍面向左取下彈匣轉槍面向右拉拉柄將槍機固定在後通視槍膛檢查藥室有無子彈將槍輕輕放下，吸一口氣，送上槍機，「咔鏘」，世界暫停兩秒，然後口令繼續，生活繼續，一切像風景的日常繼續。像是在某個時刻被告知了一個悲傷的故事，許久未見的故人去世，現下身旁的人離去，生活突然被大力地握住緊縮在一起。

開保險擊發拉拉柄兩次擊發再擊發轉槍面向左裝上彈匣轉槍面向內蓋上防塵蓋，驗槍完畢。認真生活，只是悲傷接踵而來。

＊

八月不知不覺之間近了。連集合場旁的排水溝也已徹底乾燥。最能感受到變化的是在迷彩褲裡的膝蓋。明明應該因為訓練有點瘦下來的大腿，卻每每被汗水快速浸盈的褲管握住。身體跟熱氣被沾黏在一起。腳上的重量和遠方緩緩蒸發的地平線，在每天休洞八的野風裡，像是路邊的野狗對著行軍的部隊不間歇地吠著。

萬里無雲的好天氣持續著。原本仍舊有點害羞的樹木們也放開了。轉眼就把身上的葉子開到最大。馬路也變乾了。標示著中暑警告的紅旗一天一天升起，不能到外面操課。營區裡變得很平靜，建築物都恢復它們原本的顏色。這是大雨統治的一切事物都得全部重新做人的季節。

然而不速之客卻在這時找上了。而且不只一個。

第一位出現的是地震。在深夜，財佑被輕輕地晃醒。太過輕巧，他以為是錯覺。但003也從床上坐起，兩人在捕蚊燈的藍光裡看著彼此。醒來還是懷疑。但自那天起，更加頻繁的地震，讓財佑對自己可以靜下來的程度有了更多認識。跟著蚊帳、電風扇還有整個通鋪的弟兄一起猜測每次的真實。最會有感覺的是躺在床上，在天亮、早晨的醒來還未集合前。那時的地震最溫暖，不像晃動，更像是輕輕告訴你一些不是用吼叫的話。從受傷的腳踝痊癒，一邊刷著迷人的吉他和弦。讓時間摺成直角，再對摺收納、計算，成為一個四角端正的棉被。

但頂樓的水塔好像對地震過敏，只要輕微晃動便無法正常運作。浴室裡的歌聲乍然停止，變成問候他人爺娘的嘉年華。財佑在裡頭，他感覺水的流動消失了。試圖睜開眼睛，但十分刺人。他摸到毛巾，擦掉眼角附近的泡沫，勉強看到外面的樣子。只是滿頭仍然無家可歸的洗髮乳。窗外的炎熱慢慢吊在吸菸圈飄來的菸圈裡，皮膚的漲紅也跟著刺痛變成汗穿在身體上。

每天報到的停水，慢慢變成一種計算時間的方式。但又不是真的跟日子同步的週期，有時是一點五天，有時是零點八天。它代表的情緒截量倒是挺大的。大約跟獅子頭出現在餐盤上的機會同步。一個是無奈，另一個是意外。沒有水會很麻煩。特別是中暑的時候，製冰機裡沒有冰塊，只能把人直接丟到機器裡快速冷凍。這方法對小隻的還有用，但像財佑、茂沅這種的就沒辦法。於是到後來變成，每次出去營區的時候，都要帶上一些雲。有東西在自己頭頂上總是比較讓人安心。只是，常常會忘記檢查有沒有生鏽。停水的時候，要操課的時候，把它們晾出來，隨它們放縱。比較晚的盥洗，比較遲的就寢，比較慢消失的一天。

而另一位不速之客，也變成了營區裡時間的一種可計算方法。那是咳嗽。非常細小，不容易察覺。像是貼著稿紙的格線一樣，只有肢體留了下來，言語偷偷地跑去跳舞不打算回來。在起立之後便會被大家的聲音給淹沒，剩下零星的咳嗽。咳嗽是最小趨近於秒的時間單位，喉嚨生刺，基本上都非本意，只是殘忍如時間，一次又一次出聲，沒有被制止。

能掌控天氣的弟兄們，最後還是被病魔擊潰了。流行性感冒裝的像是只是報到遲到的新兵，堂而皇之的被編入連隊裡。自己當班頭，自己當班長。每天偷偷拿牛肉湯和麵包勸降別班的班兵，還有全休單跟出外就診。每次都有效，連上所有人的喉嚨長出了刺。連長也為了遷就他，無限調高了每天的飲水量。飲水小卡上的紀錄，一次必須喝一點五公升。一天要喝九公升。

財佑也沒抵抗住誘惑，喉嚨裡的玫瑰終於在這次一口氣綻放。一個早上起來，自己的聲音比清晨披在太陽上的雲氣還要薄。醫官從善如流，像印鈔票一樣開著外出就診單。財佑看病那天，參加了今年以來最大的進香團。足足有三輛遊覽車。

如果用停水和咳嗽都沒辦法讓人記住時間，那整個訓期只有一個動作能夠去提醒到財佑，關於時間和世界依然正常運作這件事。民國一百零五年七月二十日那天，茂沅和財佑在中山室把牆壁上馬英九的照片撤下，掛上一張彩色、斜的蔡英文肖像。那天是七月二十，遲了兩個月。有點好笑，可是照片一直到那天才送來。即使努力去記住時間，還有那些想要記住的東西，這個夏天已經注定會慢上很多拍。和外面的世界，也和自己身邊的人。那天是七月二十，只有那天被記住。是五月二十。女性，單身，五十九歲，興趣：當總統。

出外就診的遊覽車上，勁輝坐到了財佑旁邊。

「001。」

財佑轉頭，他現在已經可以很自然地表現驚訝的幅度了。

「沒關係，你不用講話。只要點頭或搖頭就好了。」

財佑點頭。

「你有汽車駕照嘛！」

財佑點頭。

「可以借我嗎？」

財佑愣住，但沒有搖頭。

「借我去租車。」

財佑繼續愣住，但沒有搖頭。

「拜託啦。」

財佑繼續愣住，但沒有搖頭。

「阮七辣這週末要過生日。我們想去六龜，洗溫泉。可是沒有車。」

財佑繼續愣住，但沒有搖頭。

「拜託啦。借我一天，一天就好。我們開車技術很好，你不用擔心，一定不會出車禍的。」

財佑繼續愣住，但好像有點猶豫。

「拜託啦。只要去押個指印，簽一下名就好。」

財佑好像有點猶豫。

「大哥拜託啦。哥，你看。阮七辣生日，我真的很愛她，想帶她去洗溫泉。」

財佑有點猶豫。

「哥，真的。算我求你了。你看，我都認你當大哥了。」

財佑好像有點猶豫。

「不然我跪。哥，不然我跪，好不好？一句話，好不好？我跪。」

雖然戴著口罩，但財佑以一個怎麼看都看得出來的嘆氣閉上眼睛，點頭。

「哥，最愛你了哥。」勁輝用力，很大力地抱住財佑。他覺得快要窒息，但鬧劇的解脫感遠遠壓過那份不適。

「嗨，財佑。」

加樂坐在候診室的天藍色連體椅上。三張椅子只有兩隻腳，中間是用鐵條連接的。

財佑揉揉眼睛，原來自己病得那麼嚴重，真是小看這次感冒了。他心想，睜開眼。加樂還在。

「欸，你很失禮耶。人家特別來看你的。」她從腳邊拿出一個粉紅色塑膠袋。「你喜歡吃拉麵嗎？」她把塑膠袋脫下來，拿出裡面的兩個碗。「大的碗是麵，小的碗裡面有湯。來，筷子。」加樂拿著竹筷的一端，另一端指向財佑。

「我可以等下再吃嗎？」

「喔，對。你喉嚨痛。那我也小聲點講話。」

「妳怎麼會來？」

「茂沅昨天晚上跟我說的。他說你今天會來看病。」

「有這種事？」

「你到底怎麼跟人說話的啊？」

「對不起。」

「沒事，幹嘛道歉啊？」她把拍了拍旁邊的椅子。「坐著啊，站著幹嘛？」

財佑坐下。

「你看完病了嗎？」

「看完了。」

「那你要回去了嗎？」

「沒有，還很久。要等全部人看完才會走。」

「幾點？」

「不知道。有一個掛到三百多號，現在才六十二號。妳等一下有事要走？」

「沒有。沒事。」音調拉高，加樂看著財佑，突然自己小聲地像松鼠一樣笑了起來。

「怎麼了？」財佑問。

「你知道，如果女孩子只有問你幾點，那代表她等一下沒事，可以跟你在一起。」

財佑覺得自己有點太敏感了。聽到在一起的時候他突然想到手汗。趕快捏了一下掌心。現在沒有。不對，開始慢慢出來了。

「那如果等一下有事呢？」

「等一下有事的話，會說大概幾點呢。加一個大概，等一下拒絕的時候語氣也比較通順。所以如果不想跟這個人在一起，也會加一個大概。」加樂說。

「有這種事？」

「我們不像你們那麼直接，講的語言比較複雜一點。抱歉。」

「好吧。學到了。」

加樂把雙腳從地板抬高，伸直四十五度在空中。今天褲子是邊緣有燒痕的白色牛仔熱褲，非常短。大腿有四分之三以上露在外面。大塊偏白的皮膚在醫院明亮的燈光下，可以看出細細的血管和勾勒的腿毛。

「你是不是沒交過女朋友？」

「有。」

「幾個？」

「一個。」

「你們現在還有聯絡嗎？」

「有。」

「好純情喔。」加樂說，音調又往上飄高。兩隻腿像小孩子一樣前後甩動。

「也不是。有點複雜。」

加樂突然板起臉，瞪著財佑。「第二點，」她伸出手指在臉旁邊比了個二。「和女生聊天的時候不要講別的女生，這樣很扣分。」

「好吧。那，妳有過幾個男朋友？」財佑嘗試轉換話題。

「四個喔！」加樂兩隻手都比出四根手指。兩條腿和兩隻手臂都向前伸直，身體變成一個有點微微張開的ㄈ字形。

財佑不斷避免，但這時他還是想到了003的話。她很哈大學生喔。今天腳上穿的是白色adidas。那種在夜市很便宜的A貨款。

「當兵好玩嗎？」

「就，那樣。」

「欸，就這樣？茂沅每天都和我講一大堆東西耶。」

「他講了什麼？」

「大內彭于晏的今日金句。」

「誰？」

「侑嘉啦！」

「……」

「你幹嘛這樣？」

「妳相信喔？」

「有些事，是要先相信才會存在的。」加樂在中間停頓，用很緩慢的語氣吐出後面幾個字。抬起頭，用淡淡的微笑面對著財佑。

好像又沒出汗了。財佑真的很搞不懂自己手的心。

加樂把全身轉了過來，拉了一隻腳上來，雙手握在腳踝上。中間眨了幾次眼，但始終盯著財佑。

「大內，」前兩個字吐得很慢，深吸一口氣，接著後面幾個字突然一次全部衝出來。「彭于晏昨天說的。」

「……」

「很棒吧。」

「我不記得他講過這種話。」

「不然他都講什麼？」

財佑沒有出聲。他臨時想不到可以說出口的，就龜頭之類的啊。加樂也沒有在意。

「你要吃你的麵嗎，已經涼了。」

「好啊。」

「我在想生病的人可以吃什麼，所以本來想買鹹粥。可是茂沅跟我說，如果我在這種天氣買粥來給你吃，你一定會想殺了我。」

對，我會以為這是整人節目。「茂沅知道？」財佑問。

「知道啊，我昨天就跟他說我明天想來找你。我還問他你喜歡吃什麼？結果他居然不知道。你們到底是不是一起當兵的啊？」

難怪昨天晚上茂沅跑來問我一堆莫名其妙的問題。財佑心想。「難怪他昨天晚上問我，如果有一天掉到荒島上，最想要吃的東西是什麼？」

「哈哈，很像他會問的問題。他真的有動腦在思考時，講話反而會變得很不直接。」

上衣是粉鵝黃色的素T。不是日系的，應該是一些台灣在仿韓系的網購買的。「我跟他說不要跟你講，我要給你一個surprise。」

全身幾乎都是白色。以她小隻的身型來講，算是一個滿討喜的造型。中間唯一的鵝黃色亮出來，沒有太搶眼，不會給人太大壓力。

「我看人很準喔。」

加樂驕傲的說。

「真的嗎？」

「真的。」

「那我要離你遠一點。」

「嘻嘻。」加樂手指比了三。「第三點。你剛剛說『那我要離你遠一點』，對嗎？」

「是。」

「離你遠一點這句話本來就是調情的話。可是你剛剛用的是要。」穿了一件薄的襯衫外衣，皺皺的可以讓整體造型看起來比較立體。「用要的話代表，你覺得我和你兩個距離已經夠近了，我對你有好感，你已經有一定把握了。」加樂把三放下。「如果是用得的話，那就代表，你還不確定我對你的想法，要用一個激烈一點的動詞去吊出我的反應來判斷。」加樂幫他把竹筷外面紙包裝撕開。「來，吃麵。」

「說不定我只是比較不會說話。」

「你不是不會說話的人。」加樂把兩個碗推到財佑面前。

財佑把小碗打開，湯全部倒到大的碗裡面。麵放得太久，已經有點結塊，變得不好拌了。「我想說生病果然還是要吃熱的，又想說要豐盛一點多一點裡面沒有的東西。反正最後就是拉麵了。」加樂在一旁手腳俐落的收拾著碗蓋跟垃圾。

「這個週末你們休假，我們吃個飯吧。」加樂伸出手掌打開。「不要管茂沅和大內彭于晏那兩個白癡了，讓他們去開車吧。ＬＩＮＥ？」

「手機都放在班長那裡。」

「喔，對。我真的很笨。」加樂把手掌收回去握著，朝自己腦袋打了兩下。頭髮是有點淡淡的棕色，比較偏黃而不是紅色。這個顏色要維持很難。「我再跟茂沅要。」

加樂把穿在外面那件白色襯衫脫掉：「我會記得穿熱褲的。」

「蛤，為什麼？」

「你會看我看得比較多。」她把襯衫摺好，拉開 converse 星星包的拉鍊放進去。「穿長裙那天你幾乎不看我。」

「因為。」財佑用湯勺喝湯。「那天有別人啊！」

「別人。哈哈哈。」加樂大笑。用很滿意的表情指著胸部。

「我是說看我，我感覺得到，你看我的時候。」每說一次我，加樂手指就會由上而下再指一次。財佑突然看懂她的意思。她的手指是指著自己的身體，不是自己。不是指著頭。不是指著她。

像是小孩子玩累了一樣，加樂雙手放在屁股後面撐住，兩腳大字形打開放鬆，閉上嘴巴。過了差不多一分鐘，她又自言自語。「啊，不行，坐沒坐相。」把兩隻腳收回垂直放好，兩隻手平放在膝蓋上。抬頭挺胸，眼睛平視前方。這裡是骨科的候診室。正前方診間的號碼從剛剛財佑發現加樂開始就一直停在十六號。也不知道是今天的看診結束了，還是十六號病人是個很難處理的案例。財佑在她旁邊，吃著冷掉的拉麵。手掌裡有些水，但不知道是汗還是不小心滴出的湯汁。

「你知道嗎？」加樂靠到財佑耳朵旁邊。

「什麼？」很小聲很小聲，好像全世界都是敵人一樣。所有看到的東西都是謊言。絕對不能讓任何人發現，唯一能相信的真實只有自己。

「吸盤魔偶，很會吸喔。」

從生下來，兩個人就注定要在這很大的世界裡不斷地逃亡一樣。

8

如果要選出一個在單兵戰鬥教練之後，最受大家討厭的課程第二名，財佑應該會選刺槍術。真的在戰場上不知道，但這課程在訓練的時候，很難讓他聯想到任何真實的畫面。

刺槍術是指65K2安裝刺刀後與敵人格鬥的技術。刺刀就是一把精美像匕首的刀刃，正常的著裝狀態插在腰間上。當需要用的時候，再拔出來插在65K2上。變成一個類長槍的近身武器。

財佑一直記得，他高中歷史老師說的蘇聯紅軍與德意志帝國在第一次世界大戰時的故事。俄羅斯帝國當時內憂外患。在東線戰事上，自己本身軍隊訓練跟裝備就已經不如德國了，在國內共產和倒皇派的聲音又暗流洶湧。可謂風雨飄搖。而在列寧領導的十月革命成功後，戰爭並沒有結束。同盟國虎視眈眈，遠東地區原本帝國的軍事力量也沒有整合完，從北到南從東到西都有戰事。國軍需要大量新兵投入戰場。人是募到了，可是物資不夠。要槍沒槍要砲要砲，於是訓練時只能拿類似的物品代替，打算等上了戰場再給真的武器無縫接軌。所以長官會給新兵一根掃把，說：「這是一把步槍。」新兵拿到步槍後，就要擺好射擊姿勢說：「這是步槍這是步槍，砰砰砰！」接著長官會把掃把前面拔下來，剩下前端尖尖的木棍，說：「這是一把刺刀。」新兵就用它演練刺槍術，說：「這是刺刀這是刺刀，刺刺刺！」可是練著練著，一直到要上戰場了武器還是沒發下來。長官沒辦法，只能讓新兵們拿著掃把到東線戰事去面對凶猛的德軍。看到雪地裡來勢洶洶的德軍衝鋒，這群菜兵嚇傻了。趕快拿出掃把架好：「這是步槍這是步槍砰砰砰！」沒有用，德軍還是在衝。愈來愈近了，新兵們把掃把頭拿下來。雙手握住：「這是刺刀這是刺刀刺刺刺！」還是沒有停下來，新兵放棄希望了。他們把掃把丟掉，一邊念著自己家人的名字面對衝過來的德軍。

不過他們沒有怎樣。蘇聯紅軍的小夥子們聽到一個個從自己身旁跑過的德軍喊著：

「我是坦克我是坦克衝衝衝！」

「……」

「這是笑話耶，你們笑一下好嗎？」歷史老師說。

經過多年的努力，財佑和茂沅他們是拿著65K2在練刺槍術的。為了避免誤傷他人，隊伍裡人與人之間要保持兩隻手臂加一枝槍的距離。平常練習時，也是戴著刀鞘。萬一不小心真的戳到人，只會是很痛，身體上不會多出一個洞。口令大概是這樣。前進突刺，刺——（一、二），原地突刺，刺——（一、二）。音調有點特別，跟胡瓜那句「下面一位——」有點類似。不過新兵們不用管，這是長官喊的。他們只要喊一、二，然後把動作做確實就好。

不過光是做確實這件事，就讓人很無所適從。

刺槍術其實是個很需要訓練的東西。動作要模仿它的形，不會太難。但要讓它有威力，就沒辦法用嘴巴說明了。財佑和茂沅深切的體會過那之間的差別。士官長體格壯碩，而且大小適中，身高高肩膀厚又沒有過度吸睛的肌肉。他的刺槍術就一個字，帥。出去，回來。出力，收力。刺、收。端正又集中，不含糊不拖泥帶水。其他班長的示範，會很可憐的被當成對照組。肌肉太大塊的，槍跟身體的比例會太小。變成像洋娃娃在動作。而且壯大的肌肉也會讓速度產生的美感減半。身形太扁的，動作都跟士官長一樣，但就是沒有力。雖然也快，但不會想停留目光在他身上。至於矮的，就效果不太好就對了。

所有人都看得出來好的刺槍術長什麼樣子，可是要怎麼變那樣呢？不知道。班長練那麼久還是差異那麼大，是不是一開始身型就錯了呢？可能吧。操練的位置，是營區裡大巴士停車場旁的馬路。因為大巴士停車場有遮雨棚，可以將迷彩板凳放在那裡。在陽光下的馬路練習，休息時再進到遮雨棚下躲太陽。能夠一次塞下一個連的陰涼處不多。在馬路上，沒有可能看到鏡子知道自己剛剛的動作從旁邊看長怎樣。手明明最用力刺出去了，但角度還是十分不順暢。如果從影子訂正，弄了半天發現跟士官長的影子還是差非常多。看看旁邊鄰兵的情況，無一例外動作都很醜，自己感覺也不會倖免。但只能一直練了。財佑很少感覺到一個東西那樣單純，很明顯要做好的唯一方法就是不斷重複訓練。這樣的東西在現在很少了。但刺了好多天，轉了好多圈，感覺依然原地踏步沒有進展。明明知道目標，也知道怎麼做，卻有種不可能完成的預感。

早上十一點整。士官長叫大家回陰影處休息，要記得寫飲水小卡。所有人滿頭大汗的走進遮雨棚。其實不只頭，全身像剛洗完澡一樣溼黏。但能夠脫掉的只有鋼盔，迷彩衣還是要乖乖穿著。財佑和大家一樣把鋼盔放在迷彩板凳右邊地板上，彎下脖子。頭髮上的汗水在風裡漫漫滴到地板。兩個不認識的新兵走進遮雨棚。

除了單薄的身形和稚嫩的臉龐，迷彩衣上沒有名字只有號碼也出賣了他們是正在受訓新兵的身分。一高一矮，迷彩上衣掀到上面。四隻手臂刺了滿滿的圖案，有牡丹花愛心英文字……很多很細緻的部分看不清楚。

士官長瞇著眼辨識迷彩服上繡的號碼，確定這兩個陌生的臉孔不是自己連的。他站起來：「那邊那兩位，是哪一連的？有什麼事嗎？我們現在在上課。」

兩人對看了一眼，沒有回應。他們已經走到人群裡面了。只是大部分人是坐在迷彩板凳上喝水，而他們兩是站著。兩人快速地彎下腰，拿起地板上離自己最近的鋼盔，朝坐在兩人前方正轉頭看著他們的侑嘉頭頂砸下去。

「你記得侑嘉不是跟我們說過他是九龍的少爺嗎？」茂沅趴在營舍四樓的欄杆上，手裡拿著蜜桃口味的波爾茶。「我跟加樂確認過了，他不是。」

他跟財佑早上被連長派公差去營本部幫忙。但到了營本部，對方卻說不用了他們人夠了。再回到連上時，部隊已經被帶去靶場了。「又不能叫你們兩個自己散步去靶場。」連長搔搔頭。「你們就在連上這裡出公差，看你們想幹嘛就幹嘛，不要被人發現就好了。」

「可以投飲料嗎？」茂沅問。

「可以。」連長轉身，想到什麼，又轉過來。「不要去寢室躺。」

茂沅咬著吸管吸了好大一口，裡面有茶也有空氣。利樂包在他手中迅速地乾扁下來。

「那兩個是真的九龍的人。反正他好死不死剛好同梯遇到，誰叫他要那麼大嘴巴，說謊還不低調一點。」茂沅繼續說。

「可是我覺得他說這種謊就是為了高調耶。」財佑說。

茂沅抬頭瞪了一下天空。「也是。」

「你覺得他為什麼要說謊？」

「侑嘉為什麼要說謊喔？」茂沅繼續瞪著天空。「應該是他覺得，他如果跟一群什麼都不知道的人說一個他想要的樣子的他，就可以過他想要的生活吧。」

「用一個謊換一個更好的自己嗎？」

「也不是耶。我不知道。有沒有更好我不知道啦，不過我覺得他也滿大膽的，幹他敢邀加樂和我們一起出來吃飯耶，他都不怕會被她拆穿嗎？」

「可能他有自信吧我覺得。只是我覺得他這樣也滿累的。」

「對啊，當什麼少爺。要是我絕對不會假裝我自己是那種人啦。」

「如果是你，你會說你是什麼？」

「我喔？」茂沅把頭轉回一般的角度，眼睛看向營區外地平線。「我不知道耶。我可能還是會當我自己耶。我覺得我這個人滿好的。」

「你不會想當個大學生之類的嗎？」財佑問。

「不會。」茂沅立馬斬釘截鐵的回答。「我本來就可以當大學生了啊，只是我不要。而且，」茂沅看著財佑。「大學生的薪水也沒，我，多，啊。哈哈哈……」笑到一半，茂沅突然右手握拳，打在攤開的左手掌上。「幹，我懂了。」

「什麼東西？」

「我知道侑嘉為什麼會說自己是九龍的少爺了。因為，他一開始就決定要說謊了。只是他沒膽，他不敢講一個真的很厲害大家都知道的東西，像什麼郭台銘的私生子，這種一查就知道了。然後他也不敢說一個他很不熟悉的東西，像如果他說他是大學生遇到你一下就被揭穿了。所以，所以他要找一個好像很厲害，可是沒人知道到底是什麼的東西。這樣就沒有人會想去拆穿他的謊言了。」

「好像有道理。」財佑說。

「幹，就說我是能上大學的，只是我不想去讀而已。」茂沅把壓扁的利樂包塞進口袋。「走吧，再去投飲料。」

*

當財佑看到租車店肥婆老闆娘一臉無奈地看著他們時，他才終於感覺自己有誤上賊車的感覺。

「一張駕照抵四台？」肥婆頂著桃紅色髮捲，嘴裡咬了一根牙籤不斷上上下下。

「拜託啦大姊，阮七辣過生日，我們晚上要去洗溫泉。人都約好了，大家一起去才趣味，一定要四台才夠啦。」

「你們上次撞斷我後照鏡那筆修理費還沒給我。」

「那個，一定，一定。現在在當兵沒辦法弄錢，退伍馬上給妳。」勁輝真的很像猴子，財佑心裡想。「拜託啦大姊，現在全小港的租車只有妳願意租車給我了。」

肥婆轉過頭來打量財佑。「這個是誰？」由腳到頭再由頭到腳掃視一遍。

「洞洞么，同梯的，我們班頭，我大哥。人家大學高材生喔。」

「你會跟著去嗎？」

「會會會。出去玩怎麼能沒有我們大哥的份呢？他一定跟，最貴那台CRV一定他親自開，優良駕駛一張罰單都沒被開過，包您放心。」勁輝搶在財佑面前回答。

肥婆看了財佑好久，最後擺出算了隨便的表情，轉身把契約書拿到桌上。

「這邊，這邊跟這邊，簽名。」她把印有地方民意代表電話的原子筆拿給財佑。「然後這邊，蓋指紋。右手大拇指。」肥婆把紅色的印泥推到財佑前面。

肥婆手指沾口水，一張一張數著鈔票。「再次提醒，雖然我們有保險，可是一旦出人為車禍相關的賠償還是兩位蓋了手印的負責。」她確認數量無誤後，把鈔票整一整收進抽屜。「特別是勁輝，你們已經有三張駕照押在我這邊了，這次再出事我們就法院見了。」

「不會，不會，絕對不會。」勁輝打開車門。「我現在是中華民國軍人，是個男人了。」

財佑打開副駕駛座的門。肥婆問：「你不也開一輛車走嗎？」

「不用。我要先回家。我們家下面停車不方便。」財佑說。

肥婆點點頭。幫他擋住車頂不要撞到頭。

「謝謝。」

「下次不要當濫好人了。」肥婆說，接著扯開嗓子對著駕駛座的勁輝大喊：「黃勁輝，不准在車上喝酒吃東西跟抽菸，媽的上次清到腰痠背痛。」

「知道了啦！」勁輝滑出車庫，踩下油門的同時方向盤也往左打。

「要嗎？」勁輝遞了菸給副駕駛座的財佑。財佑擺擺手。「對齁，001你沒在抽菸。」勁輝自己用左手遮住打火機的火，點著香菸後把打火機往後甩打後車座。「要不要試一根？這種很輕的。」

「不用。」

因為輕軌施工的關係，凱旋路上的交通比往年更混亂。輕軌一期的路線沿著已經沒在用的臨港線，從鹽埕往三多路延伸。經過前鎮，一路向北。凱旋路上整條都是施工的柵欄，兩邊的建築物都被完全擋住，看不到對面的狀況。去年高雄氣爆的地點也是在凱旋路上。財佑沒有過來看，但那天晚上去夢時代逛街的譽靜被困在南高雄，三天才能回去。

「001。」勁輝把車窗打開，左手兩隻手指將香菸夾在車外。「那天去醫院轉診的時候，加樂是不是有來找你。」

「嗯，對啊。」

「你覺得加樂怎樣？」

「很好啊，人不錯。」

遇到紅燈，勁輝踩了煞車。安靜地看著儀表板。

「我其實不知道要怎麼跟你講話。」勁輝說。「我們書真的讀很少。根本沒讀。剛剛簽名那張我什麼都看不懂。自己的名字我也不會寫，每次簽名都是畫一個形狀而已。」

勁輝深吸一口氣。像是在想要怎麼講，也像是在想要講什麼。

「加欒甲咱相識很多年了。」勁輝把菸拿回車內。「不過，咱沒人捌伊在想啥物。」

「伊以前發生真濟代誌。

「誠濟人給伊欺負。

「我嘛係。以前給伊做過尚歹欵代誌。

「但是逐家攏對伊金甲意。」

勁輝吸了一口菸。

「伊是誠好的人。

「莫予伊哭，好否？」

財佑點點頭。

勁輝拿著手的香菸放在儀表板上，用另一隻手去揉了揉鼻子。他從口袋拿出菸盒，從裡面又抽出一根。「001，真的，抽一根，我請你。」

「不用。真的。」財佑說。

「真的不抽？」

財佑搖搖頭。

「不抽？」

財佑搖搖頭。

「好吧。」不知道又是從哪裡摸出來的打火機，勁輝自己把那根菸點了放進嘴裡。「這樣會長不大喔！」語氣裡帶著一點揶揄，勁輝瞇著眼對財佑笑著。

財佑聳聳肩，看到燈號變了。「綠燈。」他對勁輝說。

「好。」勁輝踩下油門。把香菸直接彈出車外。一隻手握著方向盤，另一隻手去揉鼻子。鼻子揉完，往上繼續去揉眼睛。

感覺，本來財佑感覺，不管怎麼努力，生活還是會像是報紙後面的文字填空遊戲。橫的第一題的第二個字是直的第二題的第一個字，橫的第三題裡若有所思的所字是直的第七題裡一無所有的所。橫的第三題的解釋是好像，直的第七題是什麼都沒有。這遊戲不容易玩久，對他來說。因為終究來說，這是在一些沒有被打上叉叉的空格裡寫上設計的人給的提示的答案的遊戲。有些地方不能填，剩下地方則被要求填入那唯一的答案。

必須先從這裡走，必須先上學，在裡面遇到同年紀的人，成為朋友。可能遇到好老師，或者另一半，又或者各種，再由他們，垂直，直角，帶領著你認識新的世界。財佑一直在尋找著跳出來的方法，在那些被打上叉叉，不能有東西的地方，找到可以在那裡隨意自己塗鴉與寫字這樣一條規則。

財佑發現，生活還有另一個不用追求那唯一答案的玩法：想另一個答案。要剛好跟它有所交集的答案也有相合。直的第七題可以填看看大原所長，橫的還沒想到。不然填看看艾蜜莉亞。然後再想，再想。想辦法創造，用自己的方式。什麼答案都有可能，有的有點危險，但遇到了再說。

*

加樂的胸部很平。雖然小隻的女生，在那個部位會有起伏的真的不多，但看到時財佑還是有種，原來貧乳是真的啊的感想。是誰先引誘誰的？財佑覺得一切都自然而然。加樂一隻手抓著他的頭索取他的吻，另一隻手從包包裡翻出鑰匙。在舌頭被咬掉之前，她終於成功將公寓的門給打開。她粗暴的把手上的包包甩開，不知道砸中了什麼東西。應該是架子上的物品，參差幾聲金屬撞到地板。有一個是圓的，有東西在地上滾的聲音。財佑完全不知道加樂的房間長怎樣，他的眼睛不斷被她的眼睫毛掃過。

加樂把他壓到床上，頭靠在床頭櫃上。她的床上有很多枕頭，床也很大。「你等一下。」加樂起身，拉開旁邊木製衣櫃的下層。那一層都是內衣。內衣和內褲，大部分是蕾絲的。房間裡小夜燈是紅色的，所以除了黑色比較暗很明顯以外，其他的看不出來是什麼顏色。全部都是粉粉的紅色。加樂快速地把裡面的內衣分開，手插進去撈。全身重心向下，她抓到裡面一件物品。抽出來，是一根按摩棒。有顆粒的，粗度和長度都是財佑的一倍。

「來，給你。」她把按摩棒給財佑。「不是要快鑑測了，給你練習刺槍術。」

財佑接過後，她快速地把身上的衣服、褲子和內衣全部脫掉。她今天依照約定，穿了一件很短的熱褲。上衣也是無袖的。但財佑忘記細節了。版型、材質、顏色全部都忘記了。但指甲是紅色的，手上十片全都塗滿鮮豔飽滿的紅色。在白色的皮膚上非常搶眼。她沒有脫掉鞋子，全身赤裸，喊著來啊的M字腿上穿著黑色高筒converse。跟軍靴好像。一隻腳的鞋帶已經鬆了，隨意地散在床鋪上。

「你女朋友應該沒幫你吹過吧？」按摩棒結束後，加樂把它搶了回來。努力塞了一小段進自己嬌小的下面。眉頭皺著，發出悶悶的聲音。下方被撐起一點點棒狀物的形狀，她把財佑褲子和內褲拉下來。屁股翹高，把頭埋在他的胯下。

財佑忍不住發出聲音。

烏龜、龜頭、手汗、長了花的喉嚨、下不停的雨、早上的雲。很軟，很像加樂的肌膚。學長的拖鞋、學長沒有戴套、教授。槍、射擊、射出去、子彈、送上槍機。咔鏘。

財佑的精液被加樂舌頭前端掃進嘴裡。喉嚨一個滑動，輕巧地溜進她的身體裡面。

「我還會更舒服的喔。」加樂像沒有看過這個世界的惡意一樣，用最純潔的笑容笑著說。她把財佑的雙腿抬起來，往他的上半身翻折。涼涼的空氣觸碰到股溝和金玉。「好好享受吧！茂沅不知道我會這個喔。」加樂的舌頭貼了上去。

烏龜。

一開始是在睪丸上，或親或舔。會卡到很久沒整理的陰毛，牙齒不小心拉下了幾根。輕輕的刺痛感。財佑閉上眼睛。接著慢慢往下，鼠蹊，往內，再往內。另一邊的鼠蹊，來回了好幾遍，又回去睪丸。「好啦。不玩你。」很接近那裡，很接近，愈來愈靠近。

咔鏘。

在碰觸到的前一刻，財佑雙眼突然睜開。往自己的下體看，只能看到加樂的頭髮。他把屁股往下滑，離開空氣跟加樂，壓在床上。上半身彈起，往前把趴著的加樂拉起來抱住。加樂從原本的姿勢被突然抽離，瞪大眼睛嚇了一跳。完全搞不清楚什麼狀況。

因為胸部不大，兩人之間很緊密。抱太大力了，她感到呼吸有點困難。頭的位置就在財佑的胸口，她不敢動，也不敢說話。抽著鼻子的聲音從頭頂傳來，她抬頭看。他開始止不住的大哭。

「怎……怎……怎麼了啦？怎麼突然就開始哭了啦？」

加樂試圖安撫的他的情緒，輕輕溫柔地拍著他的背。內心還是交雜著問號和驚嚇。但他的哭只是愈來愈用力。

「好了好了好了好了，沒事沒事沒事，不哭了不哭了。」

「對不起。對不起。對不起。對不起……」財佑把頭埋到加樂的胸部上，不斷地鑽不

斷地鑽不斷地鑽。口中跳針地說著對不起，

「幹嘛？沒事沒事。你幹嘛道歉？發生什麼事了嗎？」

哭聲悶在胸口，沒有間斷的對不起不斷重複播放。加樂不知道怎麼辦，她無奈地把財佑的頭扶起來一點，讓他可以靠在自己的肩上。

「好啦沒事……沒關係啦，真的沒關係。沒關係了，好了你不要哭了好不好。拜託不要哭了好不好，你這樣我也會想哭。好了你不要哭了，沒關係啦。」

9

想找老大，財佑跑去帝一火鍋。現在是早上，店門口的鐵捲門理所當然的拉上。但他等一下就要收假了，沒辦法等。所以他跑去敲店裡的後門。手才碰到鋁質的門框，門就被推開了。猶豫不到兩秒，財佑走了進去。找不到電燈開關，在裡面瞎闖亂闖，沒有什麼收穫。繞回原路。在考慮要不要放棄的時候，一張白色的東西在光與暗的邊緣被風吹著。財佑往前追，伸手把那張東西拿起看。是一張照片，譽靜和教授的合照。

上面還有印他和學長的名字。是那張教授莫名其妙把譽靜找來拍宣傳照的研討會邀請函。原來連邀請函都有印。財佑心想，好丟臉喔。

一股寒意從腳底瞬間把財佑炸散。

在黑暗中，可是他很清楚，有一隻手拿著槍指著他。財佑知道這樣的形容不太準確，因為槍是沒有溫度。至少在擊發之前是不會有的。但他還是感到，現在大約自己額頭二十公分前左右槍口的熱度慢慢的傳過來。

「喔，是你啊。」老大看到財佑的臉。把槍放下，收到口袋裡。好像是客人給他的零錢一樣。「不好意思，我以為是小偷。」他把剛剛被財佑碰成半開的鋁門推開，指了指外面。「外面比較涼？」

財佑起身，跟著老大走了出去。

放眼望去是一片寧靜的海，閃爍的天空夾著潮濕的風襲來。說的是一種巨大的空鳴，但他並不覺得這和別的地方很尋常海岸有何分別。極度的閃熱，財佑無法適應這種感覺，像是女孩子的聲音在耳邊巧巧叮嚀，絮絮的紛飛在臉上。他不知道是譽靜還是加樂。

當腳步陷入沙灘之後，後頭的樹林和小鎮就消失了。

「譽靜她去台北一趟。」

老大單薄的身影在黑暗裡露出光線，指指遠方的天空。

上頭沉沉地響起柔和的閃電，在海面上擴散開來。

「我覺得，她應該是跟人家借了個印章沒還，現在要去處理。」老大彎腰挖了一下被海水淹過的沙灘。「螃蟹的痕跡。」他指著一條正常人都不會注意到的凹痕。

「我是不太習慣這種把事情拖很久的方式啦。」老大說，把一塊石頭翻開。「我們這年代的人比較習慣把事情快點解決掉。不過也不一定好啦，後來很多問題。蘭花蟹，太小了，放了。」

財佑所站立的沙灘像是塌落下去，一個巨大的身影從海中高高躍起。一隻巨大的鯨魚，對著廣大無垠的空間嘶鳴。

「鯨魚。」老大把腰扭轉六十度過來。「我們這裡也曾捕過鯨魚喔。」

「你能幫她嗎？」財佑問老大。

老大轉身回去面向大海，從口袋裡摸出打火機。煙絲從他的頭頂緩緩盤旋向上。

「她有說，讓你好好活著。要我好好保護你。」老大把話收到最後頭：「你啊，我一直以為是個說謊成性的人。把謊當成天分，也沒什麼不好的，很多工作需要這個才能。只是後來啊，大家慢慢發現，這種東西換句話說，也可以作為一個說話的天分。說故事的天分，把一件事說完整的能力。這份力量就不是想要就有了。」

菸到了尾，老大彈了彈，拿起手機看了一下時間。

「可是她啊，認為不只這樣。她認為，你有的，是能看透世界層層堆疊的謊言的能力。她覺得，你是可以說出這個世界真實的樣貌的人。」

「接下來，就看你怎麼做而已。」

＊

財佑一直想找個足夠的時間去公共電話前，打電話給譽靜。和她說最近發生的事情。但每日的行程密集的像營區裡的螞蟻，他遲遲沒再跟譽靜講到話。八月赤裸的夏天卻有過多的欲望，雷聲，颱風季的兵。003沒日沒夜地躺在財佑旁邊哼著歌，劉若英的〈為愛癡狂〉、汪峰的〈存在〉、周杰倫的〈算什麼男人〉。唱著唱著，有一天他去找班長。他要簽志願役。

生活也變得熟稔，時間變慢，並不是因為熟悉了什麼，相反地，像是厭倦了、不再對什麼東西期待。日子很像口令，重複，日復一日。沾滿了塵埃的床單和枕頭套，就算全部拖到集合場曬一個下午也不會改變晚上睡在上頭奇癢難耐的結果。等天亮像是在數電風扇的葉片，003還是習慣最後一個起床，用最快的速度穿上迷彩衣和膠鞋。

接近鑑測時，剛好碰上部隊的高裝檢。大家被切成很多個區塊，一個個被帶去不同的地方出公差，掃地、洗碗、拔草、摺棉被、摺蚊帳、搬砲、搬十字鎬、呈列裝備、幫爛的跟屎一樣的內務櫃拍照⋯⋯。財佑、茂沅和003那個禮拜沒什麼見到面，基本上都被各自抓去不同的地方做不同的事，等晚上回到寢室時，可能有人已經睡了，有人還在新中營區。

不用操課大家四處出公差，下不下雨也不是那麼重要了。很久沒有人去拜烏龜了，也很久沒有人去關心牠。有一天財佑上完廁所，走過中暑防治製冰機時，他發覺烏龜正盯著他，用那雙很安靜的眼神。這讓財佑有點害怕，飛也似地跑回寢室。

生活後來慢慢變為這樣，在事與事之間流轉，使勁忘記不該忘的，用力記住不該記的。早點名的雲和陽光，洗澡時的熱水跟毛巾。侑嘉沒什麼事，他只是頭破了。去國軍總醫院躺一個禮拜就辦出院了。可是他沒有回到連上。在他頭被打破陷入昏迷緊急從營區送出急診時，士官長親自檢查了他的內務櫃和行李。小小的櫃子裡面放著超過十公斤的白粉。被移送法辦後，041接替了他班頭的位子。順帶一提，送他出去的救護車是每次操課時都會停在旁邊，好讓中暑的人可以立即就醫的配置。侑嘉幫那台製冰機消耗了兩個月的冰塊總算獲得回報了。

深夜裡寢室的後方會聚集吸著粉末的人們還是照常集會，躲在抽風口，恍惚，瞳孔放大。聽說真的九龍也有在做這門生意。侑嘉走後，他們順利地接下這筆單子，變成營區最大的糖果供應商。

中午時分去飲料機投一罐檸檬口味的波爾茶，十三塊，基本上不會是冰的。去很大的室內空間，立正，稍息，副旅長好。慢慢不會在就寢時翻來覆去，汗依舊會浸溼床單，喉嚨隔了幾日依然會生刺，讓自己在天亮前咳嗽，睡去，等第二次醒來，繼續喊著雄壯和威武。有一天醒來，財佑看著窗外像嬰兒臉頰的積雨雲，轉身和003說，我好像聽到海的聲音。

「我書讀的少你不要騙我。」003說。「我會以為你在說我帥喔。」

「所以你到底為什麼簽下去？」他問003。

「感覺這裡面的生活也不是不行。日子也是一樣在過。你怎麼不簽？」003反問他。

看著003的眼睛，財佑和他說他不喜歡這裡。他還不會抵抗生活，他還無法指出昨天與明日交際的縫隙。

「我書讀的少你不要騙我……」003說。

「我在說你帥。」財佑說，右手頑皮的摸著003的臉頰。「真的。」

有一次打靶完，要穿過新中營區回來時。部隊在那尊不知道是孫中山還是蔣中正的銅像前遇上了大雨，雕像下面刻著「高山仰止」四個大字。連長叫部隊停下穿上雨衣，把65K2保護好。「你各位最好給我跑起來啊。」所有人開始奔跑，那是一段很長很長的路。廢棄的營區，壞掉的籃框，只有公雞的養雞場。茂沅跑在財佑後面，班長下齊步走的口令時，他直直地撞上財佑，兩人雙雙跌倒在地。

生活後來慢慢變為那樣。當兵五字訣：推拖閃躲飄。因為高裝檢的關係，地下餐廳變成裝備陳列室。和烏龜大雨時一樣，連上的用餐環境移到狹窄的中山室外面走廊。換了地方打飯班手忙腳亂，原本一個班應該可以分到兩瓶三公升的可樂，但一班只有拿到一瓶，而二班拿了三瓶。是營長請的，獎勵昨天打靶時全連都有打到靶。二班在起鬨著要趕快把三瓶全部喝光，財佑站了起來走過去。勁輝看到，從旁邊搶走其中一瓶可樂。「好了啦，人家老大來了，給點面子。」

士官長在從一七五靶場回來的路上撿到一隻小烏龜，很小很小。士官長把牠放進了魚池，原本的烏龜，大家的雨神花了大約三十秒才發現剛剛被丟進池子的是什麼東西，然後開始追著牠游。也不知道是想和牠玩還是想把牠給吃了，兩隻烏龜一個逃的一個追在水面上割出無數的波紋。所有人都圍在那小小的魚池旁，整個連的、隔壁連的、士官長、班長、連長、財佑、003、茂沅、侑嘉、加樂、譽靜。大烏龜追著小烏龜，追啊追啊。大家在旁邊喊著：「向左，轉。」「向右，轉。」「向前突刺，刺——」「原地突刺，刺——」。

所有人都圍在那小小的魚池旁，整個連的、隔壁連的、士官長、班長、連長、財佑、003、加樂、茂沅、侑嘉、譽靜。

＊

鑑測前的那次休假，財佑終於和譽靜見到面了。

塔上的烏雲不多，有點像是Peak撥斷D弦時的聲音。頂樓上掛著一些剛洗完的白色床單，潤溼的像沙灘被海浪打著。放眼過去是一片太陽隔絕，善良的雲海。風襲來，把空間打掃得很乾淨。好像要下雨了。

「要幫我收床單嗎？」譽靜問。

「可以啊。」

把長尾夾取下的時候，財佑開始跟譽靜講軍中的事情。他先講了茂沅，再講烏龜。猶豫了一下，最後還是把003跟加樂都講了。只是內容有所刪減。他記得自己應該是有忘記特定幾個晚上或下午發生的事情。支支吾吾了半天，最後他開始講侑嘉的故事。

「我其實比較想不通的是，為什麼他一開始就決定要說謊？」財佑說。

「你覺得說謊很不尋常嗎？」譽靜回答。

「不是，但是我真的覺得，說謊是很花力氣的一件事。就算沒有後面發生的事，光是決定要說謊的當下，就要很大的勇氣了對吧？我覺得比起培養出那樣的勇氣，每件事都選擇真實怎麼看都比較輕鬆而且安心吧。他當時選擇說謊的動力到底是什麼呢？」

「可能他覺得，大家會比較喜歡說謊的他吧。」

「蛤。」

「如果這件事沒被揭穿，那你們就一直有個九龍少爺的朋友。反正你們也不會想要去了解他在幹嘛，單純以後可以出來吃個飯的朋友。如果人與人的交情是有純粹的本質，那不管是不是謊言其實都不會影響。但如果開頭不是侑嘉的謊言起頭，就不會建立起連結。他可是為了你們這樣的關係，才下定決心去說這個謊的。」

「我怎麼聽起來很像歪理。」

「搞不好我也是一直在說謊啊。你是我每個謊言的動力。」譽靜把頭從矖著的兩張床單之間探出到財佑面前。「你什麼時候有我沒在說謊的錯覺了呢？」

財佑看著她大大的眼睛。

「其實啊，印章是妳拿走的對吧。」

譽靜停下動作。

「老大跟你說了啊。」譽靜嘆了口氣。「雖然你應該也快要知道了。」

她把嘴嘟起來，左手右手食指在胸前繞著。

「你會討厭我嗎？」譽靜問財佑。

「不會。」

「真的？」

「真的。」

「你要討厭我也可以。」她看向遠方的大海：「人生很短啊。你要恨我要趕快，不然恨的時間不夠，是會後悔的。」

財佑沒有接話。譽靜偷偷轉了一點角度過來。「不要討厭我？」

「嗯。」

「確定？」

「對。」

「耶。」譽靜雙手舉起，小跳步到空中。

「所以我們現在要來個感人的人生大告白嗎？」譽靜問。

「不要，這不適合高雄人。」

「那我們要幹嘛？」譽靜放下收了一半的床單，好像終於認清沒差了的樣子，說：「要我跟你說世界的祕密嗎？」

財佑想了一想，回營區的專車是傍晚六點發車，過去市區要四十分鐘。現在去的話，就有兩個小時左右的時間。

「那我們去喝星巴克吧，今天有七夕買一送一。」

「好，走。」譽靜爽快的答應。

＊

倒數第三跟第四間浴室的水柱很直，像強力水柱，不像蓮蓬頭。這裡是每天晚上吃糖轟趴的地點。財佑一直搞不清楚班長怎麼可能到現在還沒察覺。

鑑測第一天，茂沅和財佑剛好排到兩間。財佑把頭伸進那瘋狂的水柱前，他先深吸一口氣，再探頭進入，像游泳時入水一樣。茂沅在隔壁喊了一聲幹。水很冷，天氣很熱，兩人其實是今天的最後兩個人，霸占了浴室。００３偷偷跑到浴室旁的製冰機打了一整個鋼盆的冰塊，從隔壁淋浴間往財佑頭上倒下去。茂沅也被攻擊了。但三人都不敢出聲，怕引來班長。財佑只是眼睛緊閉張大嘴巴。但茂沅光著身子衝去外面也裝了半盆冰塊後，直接打開門往００３身上甩。一切都在無聲中，只有表情，只有動作。

媽的，白癡。茂沅罵他。

財佑和００３說了那部他在當兵前和譽靜看的電影。片名叫《日夜流淌的寂寞》，日本片，用日文念會變成這樣：hi ru mo yo ru mo。直白的翻譯應該是，白天也是晚上也是。是部寂寞的片子。裡頭最後一個鏡頭，瀨戶康史和吉永淳兩個人坐在廂型車裡，看著雨和海面。字幕打出來：「你看到什麼？」「我到底該何去何從？」接著瀨戶康史的聲音變成旁白：「我們就這樣坐在車裡兩個日夜，除了去上廁所和買東西吃，我們沒有交談。」

「你為什麼要跟加樂說我告訴你她的綽號叫吸盤魔偶啊？」００３問他。「她現在每天都叫茂沅來處理我耶。」

財佑聳肩。「你沒講嗎？」

「有啊，可是……」邊滾邊叫的003說。現在茂沅正用食指關節在他的腳底鑽：「這樣很沒義氣耶！」

「嗯，那是什麼？」財佑裝出聽不懂的歪頭：「我書讀的很少你不要欺負我，我會以為你在說我帥喔。」

「我覺得白天也是晚上也是這個名字很難聽。」

「嗯，我也覺得。」財佑說。

「不過用台語念就還好。」

「怎麼念？」

「日嘛是暝嘛是。」加樂回答。

日嘛是暝嘛是。

財佑躺在床上重複念了幾遍。

「你知道嗎？」

「什麼？」

「吸盤魔偶，很會吸喔。」

日嘛是暝嘛是。

鑑測最後一天，陽光很大。財佑打完了靶，下到等待列。正放下心中一塊大石想說鑑測結束時，班長又把他叫了起來：「001，去幫003代打。他那個成績真的不能看。」財佑知道003射擊挺不行的，在跑彈藥時從旁邊觀察，他就是那個打了六發有五發會直接挖地瓜噴在地面上的那種。重新穿上防彈衣，排隊，端槍上靶台，置槍，臥射預備。擔任射擊指揮官的營長突然喊了暫停，走上靶台，彎下腰來看著他：「你幫誰打的？」財佑覺得他的眼神，跟烏龜盯住自己的眼神也很像。

他有在公共電話裡和譽靜說過自己射擊成績不錯這件事，每次子彈射出，那像是突破了某個界線，把某種本來不屬於自己的能力，強硬的攫取過來。一個閉眼就是一個夏天，多嘴多舌，陽光和回憶一起蒸發。會突然有一種感覺，自己真的可以殺人，可以殺死任何人。財佑這樣和譽靜說。

左線預備（關保險），右線預備（深呼吸），全線預備。

幫003打完後下靶台，茂沅坐在位子上不知道從哪裡變出一條小條七七乳加給他。

「我剛剛心裡突然有一種很不祥的預感，好像我們忘了做什麼，是很大條那種，被發現了我們都會挫賽那種。可是我想了很久，都想不起來到底是什麼事忘了做。直到剛剛營長彎下去看你時，我才突然想起來。」茂沅深吸了一口氣。

「媽的，我們剛剛出來是不是全都忘記要關電扇了。」

日嘛是暝嘛是。

65K2是有膛線的槍，所以理所當然，擊發之後，子彈會飛一會兒，而肩窩則會因為後座力震一下。一個訓練合格的步槍兵是能夠保持姿勢的穩定和扣扳機的頻率，把這樣震動的誤差降到最小。其中一個小細節就是要全力抵住肩窩，讓身體去抵銷槍身的後座力。但再怎麼熟練的人，依舊不可能讓65K2完全沒有位移。在那個槍身向後震的瞬間，財佑突然想起譽靜撞進他懷裡的那個夜晚。已經不記得是多久以前的事了，但他知道譽靜的頭沒有超過自己的肩膀，所以財佑是抱著她的頭跟髮絲的。他想了這件事兩秒，閉著眼。然後睜眼，打出下一發子彈，忘記了這件事。

親愛的陳加樂

就是啊，因為妳，我以後可能無法記住，這個世界比妳還要好的人類長怎樣。

強風在眼球裡閃著光，水珠狀的影子從她的前髮沿著青春痘，在臉頰的邊境滑落，好像又把她帶離我遠一點。世界是潮溼悶熱的。

妳是夜裡那惱入又揮之不去的該死蚊子，而我，是人類忘記丟掉的腐臭。

1

在我很小的時候，好啦，其實也沒到很小。就是，比較小的時候，至少是學會了走路之後的時候，我遇到了一隻猴子。那座山叫柴山，不是一座很高的山其實。比較大之後，我在讀到中學的地理課本時，才理解到，雖然柴山的名字裡有山，但其實它不是一座山。標高四百多公尺，連丘陵都當得很彆扭。真正的山，是那種超過一公里，人們才把它叫座山。

雖然說是個矮得不太好見人的山，但它和人倒是親近得很。柴山在高雄這個我住的城市很邊邊的地方，被台灣海峽和愛河包圍。平時，附近的居民會把這裡當作健身的地方。到了週休，莫名其妙的家庭帶著小孩來占領山頂的石頭座位。在分岔眾多的山道上，大部分地方都鋪上了十分完善的木棧道，附近也沒什麼危險的蛇或植物。最危險的，可能是姑婆芋的汁液了。

如果是從北山的登山口上來的話，在過皇覺亭後，左邊會有一個攔沙壩。小時候會把很多東西放大。像那時的我就認為，那個在乾旱河道上的壩體是個水庫。而壩的後面，是個供應這個城市水源之一的大水庫。我這麼認為。但事實是，那是一個從前設的小小小小攔沙壩，而現在河道早已乾涸，那壩就在岩石中間慢慢變成山的一部分。非常的小，小到就算是小時候的我從壩上面跌到地面也只是擦傷的程度。我會這樣講是因為，那次我就是從那兒摔下來的。

我摔下來那時旁邊沒有大人。大人們都在視線以外的皇覺亭泡茶。當下的我沒有感覺到太大的痛，所以也懶得哭叫求幫忙，想說自己走回去就可以了。但當我眼光一離開那小小傷口抬頭時，一隻猴子就這樣站在我前面。喔不，應該是蹲在我前面。

那隻猴子不是一隻普通的猴子，從牠蹲在我面前的姿勢，他更像是一個人。柴山有非常多非常多的猴子，牠們和附近居民共用同一個生活圈，或多或少會有一些像人類的行為。像山腳下的超商，就不只一次的被山上的猴子闖入，大搖大擺地打開冷凍櫃拿出寶特瓶轉開瓶蓋；或者沒什麼經驗的民眾登山時，有時會帶著吃的東西，一不小心這些猴子便會從樹上滑下勾走了零食再從樹枝間逃走。這些猴子多年跟人類打交道，已學會許多像人一樣的技能。但我很清楚的是，像人跟像個人一樣是完全不同的事。而我眼前這隻猴子，牠像個人。

除了牠蹲的姿勢以外，最讓我有這種感覺的是牠的眼睛。那雙眼睛非常清澈，眼白跟眼珠分得很清楚。牠轉動了兩下，像是很有意圖的觀察著我，又像想跟我說些什麼似的。

「拿，你還好吧？」猴子說。

我到今天一直記得，第一次聽見牠講話的印象是，原來猴子講話是這個樣子。牠那個嘴巴張開的大小、速度、形狀，都跟電視《泰山》裡的猩猩說話時有夠像。然後我理解到，喔，原來不管大的小的長得跟人類好像很像的這些動物，說話應該都差不多都是一個樣。於是，我搖搖頭說：「沒事。」

猴子歪著頭看了我落地時的擦傷，像是確認我沒說謊後點點頭，說：「沒事就好，那我回我的籠子了。」

「你的籠子在哪裡？」

「這片樹林後。」猴子指著攔沙壩後面，應該從前是上游的地方。

「那裡是你的家嗎？」

「不是，那是會把我關住的籠子。」

「你為什麼被關住了？」

「因為我被人類抓到了。」

「為什麼要抓你？」

「我不知道。」

我那時候對於猴子跟人類的差異沒什麼研究。基本上我相信那時猴子和我說牠被「人類」抓到時，我對那個詞的理解有點像是「鬼」，或者是「男生」。那感覺有點像是我在走廊上被「鬼」抓到了，或者是美美在走廊被「男生」拉辮子。就，正常時都是人的我們，到了下課時間就會有一個新的身分，「鬼」、「流鼻涕的」、「噁心」、「女生」……類似這樣的感覺。我們在那個奇特的十分鐘必須扮演那個不定的角色，你要去抓人或者去躲藏，攻擊或者逃避，基本上就是這兩個動作。那猴子今天被「抓」了，對象是個人類，只是我不明白的是，為什麼這隻猴子會被抓進了一個籠子。所以我繼續問。

「你做壞事了嗎？」

「沒有。」

「那為什麼會被關起來？」

「我不知道。」

「我媽說，做壞事的人就會被抓去關。」

「喔！」猴子這時笑了，牠的笑就跟《泰山》裡那些猩猩不太一樣。《泰山》裡的猩猩笑的時候眼睛會閉起來，變成一個彎度，表示牠們真的覺得很有趣。但猴子牠的笑完完全全是一個「人」的樣子，是一種充滿未知，像強尼・戴普的那種笑：「你媽可能錯了。」

「真的嗎？」

「不知道。」

基本上我不喜歡一直講不知道的人，特別是小時候。小時候呢，就是會有一些人，做了很多很討厭的事，是值得跟老師告狀的事。但當他們被叫到老師前總是會說，不知道。你是不是插隊，不知道。你有沒有把誰誰誰的水壺弄倒，不知道。如果那個人是講沒有啊，那我可直接把他當騙子，這樣比較容易。但說不知道的，那嘴臉特別令人厭惡。

好奇怪，不知道的人總是不用負任何責任。知道的人會被要求知道多一點東西，然後沉默。而不知道，誰知道他真的不知道還是怎呢。

不過因為眼前這隻猴子不是人，而且牠也已經表明牠是被人抓起來的，所以我並沒有因為牠一直說不知道就討厭牠。

「我媽不會喜歡你這樣講她的。」

「喔！真的嗎？」

「嗯。你一定要回你的籠子嗎？」

猴子點點頭。

「為什麼？」

猴子聳聳肩。

「那我要回去找我媽了喔。」

猴子點點頭：「從這邊過去比較快。」牠指著右邊一個山頭堆向上的斜坡：「不用再繞一圈，你們家人就在那上頭，不過你可能要用手腳一起才上的去。」

「好，謝謝你。」我說：「88。」

「不要相信繩子。」猴子指著斜坡上有人綁的登山繩，似乎是很久以前綁的，現在看起來十分的不牢靠：「要相信樹根和石頭。」

我點點頭後往那個方向走去，回頭時牠已經消失了。

找到我媽後我還來不及跟她說這隻猴子的事便忘記了，我媽十分煩躁的把我跟我的擦傷訓斥了一頓，讓我心情極度的差，也不想和她對話。後來我想起這件事時，已經是個知道猴子不會講人話的年紀了。

所以我一直沒和任何人說這件事。

國二時我很迷一個在電視唱歌跳舞的男生，我本來打算把這件事寫給他。那時他有一個歌迷信箱，他每個禮拜會在螢幕前念出他覺得最有趣的信件內容。我覺得這是我遇過最特別的事情，就把這一切寫下來。只是要寄出信件的那個禮拜二，中午班上吃飯時在播他演的偶像劇。他在那裡親了一個剛出道的女演員，全班都看著我起鬨。

我知道大家沒有惡意，一開始中午不看新聞轉去看那齣偶像劇，也是全班覺得喜歡他的我很智障才在班會上通過的表決。我知道電視上的都是假的，但當時真的很難受。

我覺得全世界只有我是惡意的。

我還記得那個新人女演員當時還在唱歌，她跑到了一個曠野拍MV，說那是地球上離台灣最遙遠的距離。

我把那封信丟到學校對面Seven熱狗下面的垃圾筒裡。

那個晚上，我在外面鬼混到很晚，心情不好。

教室前門進來第三排空了一個位子。

椅子緊緊地貼著綠色桌墊，好像有條看不見的線在中間黏住。桌子的四角漂亮的嵌在教室地板上用絕緣膠帶貼成的直角，太過整齊，大部分進來的人都有注意到今天這裡和平常的不一樣。

如果是平常，並不會有人特別思考為什麼位子的主人不在。他本來就不太常來學校，並不是他的爸爸媽媽是什麼特別的人物有什麼的特權，讓他可以不用管學校的出席。只是，他是那種在學校外的事業遠比校園裡重要的人。

老師在走廊上和一個年輕的阿姨說著話，她脖子上掛著校外人士的識別證。會在這麼早就進來學校的人肯定不會是什麼重要的人，督導，不可能。某市議員辦公室主任，不可能。新同學的家長，有一點可能。我發覺教室裡大部分人應該都和我同一種判斷，現在不需要繃緊神經表現給外人看，只用懶洋洋地做著自己的事。吃早餐的吃早餐、駝背的駝背。

我轉過頭去，禹欣咬著三明治裡最後的火腿還晾在嘴脣外。第一節課的鐘聲已經響起。我不知道今天要不要開始了。

對話終於結束，老師走進教室。

「起立。」

零散的桌椅碰撞聲。

「敬禮。」

「坐下。」

又是零散的桌椅，但這次被室外的巨響蓋過。那是每天早上固定會飛過我們學校上空的東西。我不知道是戰鬥機還是直升機，但它很準時每天都會從我們頭上飛過就是。

「勁輝同學今天不會來學校。」老師頓了一下：「可能有些人已經知道什麼事情了，學校這裡也會保護同學不會受到學校外面媒體的打擾，請大家安心。」

什麼事情？昨天大家不是還一起去鄒宏澄家玩牌？

「我們開始上課。」

「欸欸，什麼事情啊？」

我拿著拖把，站在洗手台前面等禹欣把水桶裝滿。

「妳說勁輝嗎？」

「嗯，對。」

水龍頭流出聽起來可以用涓涓形容的水柱。

「喔，就妳知道，他跟鄒宏澄放學不是都會在超商後面小巷那裡偷抽菸？」

「對啊。」

「周彥斈有時候不是也會去惹他們，然後他們就會揍他？」

我點點頭。

水扭動旋轉出一點幅度，我看著禹欣把它關上，吃力的要把水桶提上來。又裝太滿了，我把手放上提把一起把水桶放到地板上。

「被人家看到拍起來了。而且昨天鄒宏澄他哥不是開著他家的車來？」

拖地的鬚鬚在地面上開始擺動起來。

「嗯，對啊。」

「他哥好像有案子在還是怎樣的，總之他不該出現在那裡就是了。」

「最近的事？」

「應該吧。妳昨天不是也有上那台車？」禹欣打趣的說：「內將最近事業做很大，連兄弟的車子都敢上。」

我沒有理她：「可是我看鄒宏澄今天有來上課啊？」

「他爸吧。」禹欣不在乎地說。

地板被拖把沾濕，和原本的顏色深上一個色階。我常常在想，拖地是把灰塵拖上來，那為什麼拖過的地方顏色反而變得更深呢？我知道理論上變乾淨了沒錯，但一般來說顏色比較白的都是比較好的吧，為什麼連個簡單的拖地，這世界都會有例外呢？

「欸，周彥斈，這裡在打掃，不要過來。」

我抬頭，發現禹欣正揮舞著學校外套的末端。她把手掌不斷往袖子裡頭抓緊，讓那漏出來的部分盡量甩動。

周彥斈像是沒有聽到，應該是，他一定有聽到，只是又沒聽懂了。他不斷的往我剛剛拖過的地方走過來，一邊抓著他的鼻子，發出噌噌的聲息。

禹欣退後的身體撞到了楊潔黎，她坐在位子上盯著手機。禹欣轉過頭跟她說了一聲抱歉，但她只是盯著步步逼近的周彥斈，起身離開那裡。在經過我身邊時，我看到了她的手機畫面，是新接龍的遊戲畫面。

她應該是用茶樹或桔子的洗髮精，而且擠的不多。

「不要過來，走開，走開。」禹欣一邊甩著袖口，一邊看著他接近的距離已經無法挽留，她知道得要用推的才能把周彥斈弄走了。只是她手臂才剛伸出來不到十公分，就縮了回來，又往後退一步。

楊潔黎感覺就是那種洗頭髮時結在手上也不會抹在牆上的女生。

「喔喔喔喔，周彥斈想要牽女生的手啦！」

教室裡的男生鬼吼鬼叫著，他們用雙手撐在窗戶上，腳不斷的跳離地板。

禹欣瞪了他們一眼，把學校外套脫下來給我，用赤裸的手臂直接推了正在前進的周彥斈身體。這樣有效，周彥斈也懂，他發出喔喔喔喔喔的聲音轉身，往別的方向踏步走去。

「這……裡、不能、去。」

看著他走遠，禹欣的眉毛和鼻頭壓得好緊。她打了好一個嗝，似乎真的要嘔出什麼的走到洗手台，把水龍頭轉到底。清涼的水柱大力地沖刷在剛剛碰到周彥斈的手臂上，她來來回回反覆讓每寸肌膚都被清洗掉，另一隻手快速的搓揉肥皂到手臂上。

有點慶幸今天換我拿拖把，如果是我用水桶就要站在外面，要想辦法把他弄走了。

感覺還留有一點他的氣味。包括我，所有人都知道周彥斈聽不懂大部分人說話，但其實真正遇到時不會想那麼多。至少像我，每次真的看到他時，可能也是克制自己不去想吧，但我真的沒有什麼特別的想法。硬是要說的話，很努力很努力想這個人，就只有噁心的感覺。

我看著水龍頭流出的水，雖然只要人的手輕輕接觸它就會四處亂噴，但水在空氣中變化的形狀，總讓我覺得水的力量好大。

為什麼會有周彥斈這種人呢？

想這個問題好像有點不好，但我真的很納悶。是不是有一些人比較聰明，就會有一些人像他一樣，這樣平均值才會落在我這種人附近呢？

如果沒有周彥亨，感覺我就要負責扮演他那種角色吧。雖然我感覺他自己沒什麼感覺，每次看著他，就覺得他不只聽不懂我們說的話，應該連他被我們怎麼對待都不知道怎樣才是對的反應。

總感覺他真的好快樂。

每次想到這裡，就覺得自己應該以前有做些好事，所以這輩子才不用當那種人。

如果那是懲罰，那神明真的沒在演的。

有時我連在說著要好好跟周彥亨相處、不要欺負他的那些老師們身上，都能感覺他們也覺得周彥亨，嗯討厭應該不會，畢竟是個老師了，這種無聊的小情緒不容易出現。但覺得噁心這種事騙不了，老師覺得他噁心，語氣、動作、距離上都能感覺得出來，噁心是絕對真實，而周彥亨的存在也是。

我記得最好笑的是，上學期時我們班上有個實習老師，聽說是那種第一次跟著帶班的大哥哥。他跟班上的男生處得很好，下課還會一起打球。但有次被他發現，我們會餵周彥亨吃粉筆灰，他氣炸了。

「他跟你們都一樣！」

實習老師在教室裡這樣大吼，我覺得他是故意那麼大聲讓隔壁班也聽到的。

禹欣也這麼覺得，她說，這是要讓我們有羞愧的感覺：「而且他搞得好像我們背叛他一樣。」

我們本來就是這樣啊，我很想這樣跟他說，只是我一直沒機會。是你自己來找我們玩的。而且，如果周彥斈跟我們都一樣，你根本不需要這樣對全班發脾氣。如果是其他男生吃粉筆，頂多就是當事人幾個被叫過去而已。會變成這樣的出發點就是，他跟我們不一樣。

實習老師跟全班說，誠實，有欺負過周彥斈的自己站起來。男生們先站了起來，然後女生。我看著禹欣，她聳了聳肩，我們倆也跟著站了起來。我知道她沒欺負過他，基本上，不太算欺負，要這兩個在生活中交集到真的太困難了。禹欣大概也是對我同樣的想法吧，但我們都知道在這種有人情緒失控的時候，做什麼動作對自己以後最好。

最後只剩楊潔黎沒站。這她倒是沒有說謊，班上的第一名，我想不起來有看過她跟周彥斈有什麼互動，也想不到她有什麼理由去捉弄他。可能也是她二年級才轉學過來，跟所有人都不熟，才沒跟著站起來吧。一個人坐在那種教室，也是怪可憐的。

實習老師開始說著他的故事，他的求學生涯，他說他沒想到，在他帶的第一個班就會發生這種事，以前他的教授總說什麼之類的。有帶一點哭腔。

我知道的是，那個時候學校有兩個實習老師同時進來。一個是學校的校友，高中第一志願師大拿書卷會在補習班的柱子上看到的那種人，在隔壁班。另一個呢，是雲林一個我不知道的地方來的大學好像是私校有修教程現在才來當實習老師的，在我們班。我知道，他會在下課時的走廊罵隔壁班的男生不要亂跑，然後再去他們教室和隔壁班的老師陪罪說不好意思；他也會故意在隔壁班老師下班每次經過球場時，大喊他的名字問他要不要一起跟同學打球。我們那個校友是個連機車都不會騎的白面仔，每次都是笑笑說不用你們玩。

我忘了後來怎樣，那時我一直觀察著楊潔黎，想知道她會怎麼應對這場和她無關的鬧劇。但她好像也就只是看自己的書，然後換了一本，開始算數學。

一個禮拜之後，學校就只剩一個實習老師了。

我聽勁輝他們說，大家其實沒有很喜歡跟老師一起打球。他都一直打籃下，我不太知道這什麼意思。禹欣跟我說，就是大家沒球打的意思。

下午家長會長請了全校吃仙草。仙草很冰。家長會長就是鄒宏澄的爸爸。

中午過後，天空一直灰灰的，好像要下雨。但也就這樣，我趴在桌上睡著時，好像聽到了打雷。睜開眼睛時，我大力吸了幾口氣，但裡頭沒有潮溼。

我昨天沒睡好。

有蚊子。

牠們在耳邊，嗡的一下。又一下。

嗡。

我用我最快的速度往自己耳朵巴下去，結果沒中。

我醒了一點，決定速戰速決，把整個房間的電燈打開。牆壁上、天花板上，這幾天和蚊子對抗的戰蹟把米白色的粉刷弄得好髒，是夏天的關係嗎？我不知道。每天早上起床都會發現自己臉上被多叮了幾泡，明明不是青春痘，我受不了了，六天前第一次開了燈和牠們大戰。瞄準蚊子在牆上的位置打下去，如果是太高的天花板，就用參考書往上投過去。

我殺死了整個房間的蚊子。

牆上有些屍痕被鮮豔的紅色劃過，我知道那是我的血。把它們留在那裡，學稻草人插在田中央，再怎麼囂張，蚊子看到死蚊子還是會怕的吧。

但隔天我就知道我錯了。

我每個晚上都以為我殺死了整個房間的蚊子，但每次我都沒有答對。

我想，可能連數學都比蚊子來的好懂一點。

在那種醒來殺蚊子的夜晚，窗外的涼意好像變成了會流動的雲霧，讓我闖入一種不是睡意的昏迷。徬徨感，在陌生的夜晚裡把我的意識拖入了學校旁邊那個廢棄的工地。據說很早以前，那是整個城市最大的展覽場地。

我媽媽和我說過，小時候她曾帶我去過那裡舉辦的旅展。所有人看到我走進來，意興闌珊地拿起他們手中的工作招牌，呼喊著前往這個巨大的世界的各種方式。

「峇里島八天七夜下殺一萬四」、「韓劇祕境南到北」……我正想轉頭逃離那個空間時，門旁邊站在電子爐前的阿姨叫住了我：「吃完再走啦，看妳進來我才丟下去的。」平底鍋上是一塊類似魷魚的東西，慢慢在濺起的油花不規律中萎縮。牌子上寫著：五星飯店下午茶買一送一，活動現場試吃深海瑰寶！

我哪裡都去不了。

我沒有這段記憶。

這裡施工了好久。包商跑了，工地裡沒有聲音。我上國中那陣子，圍住那裡的黃色安全柵欄倒了，但沒有人去理這件事。一台怪手孤零零的停在裸露的鋼筋之中，彎起手臂像一隻大象。它身上的黃色比夕陽還斑駁。一直沒有人想到要去餵它。

我媽跟我說，那天我們會去那個旅展，是要去看她那時同事小孩的表演。她說以前我和那個姊姊還滿好的，我們會玩在一起。但那場表演有點慘，我媽媽說，同事小孩本來是和另一個小朋友要一起合唱一首歌的。但直到表演時間開始，另外那個小孩和家長都沒出現。於是她自己站上了台，看著台下的所有人。那是旅展最後一天的最後一個表演，所有人，連攤販都收好東西，在那裡等待行程表上最後一件事完成，然後繼續別的事情。那是冬天的事情。

最後到底那場表演到底怎麼樣了，我媽說她忘記了。

我對這件事情完全沒有印象，但我覺得是真的。因為我可以想像一個人站在台上那種感覺，站在上面或是看著她站在上面，那種記憶都很值得一個人努力的去忘記。

睡意正暈時，在深夜中，窗外那個方向貌似傳來了施工的聲音。我常常這樣，想到什麼，就會跟著發生莫名其妙的事。不過不用理它，反正就算是鼓起勇氣的醒來，每一次睜開眼，也只有從我身上滿足後的蚊子在牆上睡覺。

啪。

「起立。」

零散的桌椅碰撞聲。

「敬禮。」

「坐下。」

窗外傳來戰鬥機的聲音。

「勁輝同學今天不會來學校。」老師頓了一下：「可能有些人已經知道什麼事情了，學校這裡也會保護同學不會受到學校外面媒體的打擾，請大家安心。」

咦？

「我們開始上課。」

我轉頭看向禹欣，但她顯然沒有感覺到我的疑惑。

在周彥孝過來之前，我就把禹欣拉離那個地方。周彥孝經過我們，但沒騷擾我們。禹欣拿著拖把，一臉疑惑。

「妳今天好奇怪。」她說：「啥款？」

我看著她，我也不知道發生什麼事。

「怎麼了？」

「我昨天被蚊子弄得整晚都沒睡。」

「喔喔，蚊子。」她用力地把拖把戳向地面。

我知道禹欣會喜歡這種答案。

「我最近回家也是看到一大群在飛，明目張膽的好像家裡沒大人一樣。不過我最近覺得好像不是蚊子，有點太小了。」

「不然是什麼？」我問。

「果蠅吧。」

我看著禹欣的側臉，她的馬尾隨著她推著拖把跑動左右晃動。

「幹嘛？」

「妳等一下要不要去福利社？」

「不要，快吃午餐了。」

「果蠅跟蚊子的差別在哪裡？」我問她。

「差別喔……」她把下巴插在拖巴的尖端上：「我們家有一陣子蚊子很多，可是有一天，我沒把冰箱的門關好，裡面好像有什麼爛掉了吧，超多果蠅冒出來，爆幹噁心。」

「妳不要講得讓我可以想像好不好。」

「而且啊，在清完冰箱爛掉的東西之後，那些果蠅還留在我們家一個多禮拜吧。而且妳知道其中一種東西腐爛的味道，是那種方形硬硬的會帶屑屑的感覺，很像耳屎那種。整個家裡都聞得到那個味道。」

「我好像知道妳講的是什麼。」

「不是重點是，我一清完，本來那陣子以為蚊子都死光了，結果那個晚上，果蠅是消失了，但我就被蚊子吵醒。好像連讓我開心一天都不行。」

「雞掰蚊子。」

「真的。」她朝空氣斜四十五度角往下揮出一巴掌：「經過多年的觀察，我發覺其實蚊子和果蠅啊，在打牠們的時候，牠們兩個的逃跑方式不太一樣。」

「喔喔，我懂。」我幾乎馬上可以知道她要講的是什麼東西。

「對嘛，蚊子比較像看到我們的手會加速。」

「時空間忍術那種。」

「對對，突然一瞬間就從不是自己原本飛行路線出現的感覺。」

她像是武士砍蘋果一般，前後左右的揮動著拖把。

「啊果蠅呢？」我問。

「果蠅……」禹欣把拖把拿起來，插進我踢過去的水桶裡：「果蠅那種是黑洞吧。」

「黑洞嗎？」

禹欣停下她拖地的動作，剛好停在楊潔黎的座位旁。她盯著手機，畫面新接龍。

「對啊，牠們發現自己被人類看著時，就會趁我們眨眼那瞬間，躲到另一個次元裡。直接消失。」

「我上一次聽到可以用黑洞形容的生物是澳洲的袋鼠的袋子。」

「不是啦，不一樣。果蠅那麼雞掰，用澳洲來形容的話無尾熊吧。」

「無尾熊很可愛吧。」

「妳一定沒看過真的無尾熊，以前我爸帶我去壽山動物園看過。牠們超吵又整天亂跑，跟小嬰兒一樣。」禹欣說：「無尾熊一定是遠古時代長不大的巨嬰，被希臘還哪裡的眾神關在澳洲避免牠們跑出來搞破壞，還放了一堆有毒的章魚和水母在大堡礁那邊看守牠們。」

「好吧，如果有章魚看守，果蠅這種生物也應該被關在澳洲才對。」我吃力地把水桶抬上洗手檯倒掉：「不過有時候我也有疑問，如果牠們可以自由穿梭黑洞，牠們幹嘛不直接一直躲在黑洞裡就好？」

「那邊應該也很多想要牠死的生物吧，果蠅那麼討厭。或者，我們這裡有牠喜歡的味道。」

「貪心的生物。」

「妳今天真的很奇怪。」

「有嗎？」

「回去買個捕蚊燈吧，這種事煩起來都直接寫在臉上了，小心妳家男友君討厭妳。」

「誰？」我給禹欣一個微笑。

楊潔黎從她位子上起來，禹欣稍稍讓開位置給她通過。我偷偷瞄到她手機畫面上，新接龍的關卡上寫著10692。

我好喜歡跟禹欣裝傻，那種時候，我好像是在對著一個我喜歡的世界誠實。每次這樣做，好像都可以讓她更相信我一點。

媽媽以前也很喜歡和爸爸裝傻，而且我很喜歡她轉過頭來對我吐舌頭分享她的傻的樣子。只是媽媽有點麻煩，她只要不是在裝傻，那情緒一定很難處理。不管是憤怒、冷默，還是我還沒學習到的感覺，媽媽是不會保留或是修飾她的情感的。所以，和別人不一樣，在那種時候和她溝通時我不能像正常一樣就是以和好為目標努力。但也不是一切照著她的意思就可以了，我對於怎麼和不是在裝傻的媽媽一直和不擅長。

不過爸爸好像就是有辦法。他會默默地開車，把車開得很穩。或者，他們接起一通工作上來的電話，用很誠懇的語氣說他現在在處理事情沒辦法。雖然像那樣的電話到最後，爸爸會被電話另一頭的人大罵，但他會不疾不徐地轉身和媽媽道歉，然後才出門。媽媽接受這樣的行為，她會像春天樹木的葉子一樣，從沙發上調整自己的姿勢，慢慢變回有生氣的感覺。

我知道媽媽接受的原因不是因為爸爸的辛苦或委屈，這在我們家是沒什麼市場的。爸爸也清楚，而且他總能抓到那之中的眉角。我沒辦法，我最多就是到知道爸爸不是在裝可憐而已。

我把補蚊燈從包裝的盒子裡拿出來。

組裝很簡單。插上電源，在它裡頭的頂部鑲著三個小小的燈泡，發出藍色的光。是那種，很像在醫院會看到的光。

我聽到底下的風扇開始轉動。

「這個叫作光觸媒捕蚊燈，它跟一般那種電的不一樣，晚上睡覺的時候不會啪的一聲。」店員在知道我錢包裡只有兩百元後，拿出了這個東西：「比較安靜。」

她把這個方形物塞到我身旁的男友君。

「我沒用過。」他聳了聳肩。

「你幫女生拿。」店員說。

我把它放在書桌旁邊。它不夠亮，我還是開了檯燈，從書包裡拿出數學。

我今天比昨天，還是上一個今天？不管，總之，我今天拿到考卷後，比較有意識到，這次段考的所有數學課我應該是全部睡過去了。其實沒差，一次段考而已。但就算這次被我混過去，想到明年大考可能遇到，我還是會有一種我應該學好這東西的感覺。

大概會出一題吧，這次的範圍在大考裡的話。

好奇怪，怎麼連分數都有貴賤呢？我以為數字的世界是平等的。

不過我不敢跟大考開玩笑的，那很明顯就是一群不懂幽默的東西組成的自以為是生命體。

總之，我還是很討厭數學。

我很仔細想過，我其實討厭的應該不是數學本身。每一次算完一題，有時候會很確定剛剛計算的每一步過程都是正確的，所以答案一定也是對的，最後那題真的對了，那時真的很有成就感。有一種，自己是世界的一分子，而且還是比較厲害，可能征服過世界某一小部分的那種人。

但我遇到的這種狀況很少。而且很多時候，我費盡千辛萬苦，在腦中破解一題後，會很開心地跟別人分享我做了這件事情。並沒有要對方誇獎我會那題的意思，只是很想單純地跟她說，耶妳也算對這題了耶，這題很好玩對不對，那邊要先除掉，然後……

就像共同經歷一次美好的記憶一樣。

只是對方通常會有點疑惑：「嗯，對啊，這題是這樣。」然後漏出然後呢的眼神。

「妳討厭的只是數學不夠好的自己而已。」禹欣這樣跟我分析過。我覺得她說的很有道理，但其實不是完全認同。

我覺得我討厭的可能真的是自己。但不是數學不好的原因，而是別人跟我經歷同一件事情，卻不需要把它當成美好值得慶祝的一件事的部分。這樣搞得我好小題大作，好像是我的問題一樣。

捕蚊燈藍色的光在牆上，微微晃動著。我有點睏，趴到桌子上繼續算著。

今天早上對答案時，有一題那種我說的那種，從一開始算就很確定自己會對的題目錯了。我很訝異，拿去問老師。老師聽完我的算法只說：「妳誤會題目的意思了，下次要看懂再開始算。」

我討厭數學。

我不知道，要看到什麼程度才算是看懂？如果沒有看懂，會有人直接什麼都不管就開始計算問題嗎？

「妳中它設的陷阱了啦，它故意寫得會讓人誤會。」禹欣說。

到底什麼人才會出個問題還那麼多毛病呢？這種在計算都還沒開始就有的設計是人類可以做的事情嗎？

我閉上眼睛。

從燦坤買完捕蚊燈出來時，我看到鄒宏澄和勁輝在街角。他們也看到了我們。

男友君和他們揮了揮手。

「妳怎麼突然要買這種東西？」

「沒有，就想到。」我把它緊緊抱在我懷裡。

他輕輕地牽起我的手，準備穿越馬路。

「紅燈。」我提醒他。

「這邊一直都是紅燈。」

我抬頭看，真的，還在閃著。

男友君說想來我房間，但我跟他說我今天想自己聽音樂。他看來有些不樂意，我只好把頭撞進他的懷裡搔癢，這招每次都有效。他摸的時候都很笨拙。

我陪他走去他家，他進門的時候朝著裡面大喊：「我回來了。」其實裡面明明沒人，但他總喜歡這樣做。

這個城市很少大人。

特別是白天的時候，我幾乎沒有任何大人生活在這種城市的感覺。有幾個，但他們人數也不多，體育室的籃球都比他們多。而這些在平常生活會被我們學生遇到的，像是老師、補習班老師、便當店的夫婦，他們應該是這個城市裡比較失敗的一群人，才必須不斷的接觸我們這些不是大人的人。

每次回家時，大部同學家裡都沒有大人，幸運一點像男友君那樣，爸爸在晚餐前就會從白天的失蹤裡復活，至少在睡眠之前還能每天見到面。而我家比較不幸運，我一直都比較不幸運。

身後傳來鐵門重重關上的聲音，打開，然後又再一次重重地關上。摩擦的聲音，一下高頻又瞬間被悶住，重複了幾次。

剛認識時，我還會問男友君為什麼他要玩門，但他只是說好玩，然後看著門開、關、開、關，一次又一次，臉上沒有表情。

久了我就沒理他，說完再見就先走了。

他每次玩他們家大門的時候，那樣子好像單單只是手臂無目的的動作，完全沒有在思考。但如果仔細看的話，那其實比較像他在想一件，不會有答案的問題。像數學一樣。

我睜開眼。

「這個捕蚊燈妳不要關電源喔，它的原理是用風壓把被抓到的蚊子困在下面的集蚊盒裡，如果關了好不容易抓到的可能會爬出來。所以也不要太常打開下面喔，我之前有一次打開時就有蚊子直接飛了出來來不及抓。」店員這樣跟我解釋這個捕蚊燈的運作方式：「要到牠們都失去活動能力為止。」

藍色的光在眼裡慢慢變得紫色許多，我聽著風扇，想像它一直轉、一直轉的樣子。蚊子被困住後，再也無法起飛。

有次督導來學校時，他在台上問全校：「在學校老師有沒有欺負你們？」他笑瞇瞇的，我們大聲回應沒有。但在禹欣抓住我的手肘，一邊搔我癢一邊試圖要把我的手舉起來時，周彥斈舉手了。

校長在旁邊陪笑地不斷道歉，督導說，沒事沒事，我了解。

那是一個只能用笑來溝通的世界。

周彥斈被大人們從走廊旁拖著往外頭去，他的嘴巴被一個看起來像體育老師的胳膊摀住。好像是被悶住一般的掙扎聲。

他每次都是那種聲音，我知道，只是有時候想到，那聲音真的和男友君甩著他家門的聲音好像。

「起立。」

零散的桌椅碰撞聲。

「敬禮。」

「坐下。」

飲料店的姊姊是全世界最狡猾的人。大腿和小腿一樣地細，她的眼睛輕輕彎下，我的靈魂就被她帶去夢中了。簡單的牛仔褲跟白色襯衫，披上飲料店員的圍裙，真正漂亮的女孩子就像這樣，好輕，卻又好踏實。閉上眼睛反而更能感覺到她皮膚的靠近。這樣纖細的女孩子，用她蔥一般清脆的手指搖著滿是糖分的手搖杯，她一定知道，每一次封膜機進出，這個世界上就多一個人類因此更加肥胖、墮落，離自己這樣漂亮的形狀更加遙遠。每一聲吸管穿入薄膜，她就對自己的美麗多一份安心。把人類推入更醜陋的深淵，再理直氣壯地從他們手中接過金錢，狡猾的飲料店姊姊深深知道怎麼當一個成功的商人，用別人的苦難換來自身的光鮮亮麗。

我好想變成這樣的人。

我的爸爸是個警察。

小時候，他把我送去一個他學長退休後開的空手道班。其實教的好像也不是空手道，總之在那裡，就是一群男生在那邊摔來摔去的。年紀大力氣大的特別喜歡把那些弱小的男生摔過來再抱起來再丟下去，一次又一次，他們肩膀明明都都累得掉了一個骨頭下來，還是滿滿興趣的去把對方再拉起來。弱小的人喘著氣，腳步凌亂，再被壓制到地板上，悶在胸口的氣會轉移到兩眼和嘴巴之間。想要水分，然後說不出話來，只是他們還是一次次用滿是手汗的手拉住對方的衣服，然後再被摔翻一次。男生真的是一種奇怪的東西。

爸爸有跟我說過，重點不在體型，而是在時機，要在對方沒注意的情況下鑽到他的重心以下，再予以破壞。但我覺得他根本就是在唬尛，我每次都只是抱住對方的小腿而已。

有很長一段時間，空手道班裡只有我一個女生。男生會對我好很多，可能是因為摔我我會哭。沒人陪我玩，我只能等著下課來接我的媽媽。男生們在媽媽來的時候都會停止動作，摔的和被摔的，那時變成只有乖乖站好和好好坐起來的差別。爸爸的學長在媽媽面前會特別少話，但每一句話都是超級認真回應的。這跟其他家長不一樣，更像那個認真代表他很專心聽媽媽說話，也很希望媽媽和其他家長不是一樣的。對他們這些男生來說，我的媽媽應該就是他們的飲料店姊姊。而且我愈長大愈清楚，我的媽媽那個臉在年輕時一定是超級漂亮的，就算和飲料店的姊姊比，我知道也不會輸的。

後來，禹欣也加入班上了。男生喜歡跟禹欣玩，她不會哭，她是認真的也想把對方摔過去的那種女生。其中有幾個男生似乎發現跟她僵持的樂趣比摔小男生還多，開始把心思放在禹欣或比禹欣更厲害的人身上，慢慢就不太那麼在意我媽了。但班上個頭最大的那幾個，我覺得他們長得太快錯過理解那種快樂的時機，一直到我離開那裡，都只是一直摔著新來的小朋友，然後從我媽的皮包偷偷拿走或遺留下一些不重要的東西。

我覺得這是證明我爸爸在這方面是錯誤的重要證據，重點明明就是在體型。

在我隔天和男友君又去了一次燦坤，買了同一個捕蚊燈，過了閃紅燈的路口後，我發現書桌上放了同樣的一個捕蚊燈。

今天我手上還多了一杯冬瓜檸檬。

我坐到床上，開始認真思考，如果我今天買的東西可以帶到明天，那每次重置的東西是什麼？是只有人嗎？還是什麼特定的東西？

今天我考的分數跟昨天一樣，但考試是更前面考的，這代表十進位或是一些數學的理論沒有改變，正確答案沒有因為我每個今天做了不同的事情而有所改變。

想到這裡，我連忙翻開那本數學講義。

昨天寫的那幾題是空白的。

好喔，我討厭這種設定。特別是現在看著那幾題，我真的想不出來那幾題的解法，就好像我真的從來沒有算過一樣。雖然這也滿正常的，我常常寫過一次，下次遇到還是不會。

我其實一直在想如果我有一個願望，那我要從以前就得了一個學習不耐症之類的，但沒有被檢測出來，就這樣跟著一般能力資質比我好上很多的人一起學習，然後我也撐過來了。然後有一天在做健康檢查時，醫生才驚訝的發現，我其實是不適合接受教育的。大家這時就會驚訝我，多年來是花了比別人多多少的心力才能跟著大家的腳步。那個時候大家才會了解，我是花了多大力氣才能當個不怎麼樣的人。

不過這樣好像太貪心了，數學不耐症就好了。希望到時有人可以給我個永不放棄獎之類的。

我看著那個捕蚊燈，其實上個晚上還是有蚊子。我也不知道為什麼今天我要去買一個我已經知道沒有很厲害的東西。

我真是搞不懂我自己。

這樣看來就算我寫個日記還是什麼的，也是很大可能在紙上的紀錄就是帶不到明天。我把吸管插進冬瓜檸檬裡。看來只能靠我自己的記憶去確認什麼東西可以帶到明天了。等一下。

我放下冬瓜檸檬，從床底下拉出體重機，站上去。

好，四四·五。

記住這個數字，我開始放肆地喝著冬瓜檸檬。今天我買的還是少糖，如果胖了一定看出來。

「起立。」

零散的桌椅碰撞聲。

「敬禮。」

「起立。」

每天經過楊潔黎的時候，我都會聞一下她今天頭髮的味道，那好讓我安心。我想著有一天我總要問問那是哪一牌的。她的手機畫面還是新接龍，一直都是那一關10692。

禹欣大部分時候都覺得我今天很奇怪。

「啥款？」她說。

數學每天都很討厭。

四五．五。媽的。

「起立。」

禹欣說我變熟練了。

在福利社時，我們像平常互相抓住對方，在貨架之間搔著對方癢。

一般的時候，在我出力的瞬間我就會被她拉住，在我連我自己被摔了往後都還沒有意識前，她就會大笑著把我拉進懷裡，攻擊已經無法防備的我。

「妳剛剛有拉掉我的重心了！」

「真的？」我全力縮住我的身體往下鑽。

「對啊，可是我還是贏了，嘿嘿嘿！」

我們兩個在麵包和冰箱之間笑得跟白癡一樣，互相抓著對方的手臂，全力地向後拉。格子制服裙和天花板上的風扇一樣快速的旋轉，我和禹欣也是，或高或低的，在狹小的空間裡轉圈圈。眼光餘角之中，我看到結帳那邊的隊伍最前面站著鄒宏澄。

「欸欸等一下，把我放開我有事情。」我收緊腳步，抬頭跟禹欣說。

「怎麼，輸了就想跑啊？」

「不是啦我真的有事。」

「真的？」

「真的。」

「好啦！」她鬆開手，把被甩坐在地上的我拉起來。

我站起來拍了拍屁股的裙子，趕緊往已經走上樓梯的鄒宏澄那裡跑過去。

「鄒宏澄！」

他轉過頭來。

「跑那麼快，裙子都飛起來了喔。」他沒有停下腳步，只是轉過來一邊爬上階梯一邊和我講話。

「是有差喔？」

「有啊，下面學弟看得很爽。」

我總算衝到他身邊，朝他肩膀打了一下：「吃大便啦。」

不過我還是回頭看了下下面，幾個男生顯然聽到鄒宏澄的話了，不管剛剛有沒有往上看，現在所有人都迴避著我的眼神。

「講正經的。」

「怎麼？」

「勁輝有要緊嘸？」

鄒宏澄聳了聳肩：「不知道。」

「啊你們昨天是打多嚴重怎麼會這樣？」

「嘸係打啦。」鄒宏澄比出兩根手指在嘴邊：「食菸嘸？」

「白癡。」我又打他一下。

國一的時候，鄒宏澄他們還沒把事業做到現在那麼大。那時，他會叫勁輝去要別的學生，通常是這附近小學五六年級的零用錢。這兩個人看人的眼光很準，因為這些事情從來沒安全轉換到大人的耳朵中。那時他們會拿著戰利品，邀我跟他們一起去附近超市外面。那裡有夾娃娃機和投籃機，促進經濟，他說。

有一天，勁輝有什麼事去了總之沒有出現，我和他本來想草草去小蜜蜂吃個豆花就結束，但周彥孝好死不死出現在店外頭，鄒宏澄便親自讓他從他口袋拿出三百塊。

「走，我們帶我們可愛的同班同學去見見世面。」

這三百塊變成了一個下午的保齡球活動。我多少有感覺到，那天他是為了把我介紹給附近高職的哥哥姊姊認識才去球館的。但在我一次想拿飲料，從吵雜熱鬧的人群中脫身時，我發現我這兩個同班同學，正認真地在同一個球道上對打。

再過了一陣子，學生一天能有的錢已經滿足不了他們的要求，這種事就沒再發生了。據說有一次，年紀大的那群有個人被抓了，勁輝被叫上補上臨時人手不足裝潢集團。自主去幫人裝潢的那種，幫欠錢的人換玻璃、換桌子、換一張臉那種。從那之後，他就變得非常忙碌。

勁輝生日那天，他送了全班一人一件仿的ＥＡ７。黑色、粉紅色、金色、白色，四選一。老師在台上有點尷尬，她拿了一件黑色，不知道想到什麼，又放下，拿起白色的。

「老師知道你本質是善良的。」那天她這麼說。

我想那時我並沒有聽懂她的語意，只是感覺好像善良和勁輝有什麼衝突。後來慢慢觀察，我發覺所有老師，不只班導，好像都以為勁輝不來學校是他們的責任一樣。但從我的角度，他們本來就什麼都做不了，也什麼都沒有做，事情從來就不是正在發生。但班導這句話倒是真的，勁輝一直以來都會是個善良的人。老師們後來開始盯上勁輝，但同樣沒辦法改變什麼。好像只是一種，就算我什麼都不能做也一定得在小孩生命中插上一腳的態度吧，我也只能這樣解讀，老師有老師必須做的事情。

那天放學，在大廚房的後面，勁輝那些一起裝潢的朋友幫他慶生。是石頭的階梯，屁股坐久大腿可以感覺到上面灰塵的冰冷。沒讀書的跟讀了高職的各一半，他們問勁輝有沒有被吹過，勁輝不斷扭動，講著一些讓大家大笑的話。

因為我們爸爸的關係，我和鄒宏澄知道那個場合不適合我們，在他們架開其中一個姊姊雙手，把她的頭按向同樣雙手被抓住的勁輝的時候就先行離席了。吵鬧的聲音在背後傳來，校門已經上鎖，我們從垃圾場旁邊的圍牆爬出去。

「要去吃東西嗎？」我問他。

「今天先回家吧。」他說：「剛剛褲子被劃破了。」

他指著自己的胯下。我蹲下去，發現真的，好長一條，在兩隻大腿的中間，像是被什麼撕開一般。那時是很熱的春天，兩個人都沒帶外套可以綁在腰上暫時遮住。於是我和他從包包裡拿出今天勁輝送的仿ＥＡ７，把兩件連在一起，才勉強可以綁起來。一半粉紅色一半金色。

他看著最後成品長得像一件很怪異的丁字褲，有點無奈地說：「還不如不要綁。」

鄒宏澄蹲在地下室樓梯底下三角形那裡，白色的煙絲緩緩飄了上來。通風窗的鐵片上滿滿都是灰塵，從那裡射進來的光很有限。如果不是地板上的積水，大家可能會因為這地方太像廢墟而不考慮在這裡抽菸。我坐在向下階梯的最後第四階幫他把風，灰塵比上面傳來體育課的嬉笑聲還惹人厭。我突然有點慶幸還好今天沒有體育課，不然這種天氣叫我每天出去四十分鐘我真的會考慮自殺。

「沒打啦真的。」鄒宏澄說．「昨天真的沒有。」

「啊不然昨天發生什麼事了。」

「就妳回去後啊，我哥就帶我跟勁輝去澄清湖那裡繞著湖練車，結果周彥亨也在那裡。」

「周彥亨怎麼會在那裡？」

「厚唷，妳又不是不知道，他就很喜歡跟在別人後面啊。」

「所以你們就打他？」

「就跟妳說沒打了，妳講不聽餒。」

「好，所以。」

「那個不知道妳記不記得，雙蓮亭那裡啊，有個比較高的石頭，我們都會從那裡跳下來？」

「只有你們男生好不好，正常人誰會從那裡跳下來？」

「厚好啦，跟妳講話很累耶。總之，後來我們就到那邊，本來就想說熱嘛，去跳一下水，然後，啊然後反正他就在旁邊，勁輝嗆他說敢不敢跳啦，結果他那個時候跑走，等我們全部都跳下去後，他突然又在我們旁邊的水裡出現。」

「他跳了？」

「鬼知啊，他是說他跳了。」

「沒有，他沒有說。」

「蛤？屁啦，妳又不在，他昨天就有說他跳了。」

「他是說我……我……我跳……了。」

鄒宏澄用咳嗽把煙飄上來的速度打亂，剛剛他應該正在吸氣被笑到嗆到。

「幹妳這查某人金價嘴臭尬，金價。」

「然後呢？」

「也沒幹嘛啊，我們就玩水啊，在那邊鬧啊，我哥把我的頭壓進水裡，我就壓勁輝，啊勁輝就壓他。啊就被人看到，啊就被拍起來，啊就上新聞，說我們霸凌啊。」

「蛤，就這樣？」

「對啊，啊不然咧？」

「那現在勁輝在哪裡？」

「鬼知啊。」鄒宏澄停頓了一下，我知道，他彈菸蒂的時候不會說話：「幹恁喇仔咧，恁爸還沒上過新聞厚這個猴死囝仔先上了。」

打火機的聲音從下方突然撞向我。

鄒宏澄沒有帶走菸，他把它留在地下室的地板上。我知道這是他們和老師說話的方式，你要留下證據，才算有偷抽菸。

國二上學期，學校會辦一次馬拉松大會，就在那個澄清湖。總長十公里還多少的我忘了，同一段路程大約會跑半個澄清湖，也有經過那個雙蓮亭，男生先跑，半個小時後，女生才跑。我其實不知道那個雙蓮亭能跳水的地方在哪裡，要我做那麼莫名其妙的動作太困難。禹欣超級能跑，她跟我在這上面的差距會讓人不太相信我們同樣都是女生。她一開始就遙遙領先所有女生，然後慢慢的遠遠的，我可以看到湖的另一邊她的身影開始超過一些一開始就打算散步的男生、一些慢慢跑的男生、一些一開始有點認真跑現在已經開始散步的男生，我還陷在昏倒在旁邊老師會不會放過我的想像時，她已經消失不見了。

澄清湖真的是一個神奇的地方，離我家也算近，但我們卻不常來，明明漂亮的很。我記憶裡爸媽帶我來澄清湖的次數是三，三次都是很棒的下午。我們繞著湖走、玩飛盤、放風箏。爸爸會開著車子過來，本來要帶一顆球，但當它從儲藏室裡被挖出來時，不知道是球破了還是打氣筒壞了，總之那顆球鼓不起來。媽媽用三個保溫瓶裝滿了水，還帶上毛巾，這些都讓我知道，去澄清湖不是那種可以說我想去就去的散步。

後來禹欣沒有拿到馬拉松的女子第一名。在我明明已經一路散步但還是快力竭而死時，她從旁邊一個涼亭跳了出來把我撞倒在地。

「妳怎麼在這裡？」好想喝水。

「我不想跑了。」禹欣回答。

「為什麼？」

「我到後面一直追過男生，本來很開心的。但大概追到幾個看起來瘦瘦的是有認真跑的男生時，他們看到我追上來，就會偷偷再加速。」

「他們不想被女生超過吧。」

「對啊。」

「妳那麼好心不想傷害人家喔？」

「不是，怎麼說。」她蹲下來綁鞋帶：「就是，那些男生看著我的表情，有一種很像妳幹嘛、不要來亂很煩耶的感覺，就很像，很像什麼呢，我感覺很像我看到蚊子那種感覺。」

「蚊子？」

「就那種憑什麼吸我的血，都去死一死那種感覺。」

「喔，真的啊。那麼過分。」

「不是啦，看得出來都是很善良的男生。妳停一下。」她綁完自己的鞋帶，靠了過來幫我的也給綁好：「總之，我覺得那種感覺很難受，就決定停下來等妳了。」

「哇，好好心。」

「對啊，我最乖了。」她站了起來。

「這根本龜兔賽跑。」

她想了一下，右手繞過胸前五指打開，抓著左手大手臂上的癢。

「可是如果我是兔子的話，妳不就是烏龜？」

「沒差，當勤奮的那個就好了。」

「對啊沒差，反正我們都贏不了。」

我們那屆的馬拉松，最後女生的冠軍是楊潔黎。只是那時她才剛轉來，我連記住這張臉是我們班的都還沒辦法。

「起立。」

禹欣看著我在架子前面猶豫，麵包拿了又放下。

「妳今天怎麼選這麼久？」

「都吃膩了。」

「真假？」她咬了一口手上的奶酥吐司：「啊不然直接等午餐。」

「不要，也吃膩了。」

「今天……今天有黃瓜貢丸湯耶，也是可以喝湯就好啦。」

對我知道，而且今天下午還會有仙草。

架上有個奶油麵包中間的黃色圈圈特別像三角形，上面形狀也怪怪的，很像左右各腫起了一塊。我拿給禹欣看：「我覺得它有點像猴子。」

禹欣左看看右看看：「好像真那麼一點像。」

「我決定要叫這塊麵包禹欣。」

「干我屁事。」她白了我一眼。

「禹欣，Nose is cute. Oh, Face is cute. Cute Face!」我一邊笑，一邊對著那塊麵包說。

「有病喔。」

「Cuuuuuute, 超 very very very very cute!」

禹欣打我的肩膀，伸手想拿禹欣麵包，可是她沒認真。

「陳加樂？」

「Face, face, look?」

我把禹欣麵包拿近她的臉比對，她又笑又叫。終於，她從間隙中搶走了麵包，拿在手中了已經破破爛爛了。

「I don't like monkey.」禹欣說。

我抱著剛剛被她偷偷捏的肚皮坐在地上呵呵呵地笑著。

「I don't like very very monkey! Very very I don't like monkey!」她把麵包左手丟過頭頂再到右手，再扔回左手：「陳加樂 is monkey.」

「Monkey is cute.」

她把我從地上拉起來：「妳講英文的時候聲音有點性感耶我發現。」

「Really?」我從她手中接回麵包放到架上：「Yu Xing, Yu Xing, Yu Xing.」我故意嘟著嘴用奇怪的聲音說她的名字，不過我沒性感的感覺，只是好像把喉嚨勒緊聲音比較沙啞而已。楊潔黎抱著一瓶泰山鮮果水，從我們旁邊輕過，順手拿了架上剛剛被我們玩爛的麵包。一手拿著手機，又在玩新接龍了。

「加樂 Sexy English.」

「Yu Xing very very very cute.」

我每天都可以跟禹欣玩一次這個，反正她沒辦法記得我們已經玩過了。明天來找個像 Elephant 的東西好了。

今天回家時，我忘記了。

沒有直接走進房間，本來只是想說還不想拿數學出來開始算，我拿著便利商店買的布丁坐到餐桌前。上面擺著一張表格，有兩格簽名。我意識到時立馬站了起來，走回房間。但來不及了，我看到了。其中一格已經簽上了名字，就是等待另一個名字也被寫上去。像許多年前，這個名字也曾在這裡等待另一格的名字被填上。

來不及了，我忘記了。

爸爸一直和我說，會等我說可以，才讓另一個名字填上去。我說了好多次，可以，隨便你們。

他說，不是，是妳真的接受時，爸爸才會讓她進來我們家。

我的鼻腔裡瞬間充斥了她最喜愛用的香水味。小時候爸爸帶著我去和他同事玩時，我聞過好幾次那味道。以前我還滿喜歡的，我也喜歡那時看到的她，我跟她說過這些。她以前是這樣回應我的：那是為了可愛的加樂才噴的。

隨便，怎樣都好。真的。

我很想給爸爸他想要的答案，可是我真的不知道怎麼辦。

有次她跟爸爸說，不要給這孩子壓力讓她承擔這個決定的責任，她可能還沒準備好把這個名字給我。爸爸說，妳光在她面前講這句話已經給她夠多壓力了。我覺得爸爸和她都很了解我，只是我不懂的是，他們為什麼在笑？

我關上房門，靠著，身體滑坐到地板上。捕蚊燈發出藍色的光，在牆壁上翻滾著。一隻蚊子從我眼前飛過，我的手跟了過去，但沒有打到。我知道。

「起立。」

在我擁有記憶之前，我的家就是在九如交流道旁的巷子裡了。正門出來是一條大概可以過一輛車身寬度的馬路，它本來是設計成兩邊都可通行的單線道，但因為附近住戶都把車子停在兩側，所以後來就變成沒辦法會車的一個情況。

高速公路比平面高，也比我家還要高。過了那條巷子後，有一片很長很長的鐵絲網。好長好長，我小時候一直覺得，壞人就是躲在遠遠的那個沒有鐵絲網隔開的路口，所以不管再怎麼奔跑遊玩，我都不會跨越那條界線。

鐵絲網後是高速公路的邊坡。

有個石頭做的階梯可以一路從平面走到高速公路上，那是養工處的，好像也是萬一在高速公路上發生意外時可以讓人逃生的路線。但我從未看過有人使用過這些東西，特別長大後，只是叢生的雜草把那裡遮離我的視線。

我跑進去玩過一次，從鐵絲網底下的破洞。最後離開時，那破洞的創作者，裡頭的野狗在我身後瘋狂的吠叫。

這些都是好久好久以前，幾乎可以說是我記憶能到達關於我的最遠的世界了。我媽說以前我小的時候住在另外一個地方，但我毫無印象。

火車從鐵軌上轟隆轟隆的駛過，路上的石頭微微地被震了起來。從四周盆栽刺入的白光和不快的速度，似乎可以判斷是區間車。

我仔細想過，為什麼我會不斷重複在今天醒來。應該說，我每天都在想這件事。其實我每個今天都過得不一樣，但那就僅只於，第二堂的數學課我睡了十五分鐘還是三十分鐘這種程度。我不太敢挑戰太冒險的事情，譬如說，拚死熬夜不要睡看會不會到明天之類的。但憑我對我自己的了解，這失敗的機率太高，我應該在三點左右會撐不住，然後睡過頭，遲到，整天沒精神痛苦的過完今天，可能還不只一個今天。就算真的成功了，如果天空就是不天亮怎麼辦？我覺得以這個世界的個性，它想幹什麼大的，一定都是在我睡覺時偷偷做。像是教室外的石蓮花，我每天那麼辛苦的澆水，結果還是昨天下課扁得跟砧板一樣今天一來就開了。反正世界就是這樣。

我覺得能說熬夜就直接把凌晨當下午在過的那種人，就是所謂的大人吧。有能力了，長大了，不會需要利用睡眠時間來偷偷長高了。對那種人來說，給他們看看漂亮的日出也合理。

「起立。」

我的數學不耐症絲毫沒有好轉的跡象。

身高開始被男生們超過，教室的位子從第六排一路坐到第一排時，原本只能專注在黑板上的我，注意力慢慢被講台上正在發生的事情給吸走。老師今天忘了帶她的保溫瓶，取而代之的是超商賣的生活紅茶；老師今天穿了新鞋，但明顯很不合腳，她屁股一直扭；

老師在說完起立敬禮坐下後，一定會馬上轉過去面對黑板，從那個時候開始，她的耳朵會慢慢變紅，像幫葉子穿新衣服一樣。上課的前十分鐘，她幾乎不會問有沒有問題，遇靠近下課時她才會開始問有沒有問題。有沒有問題有沒有問題有沒有問題妳們怎麼都不會問問題？我發現她聽同學問題時，左手會彎起來抱著右手臂，避免垂在下方的手指抖動得太激烈而沒辦法握住拳頭。

有一陣子，老師會從坐最前面的人開始照順序一個一個把同學請進旁邊的小教室，每個人都會，不管你有做什麼或是沒做什麼，一個人大約十分鐘，全部人輪完不知道要多久。剩下的人就是在寫著一份接著一份的評量卷。

我進去時，老師沒有正眼看我，她一邊翻著桌上成堆的紙本資料。我知道我前幾次都給她很模稜兩可的答案，就是那種會讓我安全的走出這個地方，她也不會再找我麻煩那種。

她的問題是：在學校有沒有遇到什麼問題？

那次我想了想，決定給她一個我真的遇到的問題，於是我跟她說，我不太會和不熟的同學相處。

她看了我一眼。

「妳對別人好，別人也會對妳好。」

她這麼說。

不會的，老師。妳對別人好，別人就會對自己好。只有這樣。

從那之後，我就不會在課堂上試著想問題發問了。老師也是一個人類，跟以前在家裡講話愈來愈快，會從脖子開始往上紅的爸媽一樣。那是我第一次意識到這件事情。我沒有打算給老師添麻煩，而且看來老師也沒有多餘的力氣去記住我是誰。

我喜歡的老師會很像一條山路，那種樹很高，地面上積滿潮溼葉子的山徑。躲在葉子之間淌流到我耳朵的所有聲音都很水聲，不過仔細一聽，會是昆蟲、風，還有像很小隻會把肚子露出來在地上打滾的小狗叫的鳥叫聲。山路總是很難走，很累，那種累是要走時才能了解的。走完山路的終點總是美麗，風景開闊，空氣很鮮明。我不想記得每一次上山都要爬的很辛苦，不過好的老師總會讓我安心上路，在爬的時候心中只有山頂的風貌。而不喜歡的老師，就像電視節目裡的登山，大約除了直升機，我沒找到別的可以去到山頂的方式。和壞的老師走上路途，我心中想的只有爬完山可以吃山腳的臭豆腐加泡菜。

「妳今天好安靜。」禹欣拿著拖把對我說，我已經知道怎麼在她沒有意識到的情況下把她引誘到不會撞到周彥孶了。

「嗯。」

明。

禹欣見怪不怪，她上個今天也對我的沉默很尊重，這讓我很高興我選朋友眼光的高

我們沒有交流地做著打掃工作，但今天，我突然發現她的小腿上停了一隻蚊子。不知道為什麼，之前我都沒注意到。

「禹欣。」

「蛤？」

「不要動，妳腿上有蚊子。」我輕手輕腳地擺出陣勢，往她的小腿靠近。她做出弓箭步的姿勢，脖子扭過來往下看：「真的耶！」

我的手掌慢慢進入攻擊的範圍。

「欸快點，我要抽筋了。」

「好啦！」

就在我手要下去的剎那，另一隻蚊子突然從旁邊飛了進來，停在原本蚊子的旁邊。我傻住，這好需要新的作戰策略。禹欣也看到了，她也很疑惑。

兩隻蚊子調了位子，把腹部最下面碰觸在一起，中間稍稍分開，到了上半身又彎了起來，從兩邊變成曲線，最終又在頭部碰在一起。

「這兩隻在幹嘛？」禹欣問。

「不知道。」我研究著：「要一起殺掉嗎？」

「妳有信心嗎？」

「不是太有。」

「牠們在交配。」我和禹欣都轉頭看向聲音來源的地方，是楊潔黎：「現在牠們不會動，要打就趁現在。」

我抬頭看了禹欣，她和我眼神信任地確認後，我爽快地甩下手臂。

啪。

「耶死！」

兩隻蚊子一起死在我的手掌上，用跟剛剛一樣的姿勢，像個心形一樣。我們看著楊潔黎離去的方向，她應該是要去廁所路過。

禹欣說：「她怎麼知道蚊子在交配長這樣？」

我聳聳肩。

「要去問嗎？」

「不用啦。感覺這跟問她妳為什麼會寫自己名字一樣。」

「這個人真的很神祕。」

「我以前有一次跟她還有我們以前那個實習老師搭電梯的時候啊，妳記得嗎那個老師？」

我點點頭。

「老師要去六樓，啊我跟她要去二樓。從地下室上來，老師說幫他按六，結果楊潔黎按七，按完我們就跟老師在那邊笑。老師也跟著笑，說那妳要陪我去，他就按了三四五這樣。結果啊，二樓到了，我以為老師就在鬧而已就直接出去，結果裡面楊潔黎還在裡面，她直接按關門鍵。老師跟她就這樣坐上去，三樓停，四樓停五樓也停。結果我在電梯外面等，啊她真的從七樓再坐回二樓。」

「我好像知道妳在講什麼。」我說。

「真的？」

「我之前在等電梯時，我要去上面，然後電梯到了我這層電梯門開了大家出來只剩她。她還要往下面去。一般這種狀況，大家都會自己去按關門嘛。結果她沒去按，就這樣門開開跟我對看，一直到門自己關。」

「我怎麼好像聽不太懂。」

「沒關係，我也是。就是，她很奇怪。」

「起立！」

早上起來時，我覺得身體有點不舒服。大約能猜到原因，雖然體重變化不大，都在少女情緒起伏的範圍內，但今天固定喝上一杯冬瓜檸檬的行為確實讓我有感覺身體愈來愈寒也愈來愈虛。需要多喝點水，但意識到時，總是太晚了。

可能明天就要感冒了吧。

我還是去了學校，但我和男友君說了，今天我有事下課不用來找我。他傳訊問我什麼事，我讀了沒有理他，這種事很難解釋。

我其實很討厭說話。

所有人講的每一句話，每一句，只要是從嘴巴裡說出來的，都能夠好重好重地影響到我。我會因為一句話開心一個晚上，簡單的妳明天生日就會讓我充滿期待。但更多的，可能像是所謂無心的、開玩笑的，總是用不可置信的速度傷害到我。

例如說，我和禹欣分享我喜歡的音樂時，她明明是表達肯定地說了：「意外的還不錯聽耶！」「這種就是有種很謎的中毒性不知道為什麼。」

這個時候就像是一顆無比巨大的石頭總是啪地砸在我的世界，在我笑著回應他們的時候。

「對啊。」

不知道為什麼，連「意外」、「就是」這樣的詞我都可以輕易地無比討厭。「意外」、「就是」表達的是，禹欣自己有一套想法，我說到了那個東西以外的部分。她沒有打算出來用我的角度想這件事，而是從她的小小世界說著有禮貌的話。我明明知道，不可能所有人都像我想的一樣，用我喜歡的方式回應我，但每次還是忍不住的討厭她。

我很喜歡所有的人，但同時，我也好害怕所有她們口中出來的話。我好討厭，去自然的接受一個別人沒有站在妳這邊的對話，但大人們好像會說這件事情叫作溝通。我不知道為什麼在變成一個人的學習裡，這會是理所當然必要的事項。

每當我想到這種很討厭的問題時，我總是會偷偷看著楊潔黎。她是班上，唯一從來沒有用話語傷害到我的人。包括禹欣，其實應該說禹欣就是最多次的，每每在我表達自己的意見時，讓我很痛苦。

但她沒有惡意，真的。

我一開始以為，我和楊潔黎之間的和諧是建立在我們也沒講什麼話。但後來我發覺，不對，沒講什麼話，也沒什麼摩擦，也是超級困難才能同時達成的。這好像不單單只是講的話的問題。

「妳還好嗎？」

禹欣走到趴在桌子上不打算起身的我旁邊。

「今天不太舒服。」

「看得出來。」她把外套脫下來放到我身上：「那個來嗎？我這邊還有蕾妮亞喔，不過不對啊時間。」

「好像這幾天太累了。」

「屁啦，昨天明明我們就要廢了一整天。」

有嗎？算了，我好像已經忘記昨天我做了什麼事了。

「不知道。」

「算了，今天就好好休息吧。」禹欣拍拍我的肩膀，她走到教室後面自己拿了水桶跟拖把到外面洗手檯。

水龍頭的水聲每天好像都一樣。

那一天我什麼都沒做，就只是看著窗外天空的顏色慢慢被刷成大家喜愛的樣子，陽光在課間的聲音裡被出現摺痕，支離破碎。教室的桌子四隻腳沒有全部踩在地板上，雖然我墊上衛生紙了，但是還是讓趴著試圖入睡的我一次次變得僵硬，我一次次感覺到學校的運動服真的跟我的內衣關係很不好。

頭髮好毛躁。楊潔黎又在玩她的10692。

我趁著後面的位子沒人，把脖子彎曲，仰躺到桌子上。雙手手臂打直，上面拿著一本我也搞不清楚是哪一科的課本。我把手指放開，書本直直的砸在臉上。

不知道這樣書本的知識會不會直接進到腦袋裡。

我覺得以我那麼無聊的人來說，今天在這種莫名其妙的情況結束，什麼事都沒被交代就到了明天，應該也只是剛好的日常。反正，就是一些別的人的今天結束了而已。

放學後，我躲在教室裡。

男友君應該會在校門口堵我吧，依他的個性。

我等了一個多小時，在天色開始暗的時候偷偷從圍牆爬出去。不小心踩爆了一朵扶桑花，真是抱歉。

學校旁邊是那個廢棄已久的工地。翻牆的話，會經過可以看到那台孤單怪手的缺口。繼續往前走，有一個游泳池，不過我一直不知道要怎麼進去。游泳池旁邊有一家叫作「小蜜蜂」，每到放學就會被學校同學占滿的店。裡面都是賣一些少女的大敵食物，我以前滿常去的。不過好像有陣子，幾個月吧，在忙媽媽的事情都沒有去那裡吃東西，要再走進去就很奇怪。

真不知道，對今天的我來說，這件事重不重要。應該是很沒差的事，可是如果真的是那樣，那為什麼我會記住呢？

之前禹欣也喜歡來這裡。她的愛是洋蔥圈和檸檬紅茶。有一次，她把營養午餐的愛玉偷偷帶過來加進去，但不知道是檸檬紅茶的問題還是愛玉的錯，總之很難喝就是了。隔天她冷靜了一個晚上後，發表了這樣一番言論：

「世界上總有一些事情，就是加起來才會一塌糊塗的。」

今天又快要結束了，今天我還能幹什麼呢？到下個今天之前我還有機會變成怎樣的人嗎？如果真的是為了什麼有意義的事才不斷重複今天這些事情，好像不能總是決定做一些講出來一定正確合理的事呢。

真是可惜。

我還滿喜歡「小蜜蜂」的奶茶的呢。

「起立。」

「大姊今天心情差喔怎麼會想抽？」鄒宏澄借我火的時候問我。被房間裡的蚊子煩死，我躲到了被輪胎拖著移動的夜晚街道裡。

「沒有，覺得挺無聊的。」

「無聊？怎麼會？跟男朋友吵架喔？」

「沒有。」我呼出一口。

我和他在九九豆漿大王吃著消夜。平常我不太來這裡的，份量太大，它的煎餃長得很誇張的大。澱粉是少女的大敵。不過它有個好處，就是男生們很喜歡來吃。每天晚上，穿著我們制服的人總是輪班在這裡看十字路口的車水馬龍。隨時過來，幾乎隨時都能找人來玩。座位在水溝蓋上，是人行道最邊緣的斜坡，擠壓扭曲的柏油路面和碎裂的騎樓磁磚擱淺了髒水、菸蒂和因為吸水而沮喪肥胖的竹筷包裝。

「他有說妳今天不舒服。」

「他跟你說了喔？」我問。

鄒宏澄點了點頭，他彈了一下菸灰，又起一塊火腿蛋餅吃：「他說妳每天都在身體不舒服。」

我笑了。

「那個麥當勞好像要收了。」鄒宏澄指著路口對面巨大黃色M字招牌。

「收了？要變什麼？」

他聳了聳肩。

我仔細一看，不知道是不是心理作用，感覺真的比平常多滿多人來吃的。通常這區真的要死不活的。

「蛤，那我以後要去哪裡吃薯條。」

「過大順橋那家吧。」

「很麻煩耶。」

「沒辦法。」鄒宏澄吃著他的火腿蛋餅：「那裡最早不是一間小騎士？」他抽了衛生紙擦嘴。

「好像是，對，應該是。」

「他剛換麥當勞沒多久，我小時候生病不吃藥，我媽為了獎勵我就說我吃藥的話就帶我來吃蛋捲冰淇淋。」

「啊結果你有吃嗎？」

「有啊，只是那個冰的一碰到喉嚨還是操他媽的痛。」

「笑死。」

「真的。」他又點了另一根菸，遞出一點屁股給我。我搖搖頭：「所以妳哪裡不舒服？」

「不知道。」我想了想：「你有印象我們以前那個實習老師嗎？」

「妳說那頭髮叉叉那個嗎？」

「喔，對，好像是。」

「你覺得他怎樣？」

「怎樣？什麼意思？」

「就，呃，人好不好啊，會不會討厭的之類這樣？」

「老師喔。」

「你記得他以前不是為了周彥斈罵過我們全班嗎？」

「有嗎？」他筷子在嘴巴附近停住：「欸對，好像有。」

「我以為你們男生會因為這樣討厭他。」

「喔，不會啦。他就當老師而已。老師不罵人領不到薪水吧。而且那天晚上我跟我們家老頭子說了這件事情，然後他下禮拜就消失了。感覺滿對不起他的。」

「是因為這樣嗎？」我有點吃驚：「你爸？」

「我不知道啦。」他深吸了一口菸：「我就覺得這種事講出來很對不起他而已。」

鄒宏澄又抽出一根菸，我下意識把手伸過去壓住他的手。脂腹撞到虎口的裂紋時，我感覺他的大拇指被輕輕勾住，讓我的拳頭一瞬間撞進了他的掌心。

「我有時會想，班上總是有些從來沒被罵過的人。」我說。

「妳說楊潔黎？」

「呃，對。」我調整一下我的坐姿：「那麼明顯？」

「我只想得到她從來沒被罵過。」

「也是。」

「我有時會想，楊潔黎被罵的時候，會跟我有同樣的，那種，怎麼說，我不知道你有沒有，就是那種，我做錯事了我對不起可是可不可以停止不要再罵我的那種感覺嗎？」

「可能，沒有吧，我覺得。」

「好吧。」我抓了抓頭髮。

「不過我覺得，楊潔黎那種人就是老師不會想罵的人。」

「什麼意思？」

「我覺得每次我被罵時，大人，或者妳說老師，就是到一個點他們才不會罵。我小時候都以為，那是大人看穿我有悔意的時候就會停手知道可以不用罵了。不過後來我有感覺，只有老師或我爸媽會這樣，大部分大人生氣時沒有在管的。」

「就是明明我都真心悔改了，還一直罵下去嗎？」

「不是，我覺得，就是啊，大部分人是一直罵著對方直到他表現出某種他想要的感覺。可能像妳說的吧，那種可不可以停了的表情。」

我想了一下。

「而且我後來也發現，人類哪有那麼厲害，有辦法看出誰有悔意。」他說。

「那他們為什麼不會想罵楊潔黎？」

「那個人喔，簡單來說，不覺得她就給不出大人要的那種反應嗎？」

「喔，我懂。」「嗯，我真的懂。

他先是把菸塞了回去，但想了想，還是拿出來幫自己點了火。

「我以前啊，妳記得我們家我有個姊姊嗎？」

我點點頭。

「她有一次在吃晚餐時說輔導老師建議她可以去看身心科。」

「你姊喔？」

「妳記得她的事嗎？」

我點了點頭。我在街上遇過那個姊姊，她把我拉進SEVEN，笑著臉說一定要請弟弟的朋友吃個點心。我遇過她五次，她請了我五次。

「對。總之那個時候，我媽馬上說，她快退休了不要鬧。我媽妳知道是誰對嘛？」

我點點頭。

「反正，我姊沒有再提這件事，全家繼續吃飯。可是我一直記得我媽說她快退休不要鬧那時候，連碗筷都沒放下來，嘴巴裡一邊吃著紅蘿蔔炒蛋一邊說。」

他吐了一口煙。

「我媽啊。」他說：「我愈長大愈覺得，她這個人不可能當一個媽媽的。」

「什麼意思？」

「就不可能啊，她那個性，就不是當媽媽的料。」

「我媽也不適合吧。」

他瞪了我一眼：「妳那個狀況比較複雜，我不敢跟妳比。」

我大笑了幾聲。

「我以前國小的時候，有一次有個女生來告狀，說我用手掐住她的脖子。然後我媽就開始瘋狂打我，一定要我承認這件事。雖然我到今天仍然想不起來我什麼時候碰到她過了，我根本和這個人沒有說過話吧我想。但那時最後的解決方法就是，我自暴自棄地說對啦我掐住她了，而我媽完全聽不出自己兒子是在說反話。」

「滿玄的。不過會不會是那個時候，你媽單純想要趕快解決這件事情？」我問。

「沒有，我看著她，所以我知道。她是真的覺得我到底要撐到什麼時候才會自首自己做了壞事，從一開始，她的想法裡頭就完全沒有她兒子是清白的這個選項。」

「那女的我認識嗎？」

「不認識，她高年級時就轉走了。」

「是好人嗎那個女生？」

「是吧，是那時我們班模範生。可能也是因為這樣我媽才無條件相信她。」他吸了一口菸：「而且我後來看著她時，也完全想不到任何她去謊告一件事的動機，所以真的是很莫名其妙的事情。我在想，可能真的有某個動作，對她來說是掐了，但對我來說不是，就只可能這樣說明了吧。」

「這種事不釐清一下真的很麻煩。」

「我覺得我是大人的話也不會相信小孩子連這種事都有不同標準啦。」

「不過其實我有時也會跟你遇到這種狀況的處理方式很像。大人罵我或對我不滿意時，就順著他們的意思把這場戲演完就好，反正對他們來說，給個交代是很重要的一件事。」

「是齁，不只我有這種感覺。」把菸往壓克力的桌上壓了幾下往旁邊彈進水溝：「所以妳晚上跑出來在煩什麼？」

我聳聳肩。

「我不喜歡紅蘿蔔炒蛋。」

「我也沒有很愛。」

「要做得好吃不容易。」

「真的，要那種很溫柔很溫柔的奶奶才有可能。」

鄒宏澄坐在位子上，他把手撐住下巴，從桌子往外面十字路口的方向看。燈號變換，機器的引擎衝進愈來愈接近睡意的夾腳拖聲音。旁邊海產粥的阿嬤拿出水桶往騎樓潑，很快地這條店家就只剩這個全年無休二十四小時的豆漿大王還會醒著了。

「是啦。女生偶爾就是會有這種時候。我知道我知道。」

鄰桌菸的軌跡在他頭頂劃出一條像飛機飛過天空很久後的褪散，飄著飄著跑去跟小籠包打蓋時的蒸氣混在一起。有幾個高中生走了過來，鄒宏澄和他們點了點頭，手指劃在眉毛上和我示意他要先走了。

我留在位子上又吃了一盤蘿蔔糕才回去。蘿蔔糕這種食物為什麼熱量跟蘿蔔完全沒關，而我每次都還吃得那麼開心，真的是一件讓我百思不解的事情。

鄒宏澄是我們班跑得第二快的人。一年級和二年級的大隊接力，他都是跑男生的倒數第二棒。我們二年級時其實滿有機會搶到名次的，幾次和別班練習時都能有不錯的結果。他們幾個就是那種，雖然不是專門在練運動，但也好手好腳跑得挺快的男生。勁輝是我們的祕密武器，大隊接力最中間那一棒。不是因為他明明很快我們還放他在中間，男生有跑的人裡最慢一個就他。單純只是這貨平常體力太差所以我們決定比賽那天再讓他上場免得在練習時就用光體力。

再抽啊再抽啊，大家會那樣嗆他，他也只是笑笑保證運動會那天會來學校。

「幹恁娘走訓導ㄟ速度比恁攏卡緊啦。」

運動會是在十二月的冬天，只有高雄這種南部地方才會把運動會辦在這種時候還擔心會不會太熱。我們過了早上的初賽，但最後一棒也是最快的楊潔黎在衝過終點時腳翻船。下午決賽時班上一半的棒次往後調，禹欣去跑最後一棒，而沒有跑的女生裡最快的我變成場上棒次最中間的女生。

勁輝大力咬著牙的臉孔出現在跑道轉彎處時，我們還排在第二名。他確實的把棒子放進我的虎口，我也沒有掉棒地把它傳給了下一個男生，沒有失誤。全班都沒有掉棒，沒有跌倒，我們確實地完成了一次大隊接力，在場下時鄒宏澄拍了拍我的頭：「跑很好。」

禹欣是最後一個過終點的人。

老師說著辛苦了喝水喝水，拍著大家的肩膀。我手上被人遞了一罐還沒開的寶特瓶裝水。如果一個人愣在全班都在旁邊的地方感覺很奇怪，可能還會有人來跟我說話，於是我和大家一樣扭開瓶蓋讓水從嘴唇流入喉嚨，運動服輕輕壓在鎖骨上，領口上溼的感覺太細微讓我疑惑我剛剛真的有跑步嗎？

那時寶特瓶裡水的味道，我一直記得。

運動會過後三個禮拜，我們全班去參加了鄒宏澄的姊姊喪禮那天，他們家爸爸哭得超級慘，哭到我好像看到另一種生物一樣。但媽媽，那時還是我們學校的訓育副組長，全程只是板著臉站在那裡，一邊指正著班上同學的姿勢，好像告別式還是她的學校一樣。

是我的錯，我應該注意到，之類的。那時他們家的爸爸不斷吼叫著諸如此類的言論。

我覺得他這樣做好有防衛性。抽泣的語氣和讓旁人扶下台。為什麼這種話要在喪禮說，其實我一直想著這個問題。他最後就是哭，基本上也沒說些什麼他真的讓鄒宏澄姊姊做了什麼事。

只是那個樣子是連我都知道，那是一種，這件事情到這邊為止就好，在他之後的人生如果有人再提起的話大家都會別過頭，一種逼所有人闔上這件事的書本動作。大家圍著他，有人遞面紙有人輕拍他的肩。

在那個時候，大家都要擺出一種表情。我說不出具體那個表情是什麼情緒，但我覺得那就像在一些場合要戴著口罩一樣，所有人都要戴著，避免講話太清楚被別人聽懂。就算不想戴，也要抿住嘴唇。

我知道那個時候，一直不講話的其中一人，就是也來參加了喪禮的我媽媽。媽媽很想拿掉我嘴上那層無形的口罩。只是她自己糾結了好久，最後還是沒有。

一直到現在，我都覺得，喪禮那天我在她臉上看到的那種複雜，並不是因為當場任何已經發生的事情，而是她下不了決心，讓我當一個像她一樣的人。

接下來幾個今天，我都和男友君說我今天不想出去。

每次的理由不一樣，想讀書、被老師叫去、留下來練五個月後的大隊接力……就是一些我那天想做的事情。其中有一次，我在放學時躲在校門口看著對面，果然看到他著急的站在SEVEN前面，一邊看手機一邊抬頭在找著我的身影。男孩子真是不讓人失望呢。真是好奇，在不同的藉口和謊言裡，男生好像只會用這樣行動來回應這個不如自己心意的心情，感覺那份失望和憤怒都被今天重複抄襲，每一次都是同一種東西在肆意妄為。

男生是一種好複雜又好脆弱的生物，他們總是因為一點裡頭把自己放了進去的事物而生氣，然後就可以好像全世界都不要了一樣的，故意在看到一個路口的紅燈亮起才衝上斑馬線。面對車流傳來的喇叭聲，還會反身怒目相視。

我在想，我會和他在一起，可能就是他是我少數有把握看透這些的人吧。跟我會主動去說話的對象一樣，我知道那些人什麼時候是在讓自己不著邊際的說謊，而其他人和世界都不知道。擁有這些讓我在相處時很安心，知道什麼時候是在對應著謊言總比面對情緒來得安全。

梅雨結束的季節是，六月、七月、八月、九月、十月、十一月、十二月。感覺所有燥熱的天氣裡，落到地面的總是答案。而關於方法，它們總是和打雷一起躲在好深好深的雲堆裡。

「起立。」

楊潔黎一定很疑惑，她看著站著她身旁，像是被什麼鬼怪嚇到的我。

大約一分鐘前，我看著她打開新接龍，如同往常一樣的，是那關10692。我拿著拖把站在她旁邊，等待拿著水桶去裝水的禹欣。楊潔黎的頭髮還是好好聞，我想到我還沒問她是哪一牌洗髮精時，她破關了。

「咦？」

不對啊，怎麼可能。

這聲音有點大，她轉頭過來看我，教室裡那群男生也停下原本的動作看了過來，遠遠的我發現周彥斈也一臉疑惑的看著我。

禹欣衝了過來：「怎麼了？怎樣了嗎？」

我搖搖頭，這才發現我忘記要呼吸了。

「沒事？」她拍著我的後背：「確定沒事？」

我死盯著楊潔黎，嘴巴微微張開。

「妳今天好奇怪。」

我仔細思考了這幾個今天發生的事情，幾乎都一樣，營養午餐的菜色都一樣，我的房間維持在兩個捕蚊燈，戰鬥機每天都在同一個時間飛過學校的上空，我的體重在四十四到四十六之間徘徊，我停止對冬瓜檸檬的依賴試著只喝白開水，我的數學不耐症還是讓我每天醒來又忘記怎麼算講義上的那幾題。

怎麼有人可以，在每天都會RESET的情況下，還默默地進步？

這也太不公平了吧。

那是她無意識之間就變聰明了嗎？靠著身體記憶去破新接龍？又不是打排球，最好可以這樣搞啦。

不是，這真的太誇張了。

我在廁所的洗手台等她，她才剛進去。

水龍頭的水一直在流，我的手不斷地搓著。別班幾個女生輪流用另一個水龍頭洗完，有說有笑地走了出去，她們應該不會在意我在這裡洗那麼久是發生了什麼事。

我把水龍頭擰上。

沖水聲。

楊潔黎走了出來，把門帶上。

「嗨。」

她看到了我，用很有氣質的眼睛跟微笑也回應了我。

「嗨。」

我的眼睛不斷地眨著。雙拳緊握著，壓在屁股後的洗手台上。

她注意到我的狀態，洗完手　邊甩著，似乎正在考慮要直接走出去還是等我說話。

怎麼辦怎麼辦，要怎麼問。

「妳好厲害。」

有可能嗎？

「什麼東西？」她問我。

還是要先問她都是用哪牌洗髮精。

「新接龍。」

「喔喔。妳說那個。」低下頭的時候，她看著磁磚的縫隙，突然想到什麼似的停頓了一下。又抬頭看著我，帶著笑意的停頓。

「妳說那個啊。」

她的眉頭微微皺了起來，她的眼睛好漂亮。感覺是單。

「嗯，對。」

也有可能是內雙。

她招了招手，我把耳朵靠近她嘴脣旁邊。

「妳昨天在幹嘛？」

好小聲。

「我記不起來。」

我試著比她更小聲，不過感覺就輸了。

她滿意地把頭抬了起來。

「放學我去找妳。」

我在剛入夜的街道裡，看到熱鬧向著我走來。

我側身閃避，這才發現它似乎是看不見的。拿著一枝助行用的棍子刺探著地板，左、右、左、右。人群察覺到，紛紛避到兩旁繞出了道路，但它的肩膀還是撞到了路邊的柱子。好像沒事，熱鬧繼續朝我的身後繼續走去。

我不知道要吃什麼。

今天我比較注意今天到底發生了什麼事。下午家長會長請了全校一班一桶仙草，還能很確實地感覺它們在肚子裡。家長會長是那種長大了很成功的人，應該是所謂能為自己負責的人吧。醫生，報紙上常常能夠看到他，老師也都認識，知道他出面可以擺平很多地方大大小小的事。只是這樣的人，永遠不會記得一個十五歲少女的需求。仙草裡糖放很少，不甜。我要減肥不能有糖，但我需要甜。等一下腹部的飽滿就會消失離開了，但我現在沒有很想吃東西。

現在不再放些什麼東西，等一下一定還是會餓，那時又很接近睡眠了。飽足感這種東西好膽小，新的食物只要進入身體，舊的就像廚餘一般逃竄，完全沒有對吃下它的人產生認同感。任由人類發脹，產生痛苦，想吐，出糗，自己只會像是沒事一樣從肛門逃走，還把樣貌弄成正常人懶得注意第二眼的樣子。

狡猾，所有發出惡臭的事物都好狡猾。反正都是要被丟棄的，為什麼要注意自己長得如何呢？

澱粉是年華少女的大敵。

我佇立在有漂亮姊姊的飲料店前排隊。隊伍最前面有個智障，看起來胸部很大的阿姨。她揹著很貴的包包，牽著一條狗，一根手指指著菜單。這個是什麼？咖啡因是什麼啊？蛤我平常不會喝很甜耶？做了嗎？我可以加珍珠嗎？

飲料店的漂亮姊姊很耐心地幫她介紹，而我身後陸續排起了長長的隊伍。有人咳了聲特別明顯的嗽，但她充耳不聞。

「加樂！」

像隻查理士王小獵犬跑跳著過來。

今天是晚上特別舒服的日子，不是下雨。

潮溼把世界泡在鐵罐裡的，沒有事件或新增事項提醒。

耳朵的輪廓被我的髮梢擠壓在消失的領口中。她用聲音騷著我脖子的癢，上上下下地興奮彈跳著。

我不知道為什麼，晚上的楊潔黎，看起來比我耀眼好多。

「怎麼還在排？」

我指了指前面那位阿姨。她本來上一秒已經點完了，但站在候餐檯時，又發現什麼東西似地把她的包包直接丟在候餐檯，插回隊伍最前面跟漂亮的飲料店姊姊改單。

楊潔黎懂了，她笑了一下，直接站到候餐檯那邊，把阿姨的包包擋住。她朝我揮了揮手。

熱鬧不分輕熟地撞向沒有面貌的人群，但寂寞總是能在我努力躲藏以為自己看來再正常不過時穿過我，發出抓到了的輕笑，再狠狠回頭攫住我，輕輕地在我心臟上繞著人偶用的線。我感覺自己緊張到呼吸都跳了出來，那線卻遲遲都不用力束緊。我脫離再一個就可以跟飲料店姊姊講話的順序，離開隊伍到了楊潔黎旁。

我們兩個各占點餐檯的一角，阿姨終於完成點餐時，轉頭就發現，她的包包已經被我們兩個層層包圍了。她不願意開口，也發現除非直接把手從我們頭頂伸過去，不然她是拿不到包包的。

於是她站回後面，看來打算等我們兩個拿到飲料離開。只是我和楊潔黎根本沒點。

「妳有吃晚餐了嗎？」楊潔黎問我。

我搖搖頭。

「要不要去小蜜蜂吃？」

我點點頭。

她拉著我書包的揹帶往夜的街道跑去，她的手臂好細，又輕又白，感覺頭頂的路燈再亮一點就會和光融在一起。在阿姨和我們錯身而過時，她輕輕挑開套在椅背尖端的狗鏈末端圈圈。

「大姊，妳的狗要跑了喔。」楊潔黎一邊跑一邊朝後面喊。

關於我那不斷重複的夜晚，我第一次那麼開心。

我很討厭我的牙醫。

國二，我第一次做根管時，我覺得很奇怪。因為那個洞，蛀得很大補不回來的那個洞，就是上次檢查時挖掉的。牙醫沒有處理，挖了之後就跟我說要記得刷牙可以回去了。

接下來的半年，我每天起床第一件事就是用舌頭去舔那個洞。我覺得有個洞很奇怪，所以我想到就會確定一下它還在不在。我以為認真刷牙它就會自己慢慢癒合。但下一次檢查時，牙醫說我那裡蛀太大洞了，要做根管，要拔牙，要牙套。我聽了很氣餒，我明明那麼認真刷了半年牙了，怎麼比上次更差。

一年後，幾個月前，我長大一點後，又出現同一個狀況，上次檢查後我的牙齒又留著一個很大的洞。牙醫親自挖的，我這次決心一定要夠努力，我不想再經歷一次根管的感覺。但結果，當牙醫又像數落我一般說我都沒在刷牙，蛀太大需要根管時，嘴巴張著的我在那瞬間明白，那是他的伎倆。

我媽又拿了好多錢出來，我在牙醫的躺床上一邊大哭一邊手術，護士在旁邊不斷安撫著我。我哭個不停，甚至沒有能力跟任何人表達我到底遇到什麼事。沒有人會站在我這邊，我媽不會我朋友不會，因為我就是牙醫口中說的那個不愛刷牙的小孩。我口中滿滿的補痕，是他一次一次鑽出來的。治療結束後，他一邊調侃長這麼大還這麼怕痛，一邊和我媽約了半年後回去檢查的日期。

媽媽和牙醫很好，據說她們當了很久的同班同學。我們全家都在那家牙醫診所。

我不知道，原來不要犯錯並沒辦法保證或保護你什麼，我不是個大人。而大人們也是費了一番功夫的，才讓問題可以找上你的。

我覺得這種事，跟杯子上的茶垢就是差不多的東西，明明每次都洗了，甚至我記得，這個杯子只有用來喝水，但過了一陣子茶垢還是會出現。理所當然的，反正有問題的人是我就都沒問題了。

討厭絕對不是喜歡的反義詞最大值，在這個世界上。

「起立。」

我和楊潔黎成立了「國際新接龍協會」。目標：離開今天。這是我的。在今天之內破完所有新接龍，這是她的。雖然第一天就因為她說小蜜蜂的奶茶很難喝差點解散。

從今以後，雖然我們知道每分每秒的天氣，但期間可能會有像四十度高溫的羞恥，也會有比颱風還難預料的情緒。事先找到明確的目標是很重要的。

「起立。」

「起立。」

楊潔黎說，她不吃的東西有：茄子、青椒、木耳、紅豆、薏仁、芋頭、苦瓜、秋葵、杏仁、榴槤、紅龍果、豌豆嬰、牛肚、田雞、鴨腸、雞心、豬肝、蠶豆、大豆、舞菇、青江菜、大陸妹、鯖魚、鰆魚、土魠、中卷。

「妳怎麼活到今天到底？」

「正常吧。」楊潔黎一邊揉著自己的指關節，一邊用指尖在手心抓癢：「妳誠實的把自己不吃的東西全部寫下來，我不相信會比我少。」

「可是通常比較挑食的人，在小朋友的時候不是都會被排擠嗎？但妳又跑那麼快，感覺就是在哪裡都不會被排擠的那種人。」

「這種的判斷也太幼稚了吧。而且，原來在妳心中我的印象是跑很快的人。」

「不是嗎？」

「是啦，但我一直以為，只要是成績好的人，在別人眼中其他突出的部分都是透明的。」

「那妳希望別人怎麼覺得妳啊？」

楊潔黎看了看教室四周沿著牆壁的格子櫃。現在是中午，陽光灑落的角度很扁平。這是校舍最外側的一間馬蹄型教室，在我一年級的時候，這還是一間音樂教室。但二下那個學期，學校又減班了一次，最外側的幾間教室都變成倉庫不再使用了。午餐鈴響時，她跟我說她平常不喜歡被別人打擾吃飯，於是帶我來到她的祕密基地。鋼琴被推到了牆邊，上面滿是灰塵。教室的中間有著成堆的測驗卷和參考書，仔細一看，裡頭還有不知道幾年份量的未來意向調查單。

「妳記得我們有一個學期在這裡上音樂課嗎？」

「嗯嗯有啊。」

「那時不是大家要分組，五到六個人，然後上台不管妳是要唱歌還是跳舞。」

我點點頭。我記得那時，勁輝和鄒宏澄他們幾個一邊轉著圈上台，一邊用雙手的食指捲著自己的頭髮。我跟他們一組，用手機放出木村拓哉的 Gatsby 廣告音樂。

「班上呢，只有某一些人上台報告時會有反應。有男有女，大概就是一群。他們會在台下尖叫、鼓掌，像個表演一樣。剩下的呢，可能認識的全部一整群都在台上了，台下的平常根本講不到話，所以也只有結束時有拍拍手，中間不會有其他聲音。另外，連朋友都不夠多湊成一團的大部分人，就會跟著隨意的幾個人一起站在台上。例如我。」

楊潔黎把身子轉過去背對著我，雙手抱起彎曲的膝蓋，不知道在教室的角落有什麼東西抓住了她的注意力。

我想了想，知道她說的沒錯。我上台時，禹欣在台下，我們不是每次都能分在一起的，禹欣和勁輝他們就那麼多交流。她不會表現得很熱烈，因為沒有人需要跟她一起表現出台上有個「和我很好的加樂」這件事。而輪到我在台下時，我也是安靜地觀賞她那組在台上的表演，好像在就是個沒有意義的浪費時間，然後在結束時拍拍手。

「我那時剛轉過來，我以為大家會很驚訝我唱歌很好聽。」

她轉頭看著我。

「妳沒印象對不對。」

我嘟起一邊的臉頰，無奈地點了點頭。

「我後來發現，就是在這樣的上台，不管是音樂課的上台還是做任何的報告，我就覺得我被世界逼著要成為那種有很多朋友，會在台下讓你知道你很棒的人。我懂世界的意思，只是我不太清楚為什麼要這樣。但世界不管，而我也沒辦法達成它的要求。」

「妳想的可真多。」

「我只是想當個歌唱很好的人而已，同時我也不想發現我沒辦法。」

教室外突然傳來碰撞聲，一粒頭從窗櫺間探了出來，是周彥齐。楊潔黎跟他揮了揮手，他也揮了揮手。接著他轉頭看到了我，臉上露出一點害怕的抽動，接著頭縮了回去，腳步聲遠離。

「他每天中午都會繞過來跟我打招呼，他知道我躲在這裡。」

「他都不會煩妳喔？」

「不會的，我不到他想一起玩的那種程度。」

「我一直滿好奇的，妳剛轉學過來時，有感覺我們班在霸凌他嗎？」

她把袖口往上摺到肩膀，拉開一點點縫隙伸了進去抓癢。些許的汗水和腋毛從中跑了出來。

「說真的，我到今天還是不確定大家有沒有在霸凌他。」

「真的？妳都沒感覺？」

「我在想，人是不是一定要自己先被霸凌過，之後才能得知這件事正在發生啊。因為我真的只是覺得，那是我沒經歷過的事情而已。但又不能把所有因為別人引起的討厭情緒都算是霸凌吧。」

「這倒是。」我說：「妳這樣講我想到，我在交到男朋友的時候，不知道是為了找話題還是為了讓他同情而更喜歡我，我跟他說我小五小六時被班上霸凌。本來是沒有這件事的，但隨著我愈回想，想給他講更多關於國小時被霸凌的經驗時，我發現我好像真的在那時被某些特定的人討厭很長一陣子，她們也確實對我做了一些不好的事。」

「那妳現在覺得，妳有被霸凌過嗎？」

我聳聳肩。

「想也沒屁用。只是我那時本來一直很害怕我男友去找我國小的同學問，然後事情被揭穿他會覺得我是個騙子。但後來真的我男友去找我口中那幾個國小霸凌我的女生時，雖然她們一直說她們沒有，還找別的同學來作證，我男友還是不相信。」

「真的啊？我不知道原來男生會做這種事。」

「對啊，他後來還是修理了那些女生一頓。」

「那些女生後來有怎樣嗎？」

「沒有，她們後來好像也慢慢認為自己以前霸凌過我了。」我吸了一口氣：「那好像是我第一次發現我說出來的東西會變成真實。」

一隻蚊子在我和楊潔黎中間飛著，我揮了揮手想趕走。

「妳到底怎麼可以保持一直讓大家都不會討厭啊？」我問。

蚊子停到楊潔黎大腿的根部，我看了看，又看了看她的臉，沒有戳下去我們兩個就先都笑了。她自己打了巴掌下去，但沒有打到，蚊子又悠悠地在我們四周晃著。

「很簡單啊，妳只要讓人們覺得他們是受委屈的那方，妳就成功了。」她說。

「那妳自己怎麼辦，妳也是受委屈的一方嗎？」我問。

「這我不知道，不過不用啊，別人不用知道這件事，這不重要。」

這次蚊子停在我的臉上，我反手打上去，但又讓蚊子跑了。

「真的是時空間忍術。」她忍不住讚嘆。

「對。咦？妳怎麼會知道？」

「我在妳們旁邊時聽到的。」

她站了起來，好像打算用圍堵的方式把蚊子逼進牆角。

「我覺得啊蚊子，蚊子是會時空間忍術沒錯。」楊潔黎說：「只是牠應該不是放在自己身上的。」

「不然呢？」

「應該是用在打牠們的手上，像這樣。」她雙手啪地合十：「在我們要打到牠的時候，把我們的手瞬間移開原本會打到牠的地方。」她再啪了一下：「揮棒落空。」

不知道是放棄了還是一開心就打算這樣，她打開了窗戶，把蚊子趕出去到陽光底下。

「妳知道嗎？蚊子喜歡在妳身邊飛的原因，是妳身上有牠喜歡的味道。我們通常聞不到，但蚊子會有反應。」

「所以呢？」

「蚊子喜歡的是臭味，所以如果妳說妳睡覺時常常感覺牠們在妳耳邊飛來飛去，那代表妳的耳屎或頭髮很臭，牠們才會一直來找妳。只是妳一直以為自己沒有味道而已。」

「妳好煩。」

她笑了一下：「啊，還有一隻。」

「哪裡？」

「妳臉上，不要動。」

我聽她的指示，全身僵直，連吸氣都不敢。她緩緩地靠近，腳步非常小力，深怕會驚動什麼似的。

我們把協會的總部訂在小蜜蜂，維持著每天六點爬出學校的圍牆，繞過工地的巷子到那裡固定聚會的傳統。我們試著做了一些統整，關於什麼東西可以留在今天，而什麼東西必須帶著到今天。但效果不好，好像每一件事情都沒有很確定的證據。

「跟數學一樣。」

「沒有好不好，數學明明就很有邏輯。」

「我討厭妳。」

旁邊的參考卷堆裡似乎從中滑落了一張，那聲音我聽得好清楚。

她的溫度靠上我的臉頰。

「起立。」

我沒有開燈，桌上堆滿著講義。忘記從哪一天開始，我就不再學習了。反正也記不起來，寫了留不下來，沒有人可以證明我有努力過。雖然我有一點感覺到自己在慢慢地變笨，有那種三日不讀書的遲鈍感。不過這也不僅限於今天，從很久以前開始，學校教的東西，就都是一群超級在意面子的傲驕鬼。一兩天沒碰它們，就嚷著要跟我分手。

我也是挺沒用的，每次都不敢好好跟這種恐怖情人斷個乾淨。

捕蚊燈藍色的光在房間牆壁上波動，好像把房間切割成好多個畫框。我在裡頭來回地游過來游過去，試著找到不是同一片背景的入口。在今天待久了，我連晚上風把安靜啃得像是狗咬的時機都默默記住了，有時我會提早關上窗戶，不然窗簾好吵。

只是有些天，雖然我明知道是同一天，但如果不動窗戶，讓它保持半開，這裡會好像海洋。

最近幾天我好像沒有因為蚊子而在半夜醒來。

所以這樣說的話，蚊子到不了卜個今天嗎？

牠們去哪了？

藍色的光頻率類似地往我的下巴方向打著，大約再十分鐘，這個空間所有生物大約都會因為缺氧而死吧。

我突然想到買捕蚊燈的時候，店員有試範一次怎麼保養。

「大約一個禮拜喔，就要清一次。啊就這樣把下面轉下來，裡面的蚊子啊灰塵啊倒出來，再用溼抹布稍微清潔內部就好。啊妳電源記得不要關，因為這種不是像傳統那種，蚊子飛進去就會被電死。它是用風壓把蚊子困在裡面慢慢壓死的，所以妳一關電源它風扇沒在轉的話，蚊子就有機會自己爬出來。」

我輕輕扭開下層的集蚊盒，風扇的運轉聲和藍色的微光同時消失。

我單手拿著集蚊盒，走到門旁邊打開了天花板的電燈。幾隻蚊子伴隨著白光從那裡頭衝了上來，直直撞上我的眼睛嚇得我把東西摔在地板上。我低下頭，地板上滿滿蚊子的屍體，或彎曲或萎縮。

好多。

我對媽媽的印象很少了。

在一個深夜的晚上，爸爸難得在家。倒了一杯威士忌，他躺在沙發上轉著電視。我幫他把桌子上的盤子和筷子收走時，他突然看著我。

「妳和她愈來愈像了。」

我沒辦法從這句話擷取他是看到我什麼部分才有這種想法。是頭髮嗎？眼睛嗎？還是什麼？爸爸感覺到這句話好像不太適合對我說，於是說了抱歉。

上了國二後，我有幾次若有若無地問起爸爸，他有沒有聽過鄒宏澄和勁輝？雖然知道業務不同，不在少年隊的爸爸應該沒機會聽到，但內心還是十分擔心。

「沒有耶？怎麼了嗎？」他問。

「喔，就我朋友，想說不知道之前有沒有跟你講過。」

「沒耶，妳可能是跟媽講的吧，搞混了。」

爸爸很忙，我沒再多說。但我不會搞混這種事的，因為我連禹欣都沒和他說過，這我很確定。

他一直以為，我私下和媽媽說了很多的祕密，在我們兩個拋下他跑去爬山時。

媽媽很喜歡爬山，是真的那種，要住在裡面一個晚上以上的爬山。在小的時候，等我長到一個能跑操場三圈的時候，她就幫我買了全套的登山裝，有鞋子、有很多層的風衣、有背包、還有帽子。只是那個顏色很奇怪，本來我剛拿到時還很興奮，在小學的便服日穿去了學校，結果那天沒人稱讚我的衣服，感覺和別人說的話還少上許多，又熱爆，鞋子很難脫。至此，那一整套的登山裝就被我收在衣櫃深處，每年只有一兩次和媽媽去山裡時會用到。

媽媽有幾個同事家裡有年紀和我相仿的小朋友，大家每年會一起去爬幾次山。兩男三女，媽媽是這樣說的，但我完全沒有這些印象。她說，我在太平山時跟其中一個小男生在山林步道裡比賽跑，結果小男生在出口衝出來時，我消失到不知道哪裡去了。全部人進去步道找了一個多小時，才發現我只是被池子裡的烏龜吸引住了。那天晚上，那個小男生不知道是被父母罵了一頓，還是被當時我這個小女孩可能真的不見了的氣氛給嚇住，在餐桌上一口飯都沒吃。

「可能看到我哭了被嚇住了吧。」媽媽說。

每次聽到這些都覺得不可能，我跟男生比賽跑這種事太荒謬了，這怎麼想都是禹欣才會做出來的事情。

但我一直有個印象，每一年的冬天，媽媽會帶我去一座山看一隻鳥。我只記得是黑色的，然後生活在很高的地方，要爬很久，眼睛附近有紅色。媽媽說，那隻鳥本來不屬於這裡，但有一年，在我出生之前，台灣破紀錄的低溫，這座山下起了可能是這幾百年來唯一次的雪。這隻鳥那時看到這個山頭有雪，以為這裡也是牠的棲地，於是就沿著一路的雪線飛了過來。春天來了之後，這隻烏找不到回家的路，於是就在這裡生活下去了。

那個地方風很強。雲每次試圖降落在山坡都像撒在杯子蛋糕上的糖霜，山壁上的石塊會結成類似水晶堆的樣子。我們去找那隻鳥的時候，需要在晚上，戴上頭燈，我的是綁在毛帽上那種。通常遇不到，我總是看著長到腰部的草被陽光慢慢浸潤，大霧之中，微生物於腐葉之間蠕動出寧靜。那是唯一被允許不要睡著的日子，我所認知的天亮總是伴隨著山的稜線。有些森林有霧，有些沒有。

但爸爸說沒有，沒有這件事情。他說，媽媽從來沒在冬天帶我出去爬過山。

我總覺得，媽媽是那種等我長大離開家之後，每次見面一定要抱一下的人。沒有證據，但這樣的想法在她離開的那陣子特別強烈。

大家叫我不要一直待在家，去外面找些事情做。於是我和爸爸說我去散步，但其實，我是一個人去附近的柏青哥看大人們打電玩。我還沒十八，不能進去，但那時柏青哥的自動門還是透明的，我會坐在門外賣香腸阿伯的椅子上往裡面看。阿伯人很好玩，在攤子前面車道沒有車子時，他會拿著他自製的旗子去上面跳舞。旗杆是之前高雄市市長選舉從分隔島上拿的，而旗子則是批發商送的。

柏青哥裡面的人們，他們比勁輝的裝潢朋友們又大了一點，過了成年這條隱形的線。這個地區一般鄒宏澄和勁輝是不會過來的，他們喜歡的是KTV和旁邊的酷酷龍，那邊有快打旋風可以玩。不知道為什麼，我總覺得裡頭的人們好有長大的感覺。在一個地方，做同一件事，一整天，情緒不斷在高峰和低谷之間起伏。對一些東西無奈，對一些東西無感，對一些東西無法，對一些東西無所不用其極。長大後的生活應該就是這樣，黏膩、發癢、身體會一天比一天沉重，自己心裡想的，就是改變不了的東西。我覺得我以後也會變這樣，只是形式不同而已，有些人的無能是可以被稱讚的，而有些人不要談他就已經是大家的善良的。

最後一次的柏青哥之旅，結束在爸爸從背後點了我肩膀的手指。

他說他從我出門就一路跟在我後面，我都沒發現。我心裡想廢話，這不是你的專長嗎？在回家後，他罵了我，大約就是些讓妳出來散步，結果妳跑去這種地方，每天都在那裡混那麼長時間之類的東西。我當時很生氣，不知道為什麼，我心裡有一種就算你是我爸你也不能罵我的聲音，像火山噴發一般占據了我的腦袋。於是我賭了他的個性，我知道這一定是他第一次跟蹤我，他不可能看了兩三次自己女兒跑去柏青哥才發作。我說，我之前都有在散步，你都沒看到，然後現在去了一下柏青哥就罵我。

「你根本都不想去了解全部發生了什麼事就急著罵人，從來都沒打算懂我吧說到底？」

應該是這句話打擊到他了。

他叫我出門去散步。

我不知道他是不是真的生氣了，本來以為成功說到他的點的話他會很懊悔，可能給我個一百塊可以買冰吃之類的。但沒有，他直接叫我出去散步，於是我只能再次出門。

過了幾個路口，我轉頭確認，他沒有跟上。但我不知道去哪裡，可以散步的路線一下子就走完了，和平常我在外面待的時間不成正比，這樣回去剛剛我說我以前一直都在散步的說詞就不成立了。走去酷酷龍，想說找鄒宏澄和勁輝玩，但轉了圈以後發現好像都是沒說過話的面孔。

「加樂嗎？」一個聲音叫住了我。

我轉頭看，是個中長頭髮的姊姊。穿著高中制服，跨坐在那種可以趴著騎的摩托車遊戲上。

看到我一臉疑惑，她笑了一下：「妳找輝仔他們？」

我點點頭。

「他們去幫人家裝潢了。」

「喔。」我說，腦筋突然閃過一個畫面，手指著姊姊：「喔，喔喔，喔喔喔？妳是那個？」

「對啊。」她笑得更燦爛了。

姊姊是那個勁輝生日時，和他一起被雙手架住的女生。

「他們說這筆大的，而且對方好像跟議會有關。」

我們去到學校對面的SEVEN，她買了冰請我吃。本來說要吃熱狗，但剛好機台在清潔中。

「市議會？」

「對啊。」

「會鬧很大嗎？」

「不知道。」姊姊用手指把嘴角的糖水撥了進去：「沒上新聞應該就沒事吧。」

「也是。」

我盯著她。

「幹嘛？」

「我不知道妳讀高中的。」

「喔喔，對啊。」她肩膀上下晃動調整了身子，把胸部挺了出來，粉紅色的制服上有三條深紅槓：「我後來發現，只要身上穿著制服，他們就不會對我太過分。面對一個高中生還是會怕啦。」

「好漂亮。」我說。

「對啊，很漂亮齁。」她說：「我國中就跟他們到處玩，本來沒打算考高中的。但後來，我在新堀江看到一個姊姊，她們學校的制服的樣子好漂亮，所以就發憤一定要考上同一間學校能跟她穿同樣的制服。」

「妳有成功嗎？」

「沒有，那裡太難了。」

「哪一間？」

「白底紅槓那間。」

「喔，好吧。」我說：「那間真的太難了。」

「對啊。」她嘆了一口氣，把身體往前傾：「有些事情真的不是想做就可以做到的啊。」

「所以妳以後會讀大學嗎？」

「會吧。」

「去不是高雄的大學嗎？」

「對啊。」

「妳自己一個人？」

「對啊。」

「妳好勇敢。」

她挑了一下眉頭，轉頭過來看我。冰棒棍在她的嘴裡凸出一截，上上下下地動著。路口的燈號剛好變動，平行著校園的車流從我們眼前在聲響中快速消失。

「這樣叫很勇敢啊？」她喃喃自語。

「怎麼了嗎？」

「沒有，我只是在想，為什麼這樣會是勇敢。」她看著對街的校門，建築群在陽光下左右延伸顯得很巨大。幾個假日從補習班下課的人騎著腳踏車滑了進去，背上背著籃球，其中最快的是一輛淑女車，那上頭坐著當中個頭最大的男生。

「我以前看到那個白底紅槓的姊姊時，我也是覺得她好勇敢。但她也沒特別做什麼，就只是在公車上拉著吊環的時候還一邊在背英文單字。我那時坐在後面的位子上，看了她一整路，她都沒發現。但下車時，她好像認識我一樣，在我經過時說了Bye-bye。雖然後來想想，她可能是在和跟我同一站下車的朋友說而已，但我真的覺得那是在和我說話。」

「她穿裙子嗎？」

「嗯，對裙子。」

「黑色那件？」

「對啊，她們只有黑色的。」

「那真的很漂亮。」

「對啊。」她嘆了一口氣：「真的很漂亮。她們書包也很漂亮。」

「我沒看過書包。」

「妳應該去看看的，有機會的話，去背背看。」

「我？我不可能啦。」大吃了一驚，我感到十分的好笑：「我沒那麼勇敢。」

「搞不好啊，還沒穿上之前都還有機會。」姊姊說：「只是現在想想，就算是現在的我，也沒那麼勇敢可以穿白底紅槓吧。」

「妳可以啦，妳很勇敢。」

「不，不一樣。」姊姊說：「我不可能的。」

吃完冰之後，我和姊姊就分開了。經過超市時，對街的螢光招牌白得很刺眼。我過了馬路，一個人走到投籃機前面。玩了三局，六十塊。其中第二局二二六分，遠遠超過我和勁輝他們一起玩時的水準，這應該是我這輩子投籃機的巔峰了。

我有一點感覺，我和這個世界上的一些人愈來愈像了。一些人有沒有包含媽媽不知道，我單純只是覺得，我這個人開始不是全部都是我了。

「起立。」

在我第一次在體重機看到四八這個數字後，我就大約有點猜到今天的尿性。體重會留下來，腦袋不會。蚊子會被殺掉，數學不會。總之，基本上就是我討厭什麼，什麼就會發生。我可能可以記得一些什麼，就是一些不會讓別人對我改變想法的事情，這樣今天才能無事地繼續下去。

我早該想到是這樣的，對這個世界抱有奇怪的幻想是我的問題。

每天都聽到老師在講同樣的內容實在讓人發瘋，我也厭倦在老師說出他冷笑話的答案前一秒跟禹欣先暴雷。我試著讓楊潔黎加入我們，但她很快就厭倦這種每天都要從頭跟一個人開始的遊戲，我只好乖乖的再把這兩人分開安放在我生活的兩個端點。但楊潔黎喜歡逗鄒宏澄或男友君，我有感覺到那其中的樂趣。男生被這樣的女生搭話總會比他們平常的發揮好上許多，我和楊潔黎完全猜不到男生們今天的反應會是什麼，完全沒想過身為人類的他們居然有這麼多可能性。

我有試著趁這個機會去接觸一些平常不會有交集的同學，但很快如楊潔黎所說，我發現我根本沒興趣。禹欣在很久以前好像也說過我這個問題，不過在今天來回許多次之後，我發現對人的冷默真的完全沒有影響任何事。

甚至我常常感覺，在我看過幾十次今天發生的事情後，每當我想幫忙讓它變得更好時，都會變成一種更不好。明明我知道這件事的最佳解法，但執行的人是我的時候，從旁人的角度看來似乎就是一個不知道她為什麼要強出頭的空氣。

我嘗試了幾次，最終結果都默默地在大家全力保持禮貌的距離下安靜地回去我的位置。事情完美地做完了，我還是我，世界並不會因為我的積極或善意而有所微小的改變。今天只是不斷地重複，我每次離開座位都只是破壞了教室裡和諧前進的節奏。

「不然妳也來玩新接龍嘛！」

「不要。」我想了一下：「妳是因為這樣才玩的嗎？」

「鬼知。」楊潔黎聳了聳肩。

她卡在同一關好多天了，這次是11982。

今天的體重有，四四．五、四七．三、四五．二、四五．一、四四．九、四六．二、四五．三、四四．八、四五．九、四六．三、四六．八、四七．一、四七．四、四七．〇、四七．七、四七．五、四八．〇。

天空有時會下雨，不是今天。沒有打雷。

「起立。」

有一天，我忘記是什麼情況了，我發現所有人在講話時都是想著自己的。完完全全的想著自己。就算是真真心心想跟我說話，甚至幫助我變好的人，也是希望我變得跟他一樣，做跟他一模一樣的事情，就是比較好的意思。

「我以前也是……」「如果是我的話……」大家好喜歡用這些句子來面對我的問題。我從來沒想過我的價值觀可以套到任何人身上，但怎麼所有人都理所當然的覺得別人必須理解跟遵守他的想法呢？

在知道這件事後，為了保護我自己，我試著讓我自己去討厭所有的人。但失敗了，我還是有的時候，而且其實常常，會需要跟別人說話。而且總是毫無保留的說著由我開頭的話：「我覺得……」「你知道我……」

說的時候我總是很滿足、很暢快，跟著那些被我煩擾的人說著根本與她無關毫無幫助的事情。那應該就是我變成自己討厭的人的其中一種方式。我為什麼要當我自己，反正也沒人在乎不是嗎？

通常是禹欣，但我們同時渴求另一個人溫度的時候不多。大約就，營養午餐出現螞蟻上樹的頻率。但我在想，我和她之所以能叫朋友的原因，應該就是在感到對方厭煩時，會懂得收手。幾天只是打招呼，等下次需要時再試探的去戳戳對方。不過直到現在，我仍舊沒有找到答案，為什麼她必須理我，接受我的種種負面呢？我知道，她隨時的不告而別去和別的女生好，都會是理所當然，可能原因就會是我。

「起立。」

我討厭數學。

「起立。」

終於受不了所有重複的那天，我拉住楊潔黎的手。我們在校門口對面的SEVEN，生教組長拿著表格準備開始登記遲到的人。綠色的小人閃啊閃，最終他停止奔跑，紅色小人站了出來。

「蹺課嗎？」

她的眉間紅紅的，可能是青春痘。我有注意到，她脖子後面痘痘一天比一天多。對了，我一直還沒問她洗髮精用哪一牌的。

「走吧。」

我和男友君是在小蜜蜂認識的。

我那天很餓，點了三份薯條跟一份炸雞。回到位置上時，我的座位對面坐了一個人。是個男生，不是我們學校的，他穿著正興的運動褲，還有一件很醜的牛仔外套，洞一堆的那種。他也看著我，而且感覺不是注意到我才抬頭，而是在我有意識到他之前就一直看著我。

我抬頭看了一下室內，雖然人滿多的，但角落零星還是有幾個空位。

是小蜜蜂的阿姨幫我併桌的嗎？

「同學，請問你是？」我決定先不坐下，很有禮貌地詢問。

「這邊沒人吧？」

「什麼？」

「我看到妳朋友今天沒來。」

「喔，對啊是，她今天跟她媽媽……你認識禹欣嗎？」

「不認識。」

「喔，好，她叫禹欣。」

「妳好，我叫葉卓成。」他手掌四指併攏，比出向下切的手勢：「坐啊。」

在我開始猶豫要不要坐下之前，他的手又向下切了一次，外帶一個很讓人問號的笑容。

「雞塊喔，燙。」阿姨的手從我們兩個中間穿過，把盤子丟在桌面上後又匆匆地離開。

「會冷掉喔。」

說什麼傻話，冒著熱氣沒看到嗎？

「薯條，燙。」成堆的薯條像山一樣被推到桌上，金黃色的、閃著油光、方正的外型正因為接觸到外界的空氣而慢慢垂下。

我坐了下來。

牆壁是白色的，正興的運動褲是很醜的藍色。

「所以說，等一下一起去唱KTV吧。」

「不要。」

我拿了盤子最後一塊雞塊，沾了薯條旁的番茄醬，放進嘴裡。

「好啦，我唱真珠美人魚給妳聽要不要？」勁輝說。

「四個人一起去比較便宜啦。」宏澄說。

男友君和我們班這兩隻都是常常跟外面的高中生一起鬼混的，但抽菸也抽得很爛，一直咳嗽只會一直拿著綠茶在那邊給班上同學和生教看。那時雖然沒說過多少話，我大概確定他們就是兩個智障。會把褲子穿的低，內褲露出來那種，深怕有人沒注意到他們一樣。他們兩個剛剛走了進來，到我的桌子旁邊時說：「欸好巧喔。」「你們怎麼都在這裡？」就坐下來了。

我覺得這可能是我人生中第一次體會不用生氣的莫名其妙是什麼感覺。

「難得外面相識一場，唱個歌不過分吧。」勁輝說。

「不要。」

我把雞塊吞進喉嚨。

「拜託啦，加樂，不是才剛考完試，鬆一下啦。」宏澄說。

「不要，而且明明是明天才考試。」

「妳是女生啊。」勁輝說。

「關女生什麼事……」

「女生比較聰明。」

「你們有病嗎？」我長長地吐了一口氣：「而且不管怎麼樣，我也沒欠你們什麼啊？幹嘛跟你們一起去唱歌。」

「有的喔。」那個正興的男生說。

「什麼？」他叫什麼名字來去了，想不起來。

「雞塊是我點的，妳把它吃完了。」

「屁啦，這桌東西都是我點的耶。薯條也是、雞塊也，雞塊？」

「來，炸雞，燙喔！」

阿姨把一整盤炸得酥脆的炸雞放到我眼前，雙手一邊在圍裙上抹著一邊快步跑回廚房。

「妳還有一杯奶茶。」那個不知道名字的正興男生說：「那東西味道明明就很噁妳還點。」

等一下，他剛剛是說我最愛的小蜜蜂奶茶很噁嗎？

「蛤，葉卓成，好餓喔，我們不是有點雞塊，啊跑去哪了咧？」

「是不是有個叫陳加樂的女生在我們面前一塊一塊地把它全部吃完了啊？」

「蛤，怎麼會有那麼殘忍的人呢？」

「我不知道，真是太可怕了。」

「蛤，可是我現在真的好餓，怎麼辦？」

「蛤，我也不知道耶？」

兩個智障說蛤的時候音調都特意飄高，兩隻手臂還會抱著肚子搖來搖去。

「跟我們一起去唱歌吧，這雞塊之仇我們就當作沒這一回事。」那個穿著很醜的藍色運動褲跟很醜的牛仔外套的人說。

我快煩死了。

我一直很後悔，那時居然沒有把冒著熱氣的炸雞直接往三個人的臉上砸過去。

我和楊潔黎坐著公車晃過大半個城市，到了海旁邊的柴山。本來我提議回家看電視的，但她反對。

「妳想像如果連今天的電視節目都看到可以倒背如流的話，那會有多絕望。」

我覺得很有道理，沒錯，電視這種文明產物要當作最後的王牌藏在桌子底下才行。

包廂裡沙發的夾縫裡，總是可以找到一些用過東西的外包裝。如果沒有人說破，可能有些初次到來的人還會以為空氣裡那味道是KTV在用的消毒水。我在電視裡看過，台北有那種很豪華的KTV，有兩層樓，有吧檯。雖然我不知道吧檯是幹嘛的。我住的地方並不是電視上那種，不知道什麼時候，大家就懂這件事了，就像知道包廂裡的氣味代表著什麼一樣。但很神奇的是，從來沒有人告訴我們這件事，好像到了一個年紀，就會懂了。跟數學不一樣。

在沙發和牆壁之間還夾了一張紅心A。我用手指去撐大，確定沒有別的東西夾在裡面後，把所有我在這個空間裡發現的東西都丟到垃圾筒，從書包裡拿出乾洗手，噴了幾下。

「妳有潔癖喔？」

勁輝和宏澄那兩個智障在進到KTV後，突然都接到電話臨時說有事要離開。

「拍謝啦拍謝，金價拍謝。」

螢幕是暗的。到了一定年紀，我們好像就要懂得這些事情。做做樣子，但事情就得照著一定的形式發展。要記得跟著一起做做樣子，不然就是一個很不合時宜的小孩。

宏澄轉身離開時用拳頭打在心臟兩下，再向後延伸，手臂伸直比出一個七的手勢。勁輝跟在他後頭。

「罔看啦，若準金價倒彈，免勉強，我閣來處理。」勁輝在門關上時和我眨了眨眼睛。

「緊啦，去豆豆龍啦，姊仔咧等阮。」宏澄在外面喊著。

包廂裡掉入好深好深的沉默裡。

男生們這種時候挺可愛的。我看著那個男生，他已經全身虛脫地軟在點歌機前面。肯定鼓起所有勇氣才從剛剛撐到現在吧，把人生所有睡死在陰暗角落裡的力量都拖出來，他肯定沒想過居然那麼誇張。我好像知道那種感覺。

只要不是惡意，所有行為好像都能在別人的心裡找到一個位置把自己安放。我不知道這是不是只是我還沒長大才會有的行為，但我好像一直擅自習慣所有人的軟弱都是自己的真心，就算那些都只是拿著善意當作擋箭牌而已。如果要我說那個時候對世界的想法的話，大概就是我們會變成非常善良的一群人，然後用說謊熟練的程度來衡量一個人強不強吧。

「你有要唱歌嗎？」我問他。

他吸了口氣，點點頭。

「真珠美人魚？」

「我不會唱。」

頭上的七彩霓虹燈轉了過來，又轉了過去。覆蓋上很醜的壁紙，不同光影的水珠在牆壁上變大又變小，就像海洋裡的魚群一般。我覺得那時，不管想說什麼，都只是從嘴巴裡吐出一朵朵泡泡，朝著很遠很遠的上方，那個有光灑落的海平面螺旋而去。我和悶在喉嚨的語言都飄浮在其中，像是在排著什麼限量的隊。我把頭探出來，不斷越過明明什麼都沒遮掩到的空氣，想知道我們隊伍的終點，還有沒有留下任何可以購買的東西。

菸灰缸放在冰冷的反光中，隔了一張桌子，他在那頭像隻被鯊魚養大的鯨魚。突然發現自己長得比所有同伴都還巨大，彆扭，吃了什麼都會吐出來。

爬山的呻吟是中午前的樂器。

「比想像中遠耶。本來應該會從哪裡上到這裡的？」

楊潔黎拿著雅座上的奉茶，從包包裡翻找著什麼。

「就其中一個木棧道岔口吧，我也不知道怎麼說明。」

「好吧，從哪裡上來好像都一樣。反正山就在這裡。」

「我覺得有點差別，北邊登山口猴子比較多。妳在找什麼？」

「手帕。」

我站到樹蔭的缺口，把額頭盡可能貼在風裡面，希望上面被汗水壓制的頭髮能全部被吹得飛起來。

這裡看得到海。

公車站牌的位置比較靠近南登山口，我們就沒特別再走去北登山口。那裡是個從停車場出發的路程，中間有一段碎石路，我們在那邊遇見一隻山羌。

我轉頭尋找楊潔黎露出的小腿，她找到手帕了。

「我不知道我們班那個是那樣的人。」她說。

什麼樣的人，智障嗎？

「他很像我以前轉學過來前一個朋友。」

「男的嗎？」我問。

「嗯，男的。」

「厚！」

「跟那種沒關係，他很矮。」

「好吧。」

「有一次我和他一起去放風箏，我跟他的線纏在一起。我就跟他比賽，看誰先把對方的風箏弄斷。」

「弄斷？怎麼弄斷？」

「就，一直前後拉，摩擦對方的繩子，看誰的先撐不住就輸了。」

她在腰間做出抓著風箏線的樣子，左手靠著胸部下方，右手遠離身體。然後轉動身體，她用眼神示意了一下另一個風箏在的位置：「大概在這裡。」接著雙手假裝在對抗風一樣，又前又後的保持平行。

「差不多像這樣。最後我贏了。」楊潔黎說，她走到我的旁邊：「妳要喝茶嗎？」

我搖頭，但她還是把手中的茶杯遞給我。

「他的風箏飛走了，我們試著追了一下，但最後那風箏掉在海面上，沒辦法。」

「我不覺得我們班那個勁輝會跟妳一起放風箏。」

楊潔黎看著我，她大笑。

「妳記不記得有一次，他難得舉手問了個問題，然後老師稱讚了他。」我說。

「可能吧，好像有這種事。」

「老師那個時候說，不像你們，就只會在底下一片沉默。我覺得很奇怪，這樣一開始就聽懂的我，為什麼要問問題？重複一次大家都了解的事情來確認，這是很成熟的作法嗎？所以我要，練習怎麼聽不懂人家在說什麼嗎？不然要怎麼問問題呢？」

「妳想的真多。」楊潔黎轉過身來，雙手靠在欄杆上，頭倒在底下樹叢的上方，瀏海掉到比頭頂更遠的地方：「不過這應該也不是他一開始想要的結果。」

「是啦，他應該真的需要想問問題。」

「妳幹嘛不直接討厭老師？」她側頭過來看我。

「我不知道。」

雲的影子上下交映翻騰，好不容易才離開山的崎嶇進到平坦的海面。隱身於林子裡的猴子以一隻手臂在枝葉之間移動，每一次聲響都跟著晃動的樹葉慢慢轉下地面。意識到風的同時總是跟著感覺到涼，雖然有陽光但也有蚊子。我發現楊潔黎還在看著我。

「我覺得那些好像都只是我感覺到的東西而已，我不知道大家在想什麼，就像大家也不會知道我在想什麼。如果說出自己的感受，應該也不會找到任何認同我的人，反而可能，我覺得有同樣感覺的人只會覺得我跟她們不一樣。而且感覺到這樣負面情感的人是我，所以問題點是我，只要我不這樣覺得，這個世界上就不會有人有這種感覺。所以問題點是我，只要我停止這樣覺得，所有事情都可以變得更好。」

我覺得我講得好爛。

風好大。

「妳覺得離開今天的方法是什麼？」楊潔黎問，她把頭抬回正常的位置了。

「我不知道，世界和平嗎？」

「白癡，認真的啦。」

我認真地思考了一下：「可能是處理掉一些人覺得委屈的情感之類的吧，被冤枉、欺負、誤解什麼的。把一些發生在今天的世界導正回正確的方向，解開一些沒有問題的答案，時間就可以往前了吧。」

「妳真的好善良。」她這樣說，但那口氣完全不是在稱讚：「我不覺得這個世界會因為這種事有所改變。」

「對，我也覺得。其實不用那麼複雜。如果數學現在直接消失在這個世界上，什麼問題都可以解決了。」

「怎麼可能。」楊潔黎眼睛上圈瞇成禮帽的形狀笑著。

善良這個字真的好危險，會讓人突然好喜歡對方。

「我突然想到，妳待在今天多久了？」

而且對方好像完全沒有要為此負責。

「妳猜啊？」

「我不知道。」

大約又是我想多了。

「總之，比妳久很多就是了。」

「好吧。」我說：「妳是不是趁機一直在算數學？」

「怎麼可能，有病嗎？」

「妳超像會做這種事的人。不然，妳都在幹嘛，一直玩新接龍嗎？」

「有啦，那也有，不過我有花點時間去練習一些平常沒機會接觸的事情。」

「什麼事？」

「祕密。」

一隻猴子跳到我和楊潔黎眼前，不過牠繞著我的腿，向上看了幾下，好像確定我們身上沒什麼東西後，又跳走了。

「要不要從這裡跳下去？」楊潔黎指著下方的林子。

「這裡？」

「對啊，反正理論上，我們又會在今天的床上醒來。」

「不要，白癡喔。」

回去的公車上，在經過新堀江時，楊潔黎撐不住睡意，在我旁邊睡著了。我看著她的脖子，有些微小的汗珠在皮膚上，運動服的領口脫了線。我和她並肩坐著，背對著司機，每次抬頭不看她的時候，都會看到後面車子正在朝著我們而來。她靠著窗戶，路過了兩個路口的街景，便稍稍滑下椅子。我把她輕輕地拉上來一點，她的頭髮好香。我偷偷把我的頭靠上她空著的肩膀，把自己的眼睛給閉上。如果這個時候能夠一起睡著，應該可以離她的夢很近。這樣的話，在夢裡也比較容易找到她。

「起立。」

「起立。」

有一次，當我感覺世界像是黑夜的時候，一把 SEVEN 在賣的那種透明傘突然打到了我的後腦勺。我轉頭看是哪個智障連傘都拿不好，但人好多，下雨時世界的步調又不適合我停下來尋找那個已經在對向遠去的身影。我只能繼續被大家推著往前走，不甘心的回頭時，臉色的蒼白在旁人不耐煩裡變成潮溼的人行道階段差。在這個空間裡，時間好像慢了一點，卻只是為了提醒我，即便這樣我依舊無法記住現在所發生的一切。

然後我就醒了。

在床上，耳邊嗡嗡的蚊子迫使我手掌立馬反應朝我的太陽穴巴了下去。

我又更清醒了。聲音停止，但我不知道是我殺死了牠，還是牠又逃了。依我長久以來的經驗，後者可能性大上許多。

內心開始交戰。我想去拿枕頭旁邊的手機，看看現在幾點了。但是一旦螢幕在黑暗亮起，睡眠時間又會減少兩到三個小時。睡眠不足是少女的大敵。

我總是會期待隔天醒來的我是一個比較好的我。瘦了一些、眼睛大了一點、聰明一點……但結果每天醒來，我還是拖著一樣糟糕的身軀開始一場新的冒險。我甚至總感覺，昨天讀得要死要活的書，醒來後根本沒什麼留下。而這些留下的，再給我睡一覺就會忘記。我拖著這樣廢物的身體再到學校，再開始讀書，回去後，居然還有臉期待隔天醒來我又變得比較好。不會，絕對不會。我就是這個很爛的我，有時醒來能多記得一點東西，但沒多久就不屬於我了，我無法帶著任何我想帶的東西去到明天。每天我都這樣毫無貢獻的活著，吃伸手拿來的錢，用伸手拿來的錢，揮霍隨處可得的愛，我愈長大，愈沒有機會為自己負責地過著每一天。我討厭現在的爸爸，還有未來可能的媽媽，但我沒辦法，我每天都住在他買的房子，拿他給的錢。想要的東西達成是靠別人，真正我出的力氣就是開口，我根本不在乎我有沒有努力過。結果這樣的我，到了睡前卻都又跟上帝祈求我變得更好。怎麼可能，我每天都和昨天一樣，我沒有努力做任何一件事情。沒有認真讀書沒有認真打掃沒有認真跑步。而這樣子的我，卻被大家理所當然的接受，還和我說，我想太多了。

我覺得世界就像一個很努力整理的房間，我喜歡，我想要有更好的生活，所以我把我所接觸到所有東西都清理、擺放得很乾淨。然而大家總是不經意的進來，破壞，可能只是留下幾根頭髮，也可能是把廚餘整桶倒在這裡。沒有理由，理所當然的。不會有人覺得這有問題，應該說，不會有人意識到這件事。意識到的人，總是什麼錯都沒犯的人。我不貪心，我對別人沒什麼想法，但大家都對我很多想法。我不知道為什麼我要處理這些，即便我已經為此支離破碎，大家的快樂依舊不斷從我的陷落而來。因此，我討厭和人溝通，我討厭所有沒有在我身上花上心思的人，但大家明顯覺得在人身上動腦的人才是有病。但其實更讓我討厭的是，這樣明顯討厭人群、討厭任何形式接觸的我，也在有的時候會渴望和人講話。我不知道為什麼，但像是本能一般，好像不講話就會死了一樣。找到一個很好的朋友，最好的朋友，在深夜，在什麼時候，講了好久的話後，開心地大笑，帶著溫暖的情緒，但只要那個瞬間一過，就知道剛剛那樣的時間只是被一個自己大部分時間最討厭的虛假給欺騙了。那好像一次很激烈的遊樂設施，快感和暈眩過後總是滿滿的失落，我沒辦法讓快樂延長。而真正的情況是，我沒辦法從那裡獲得任何真正對我好的東西。就算我全部都說了，很努力地說了，這個世界明顯從一開始就不打算了解我這樣的人在想什麼。我也不懂為什麼人可以那麼輕易地說出討厭。我討厭這首歌，我討厭這件事，我討厭這個人。明明說出來了，就是代表我在意這件事，然而對方沒有要理我的意思，不在意我的喜好我的心情我想因為這件事和對方多點交流，就只是說我討厭，輕易地不去理會以上這些，人們就只是想說我討厭，全部全部講這句話就只是因為自己。我的討厭總是被悶住，深怕它們傾洩而出刺傷他人。而別人的討厭卻那麼理所當然地講給我聽，我一次一次被對方多餘的自我窒息，卻還要用粉飾太平追捧他人的討厭。但其實反過來，我很想要這些討厭。在正常的情況，每個人回應我說的話的時候，我知道，大家都只是在外面繞著圈圈。沒有什麼人真的針對我說的話作出反應，也不是尊重，只是一種，我聽完妳的話了，換我講話了。所有不反駁我的人，只是緊接在我後面開始表達自己。但那些會反駁，我討厭的人們，討厭我的人們，是對著我說的話，對著我，在講話的。那裡面有我，我知道，在他人的討厭裡面，是我唯一有機會找到自己的地方。我十分崇拜活在這個世界的所有人，大家都是在經歷這些後選擇活下去這條路，不論是欺騙自己或是欺壓他人，所有人都為了活下去那麼努力，這是我無法的事。更可怕，也是讓我一路支持至今，並且對人類感到好奇的就是，和我一樣的許許多多的人，她們選擇的是用好漂亮的笑容來面對這一切。我無法想像在經歷這個世界給予你的種種，還願意對著那個記錄永遠的鏡頭笑著的人們，那是多偉大的一件事情，而大家都做到了。我無法這樣，我試了很多次，最終每次的結果就是我和世界上某個願意關愛我的人長長地談了一次，消耗了這些人好多的耐心，得到什麼讓我短短的願意相信我可以站起來，然而最後卻又是我親手摧毀這樣的念頭。不斷的重複不斷製造出別於這個運行正常世界的迴圈，我沒遇到什麼問題，因為我就是那個問題。這個世界沒有我會比較好嗎？我想這個問題是肯定的，我就是讓這個世界不像世界的人。我覺得不開心，我覺得怎樣，基本上，都是我的問題，少了我就不會有這種感覺，大家都是沒啊沒感覺不知道，所以重點就是在我。我消失了，天下太平。我不敢和任何人討論這件事，因為我真的不懂那句話，自殺不能解決問題。為什麼？反正活著也沒辦法解決，自殺至少自己能解脫，是這樣嗎？我也不覺得是這樣。對我來講，自殺就是一個最負責任的解決問題的方法，我可以保證。一個討厭人群，卻必須從人群中汲取生命的生物，對社會不會有任何好處。我知道如果我死了，有人會難過，這是一定的，但我活著時一樣會讓別人難過，可能還更多。但至少，在那以後如果有人難過或煩心，不會是因為操心我之類的，所以我覺得我唯一可以做的，就是把我自己處理掉。

我永遠殺不完我房間的蚊子。

真正重要的是喜歡。

喜歡一個人，認真，努力的去喜歡一個人。就這樣而已，不要想太多。對這個世界而言，快樂、自信、希望，這些都是不需要的。就算沒有這些，我們還是會照時間長大。但如果沒有真正的去喜歡一個人過，那也永遠長大不了。

「起立。」

我爬到圍牆上時，男友君叫住了我。

「下來，我有事情需要跟妳談談。」

他看起來好不一樣。我跳了下去，把書包甩在肩上。

「妳為什麼都不理我？很多天了耶？」

「沒有啊，不是只有今天而已？」他怎麼會知道很多天，我趁我陷入驚訝前趕快先把話甩出來，只是我有點心虛。

「屁啦，昨天妳不是去人家宏澄家，前天我忘了可是我們也沒見面我很確定。」

「這樣也只有三天而已啊。」

「沒有，我感覺絕對不只。妳早上傳的那封我今天沒空我有印象我看過了很多次，而且每次的印象都好像是差不多時間傳過來的。」

啊，真的嗎？

「你確定嗎？」我說。

會這樣嗎？

男友君快速地抽了一口氣，握拳打在我旁邊的樹。

「我很不爽妳知道嗎？妳知道我今天早上看到簡訊時，我氣到直接把垃圾桶踹下樓梯嗎？」

「我很對不起。」

怎麼辦？

「明天好不好，今天我和同學有約不能陪你，明天我一定空給你。」

「同、學、是、誰？」

「楊潔黎，你知道嗎？我們班那個。」

「屁啦幹，楊潔黎，妳整天在說人家的壞話，騙肖耶幹。」

他抓住我的手臂，好痛。

「操他媽的，真的是平常對妳太好是不是，連人話都不會說了是不是？」

「不要這樣，你先放開。」

他極度的把臉靠上我的身體摩蹭，我左右扭曲，臉頰一直被他的頭髮刺到。我奮力地側出身子，讓我的左腿能有自由活動的空間，只是他的力氣好大，立刻就把我給壓制到地上。

「不要這樣。」

他的身體往上伸展，似乎是對著我的臉而來。這樣讓他腹部那裡空出一小塊可以移動的方向，我一邊躲避他的舌頭和呼吸，並把唯一能動作的左腳調整到他腹部下方。在他咬住我的耳朵的時候，我往他的下體踩下去，動作沒有太大，比較像擠壓。他鬆開了我。

我快速地爬起身來，往圍牆旁邊巷子的方向跑。他的聲音在身後傳來，但我沒力氣去聽懂他在說什麼。書包好礙事，我直接丟在路旁。我感覺他好像要追上來了，往街道的方向跑可能在中途就會抓住，於是我跑進了那個學校旁廢棄的工地。我對照著每天從外頭觀察的印象，那裡有個臨時搭的小屋子，應該是休息用的之類的。我跑了進去，大力地門把關上。雖然是個喇叭鎖，還可以鎖上。但門是木板做的，很久沒用了上面還有裂開的縫，感覺撐不了太久。

我沒有拖延到他太久，他撞擊門的聲音很快就出現了。一開始感覺是用身體，後面他好像旁邊有什麼東西，變成劃開風聲撕裂的劈在上頭的感覺。我用盡我全身的力氣抵住那扇門，左手死命地抓住旁邊窗櫺，右手壓緊喇叭鎖。

「幹娘咧，金價嘸知死活。」

他的聲音好陌生，我甚至不能確定外面的人就是他。

碰、碰。

一聲接著一聲，比我的喘氣更刺激我的心臟。

門的上半部在我頭頂飛了過去，夕陽的顏色刺進室內的空間。他跨了進來，把我拖到更裡面的桌子上，把我的上半身壓在上面。裙子被扯下來，我最後聽到的是制服消失的樣子，然後，聲音好像沒有打算幫我記住接下來發生的事情。

裡面其實很髒，除了灰塵，更多的是被驚起的果蠅和蚊子。好像突然全部從各自躲藏的次元或黑洞裡傾巢而出，無數的小黑點在我眼前飛舞著，像雪花，像碎掉的光，像沒辦法連續的東西。它們環繞成一個好大的漩渦，有時候出現，有時候很模糊。其中有幾隻蚊子停在我無法動彈的手臂上，在我眼前慢慢用我的血讓自己變胖。

我突然想到今天，第二次今天時，我送他回家時，他玩著他家的門，開開關關。那個聲音。他那時穿的是綠色。

心裡頭不斷的重複著他家那扇門的聲響。

「幹操機掰汝著死的十字路頭被狗哺，咱同學嘛敢動，幹！幹！幹！」

把我拉回來的，是勁輝的聲音。

男友君被拖到外面，鄒宏澄拿著棒球棒，勁輝拿的是椅子腳，兩個人瘋狂往他身上打過去。

楊潔黎跑進我的視線，她的眼神裡出現我的身影，緊了一下眉頭。

「事情好像有點嚴重？」

有一天，我的心情很糟。那天我在外頭混得很晚。我們家在高速公路下面，中間隔了一個車身的小巷子。雖然有隔一層鐵絲網，但人可以很簡單從中間找到縫隙鑽進去，每次有大噸位的貨車經過鐵絲網上的白色小花都被震得往外掉出來。我不知道中間那個是不是叫邊坡，那上面有植被，角度很大不太好爬，但正中有個養工處用的樓梯，爬上去在路肩旁是一台很隱密的緊急電話。

那天其實不只有我一個人，周彥斈在學校對面的SEVEN看到我，就一路跟著我。我好幾次叫他走開，不要跟著我，還拿東西砸他，但他還是跟著我。於是我想看看他能跟到什麼程度，就爬進了高速公路的邊坡。

周彥斈還是跟著我，我們走上那個樓梯，到車來車往的高速公路上。我走進外車道，站在中間，挑釁的看著周彥斈。

「來啊。」我對他說。

他猶豫了一下，還轉頭，似乎想下去。但最後，他選擇朝著我的方向走過來。我們一起站在高速公路上，呼嘯而過的車子們，用喇叭劃破夜空。鄰居那天晚上一定覺得，怎麼可以吵成這樣這些智障運將。

我示意要再往裡面一個車道，周彥斈露出開心的笑容，往那裡跳了進去。但這只是假動作，我立馬往路肩的方向離開。在下樓梯之前，我還對著身陷車陣的他揮了揮手，他一臉錯愕。

雖然沒有人跟我說過這件事，但我知道。從監視器可以看到，那個時候，我媽從家裡出來後，也是這樣沒有停留的直接走上高速公路，走到車來車往的車道上，站定。

我至今仍想不透她為什麼會做這件事。雖然大家都跟我說，這不是我需要思考的事情。但我覺得很奇怪，這件事怎麼想對我來說都很重要。

我對她的記憶真的很少了，我覺得以後會愈來愈少。我也只有模仿過她這麼一次，雖然有點不同。只是我也發現，就算我學她做了這件事，我還是幾乎記不起來她的樣子。這兩者之間好像沒什麼關聯。不過我站在高速公路上時有想到，她那天散發的感覺，好像是知道監視器的位置在哪裡的。但她的行為表現是，知道，並且全力地讓自己不往那個方向看，就這樣而已。

「妳怎麼知道我出事了？」

「簡單啊，妳沒來小蜜蜂。」

「就這樣？」

「還有，妳的書包掉在圍牆旁邊。」

「啊妳怎麼會去找勁輝過來幫忙？」

「直覺吧，嗎？」

「什麼鬼。」

「拜託，這今天耶，全世界沒有人比我更懂今天好不好。」

「好吧，最後一個問題，妳怎麼知道在工地？而且剛剛勁輝說，妳說應該在工寮裡，妳好像對這裡很熟？」

「啊。」

「怎樣？」

「妳真的想知道？」

「想。」

「我不是說，我一直在今天練習一個東西？」

「好像有。」

「我表演給妳看。」

楊潔黎帶我坐上工地那台孤單的怪手，她開動了引擎，揮舞著手臂。我們兩個在怪手上，整個晚上都沒有睡。她試著在旁邊教我怎麼操作，但我超級沒天分的。我們把怪手開進了學校，一下一下，試圖破壞著學校的建築物。我們忙了一個晚上，但成效不彰。

然後她就消失了。

2

隔天醒來我就知道，我成功到達明天了。空氣不一樣，陽光不一樣，久違的新的一天，下床時我小心翼翼。

發生的事都確實的被帶過來了，所有事情。

禹欣拿著拖把，在等待著我的水桶。我的眼神盯著她，她可能感覺有點害怕：「啥款？」

「沒事。」

和禹欣在福利社的架子前看著麵包時，我突然想起來，我所知道的關於這個世界最重大的祕密。

小時候我每天都會看《麵包超人》，那算是我很喜歡的卡通之一。有一天，我媽買了一整條沒有切的吐司回來，那應該是我人生中第一次看到完整的吐司：外層是咖啡色，但裡面全是白的。刀子切開的那一瞬間我明白了，吐司超人才是真正的好人。

跟主角麵包超人剛好相反，它本體是紅豆麵包，是個外表正常但內餡是跟細菌人同樣的黑色的那種紅豆。都叫紅豆，顏色卻是黑色，那一定有問題。從那時我知道了，麵包超人最終會背叛果醬爺爺和奶油子妹妹，露出他最終大反派的身分。而那時，真正內心純白的吐司超人會擊敗他。

我試探過一些人，最後發現我絕對是全世界唯一發現這個祕密的人。我決定保守這個祕密不跟任何人說，考量的原因很多。

我從架上取走一個紅豆麵包。

「妳昨天是不是也吃紅豆麵包？」禹欣問我。

「有嗎？」我說：「我不太記得。」

只是我最後沒有等到麵包超人撕下它虛偽的面具那天，我就先長大了。

「楊潔黎轉去哪裡啊？」

「不知道。」我聳聳肩。

「早上老師說她已經搬家時，我才突然想到，我好像完全不知道她家在哪裡。」

「我也不知道。」

在排隊結帳的隊伍裡，禹欣一邊撈著口袋裡的銅板一邊說。

「之前音樂課要上台唱歌的時候啊，我跟她不是同一組嗎？」

「咦？是嗎？」

「其實我也不是很確定啦，不過好像唯一在學校裡只有那時跟她比較多說到話。」

我想想好像是的，她們兩個那時同一組。安靜地聽她們幾個表演完後，我沒有加入那些稀稀疏疏的掌聲裡。

我嘗試過很多方式去找她，包括每天去小蜜蜂報到，六日搭著公車去爬柴山，還有我開始玩新接龍了。我的想法是，如果離開今天的方法是要幫一些沒有答案的問題找答案，我的解決了，那肯定對她來說有些關卡她還沒找到解法。只是那關11982，我印象中她最後破不了的那關，我也解不了。那關真的太難了，我在想，是不是連數學都比它容易。但這種事是不可能的，數學就是數學。

我把她的名字刺在脖子後面，靠近頭髮的地方。只是我不想被問她的事情，或是說，我其實有點害怕，有天如果她真的出現時，發現自己名字出現在我身上不知道會怎麼想。所以我沒刺中文，而是刺了JELLY。

我討厭她。我討厭她數學很好、我討厭她好像什麼事都知道、我討厭她沒跟我說好多東西、我討厭她什麼都沒解釋就消失了、我討厭她很多很多事情。

我討厭她。

離開學校後，我和家裡的關係愈來愈差。

我不太清楚那時我的錢是被各種顏色的粉末偷走的比較多，還是流連在各個昏暗的牌場裡消失的比較多。失去是一種很可怕的強迫，它不斷的逼迫我一定要對自己無能為力的負面作一些動作。我直到很後面才明白失去正是失去唯一的解決方法，而那是我早已錯過收手的時機了。

這東西跟數學很像。

到了最後，我們國中玩在一起的人都比我先離開高雄，剩我一個人在這裡。

第一個離開的是鄒宏澄。在我那不斷重複的今天結束後，男友君衝到他們家，把他的手砍斷了。全班一起去醫院看他，帶著手寫的大板板和滿滿的花束。

「你們這樣一群人特別來看我，讓我想到那個時候大家也是這樣去看我姊的。」他說。

雖然板子上寫著早日康復回歸校園，但出院後的鄒宏澄就被他爸媽送到美國去了，他爸當了半個學期沒有小孩就讀的家長會長。老師和我談了很多次，她說不是我的問題，是鄒宏澄和男友君的私事，跟我沒有關。說真的，我知道老師說的是真的，這件事跟我沒有關，至少這些情感的出發點不是我，我只是中間路過男友君拿起開山刀時的背景而已。從他的角度來說，最不希望成為原因的一定也是我。但老師總是不相信自己，她說了一遍又一遍。

禹欣在高中時被她媽媽帶去台南。她在考前最後衝刺成功，一舉考上了那間在台南可以跟白底紅槓平起平坐的學校。就像她跑步一樣，在最後終點前這段路，只有她想跑跟她不想跑的差別而已。只是，雖然高雄跟台南很近，但我從來沒有看過她穿著高中制服的樣子。

勁輝離開學校後，混得風生水起，比這兩個人多待久了一點。我們一直還有聯絡，而他也和我對男友君的事有相同的看法。

「謀啦，沒關係啦金價。嘿鄒宏澄猴死囝仔死白目佇伊頭前講蝦米恁有甲伊講恁歹誌，講恁嘛金辛苦啥，叫伊家治檢討一下，啊伊就呸面。」

他當兵時，我還有送他去火車站。後來結訓時，他說在裡面遇到的同袍有工地找他幫忙，行李收一收就去台中了。

「你好勇敢。」我跟他說。

「係例講蝦米肖畏。」

倒是我後來，在長大之後，真的穿上了那身白底紅槓的衣服。一個客人從家裡帶來希望我穿上，上面繡著她女兒的學號。

剛開始工作那幾年，我遇到很多很善良的人，大多是男人，各式各樣的男人。我感覺得出來，他們都是真心想幫我，也是真心喜歡我的。

這其中包括了男友君。

雖然他說是碰巧的，但我知道，他一定找我找了很久了。他那天是客人，但他付了錢，在不斷閃爍的日光燈裡，只是坐著和我說了四十分鐘的話。那天他穿著西裝領帶和白皮鞋，這不是和我們來往時會有的樣子。

他說了很多，反正對不起不用錢，而我也一直沒在意過。他那天用手機放了一首歌，他說在我們認識的第一天，他把我帶到KTV，是想唱這首歌。

「結果最後你只唱了周杰倫的〈退後〉。」

「我太緊張了真的。」男友君說：「背了三天的發音都忘了。」

我們聽完了整整兩個廣告，Youtube才開始放歌，是一首日本歌。

「我媽離開我爸的時候，她很早就跟我說了。她說她不能帶上我，我那時不知道她說的離開是這種程度的，於是我只要求她慢一點再走，等那時我跟她準時每天都會在衛視中文台看的日劇完結篇後再走，她也答應了。這首歌就是那時的片尾曲。」

房間裡的霉味很重，只要一不像平常一樣不斷動作就會察覺。

「我小時候很喜歡這首歌。所以我就決定，我以後要唱著這首歌給我喜歡的人求婚。」

我看著好像變了不少的男友君的臉，頓了一下。

「你今天該不會是來找我求婚的吧？」

「不是。我對不起妳。」男友君說：「在裡面我想了很多，也聽到很多妳在外面的事情。我本來想說要在我們都長大以後，去下著雪的酒館唱給妳聽。妳靜靜聽完後，跟我說妳明天要結婚了。然後我祝妳幸福完後，就會轉身離開，不管外面的大雪有多冷。」
房內的溫度調得太低，但現在動作好像是在逃避他的情感，所以我沒有動。
「妳害怕過我嗎？」他問。
「沒有。」
「真的？」
「嗯，幹嘛要怕你？」
「就，我之前做的事，之類的。」
我抓了抓頭髮：「好像，沒什麼差別其實。」
「妳知道，我在裡面有打給妳嗎？」
我不知道。
「我們還是來做吧，剩二十分鐘，你都付那麼多錢了。」我說：「成年人拿了錢就是要辦事。」
他沒有動作。
「妳有想過我嗎？」
「有時候。」
「是想什麼？」
「就，想你不知道在哪裡，不知道最近在做什麼。」

「這樣啊。」他低下頭。

「是說，我想我這輩子應該是沒辦法去可以看得到雪的地方了啦，你的幻想應該會落空。」

「我可以帶妳去啊。」他說：「等年底，我載妳去合歡山，那裡有雪。」

「不用了啦。我不是你想像中那種人。」

他用手摀住自己的眼睛，手肘壓在膝蓋上：「妳可以先去洗個澡嗎？」

「好啊。」

從浴室沖完澡出來，男友君已經從房間離開了。

桌上留著他的手機，我走過去拿了起來，發現是台空機。Youtube 還在唱著那首歌，叫作「Tomorrow never knows」。

我把進度條拉到最前面。

皮包裡有一包珍藏的五二〇，粉紅色愛心濾嘴，是我剛開始工作時前輩姊姊給我的。平常我不會主動抽菸的，但長大後各種場合需要也就把它一直帶在身上。我拿起口紅，仔細均勻地塗上。點火，吸了一口。

聲音自桌面傾洩而出。

菸蒂上潮溼漸漸融解，我把細長的菸身放到眼前，看著唇膏在紅心的邊緣暈開。

幾天之後，我離開了那份工作，也離開了那個地方。並不是害怕會再遇到男友君之類的人，相反的比較像是我突然理解，我這樣的生活是不會遇到誰的。

但也很奇怪，我發覺在男人們放棄從我身上探尋愛之後，他們反而真正能幫助到我。可能也是因為，我也從未正確的理解過男生吧，所以沒辦法合理的運用那些施加到我身上的渴望和脆弱，只是放任它們不斷擴大變成一坨死水。我知道這是我的問題，但我也學會了怎麼跟自己的問題共處而不會失望。

好啦，還是會。怎麼可能不會呢？

我想我這輩子可能合歡山什麼的還是沒有機會去，但在離開前，我去爬了一趟柴山。那天霧很大，是個寒流的空檔，在這座靠海的城市難得被朦朧罩住時。那天山上的人明顯比較少，隨處可見都是猴子。牠們大都縮成一坨躲避著寒冷，對我沒什麼興趣。

我在山頂一個人看著海看了好久。

雷聲輕巧地在天空深處走動，幾朵雲伸手進去尋找著什麼，想把一次暴雨提前。遠處海面上似乎有隻黑色的鳥在滑翔，距離太遠我看不清楚。我一直待到天快黑，再不下山會很麻煩才起身離開。

後來的我一直在想，那天不願下山，一直待在上頭的我，好像也不是因為怕路上遇到下雨。可能就算無風無雨的大晴天，只要天可以不是黑的，我就會一直留在這裡吧。

我去了南港，也不是什麼特別有認識的人在之類的原因，單純只是我想起來，這幾年其中一個我遇到的男生，他說他曾在這裡做了很長的研究。這裡有個很大的研究單位，傍在山坡建成。他說話的樣子和我想像中楊潔黎長大的樣子很像，於是我在想，或許她也在這個地方也說不定。

那裡有幾個市場，我在它們的後面找了我能負擔的一間小雅房住了下來，旁邊是游泳池，食物好貴，一切都是我不認識的東西。但這樣也好，我在生活中漸漸找不太到回家的隱喻。出了市場，從河的堤坡下去，我到園區邊陲的全家，一間叫胡適的門市打工。店長說，我去了之後業績翻了一倍不止。他在休息室裡略帶害羞地說著，我知道他說的是真的。

其中一個固定早上十一點和下午六點會來買咖啡的弟弟，在我們吃完樓下的越南河粉後，他在我的房間看到了我頸後的那個刺青。他調侃我怎麼會把前男友的名字刺在那種看不太到的地方。那時我又發生很多事情了，身上除了 JELLY 還有幾個別的刺青。總之，我當下真的有幾秒以為是哪個我忘記的前男友。反應過來時，那個男生已經忘記他剛剛問過這個問題了。

那時我很驚訝，明明已經把一個人的名字刺在自己身上了，我還是可以在這些日子裡活得像從不認識這個人一樣。人類真的是種很可怕的動物。

從那之後，我開始讓我自己每隔一些時間就討厭一個人，我怕有時討厭上一個人和下一個人中間隔得太久，討厭這個動作會變得只剩真的討厭，那時我可能就會用一種全然不一樣的想法來看待這些記憶。我不想要變成那種人，那應該是有能力處理很多事情的人了。

雖然已經成年一段時間了，但我總覺得沒有人來告訴我長大了就先偷跑不太好。但我也知道，有一天我總會失去討厭的能力，變成能和所有人說說笑笑的，真正的大人。這是不可避免的。不過我想，到了那時候，我唯一要做的事情，應該就是，讓自己全力記住，自己曾經那麼認真地討厭過一個人吧。

躺在床上，我在睡著之前就開始作夢了。

3

回高雄，是為了參加禹欣的婚禮。

好多年了沒回來，而且中間和她幾乎都沒聯絡，她在電話裡只是說和我報告一下不用特別回來參加。我認真考慮真的就包個紅包時，她突然提到那件事。

那是我很努力記住的一件事情。很努力的原因是，我所有國中的朋友，勁輝、鄒宏澄還是任何我記得在場的人，在後來都說沒有這種事情。我去查了那時的報紙，同樣沒有被任何人記住。

「就那個時候不是有一天學校說建築物快倒了要疏散時，妳一個人往反方向跑去，大家都叫不住妳？」

因為我意識到這個世界上可能有另一個人記得這件事，而這個我印象裡的高雄，我的國中發生的事情有可能是真的，所以我還是排開所有事情搭著深夜客運下來了。

客運司機一路狂飆，我在三點多就到高雄了。這個時間點回家按門鈴會帶給大家困擾，爸爸和後來變我媽媽的人都還在睡覺。我只能在深夜的街道裡亂晃，朝著國中的方向走了過去。沿途的店家幾乎都不是我印象中那些店了，飲料店、便宜的學生小吃店變得比起以前少好多，但二十四小時亮著日光燈的夾娃娃店好多。

我一個人走到國中的建築物前面。校門口拉著紅布條，我發現上面還看得到以前老師的名字，甚至有個名字，我不太確定，但好像是以前我們班那個實習老師的名字。

身體長大了很多，但看到學校的穿堂和玄關還是覺得好巨大。那時我才意識到我的國中真的滿大的，而且我應該真的，挺討厭我的國中的。黑暗裡建築物感覺呼吸的聲音很重，遮躲閃避著深夜的種種光源，每一個磁磚都把裡頭涼意加深。

我走到學校旁邊的巷子。可以看到遠處盡頭的工地已經完工了，但變成什麼東西我不知道。本來想走進去，看看小蜜蜂還在不在，但路燈打在柏油燈的安靜讓我猶豫。不知道有沒有狗，如果有狗很麻煩。

我轉身離開那個巷口。

那是在國三十二月冬天裡的事。

廣播突然在上課時間響起，是訓導主任的聲音。學校後面的校舍，從早上開始就有剝落的現象，原因不明，並不是一大塊直接掉了下來，而是慢慢的像是什麼在破壞。

「沒有立即危險，請大家有秩序地從各棟走廊往校門口及操場空曠之地移動，靜待原因釐清再行恢復上課。」

我跟著班上的腳步移動出教室。很吵雜，跟下課沒什麼兩樣，只是大家往同一個方向移動的下課而已。

我的肩膀被打鬧的學生從後方撞擊，雖然不是很生氣，但我還是轉頭想確認是誰。一張考試卷就這樣飛到我眼前，我拿下來在手上。是一張數學考卷，被撕了上半部，但從殘餘的部分並沒有錯誤的痕跡。

但有點很奇怪，裡面每題的答案，都在四四到四八這個區間。而且那個字跡，我認識那個字跡。

頭頂傳來戰鬥機飛過的聲音。

我開始往回走，迎著所有人過來的方向，推開面對著我走來的陌生同學，一邊說著不好意思。慢慢的，我的雙腳愈動愈快，從在夾縫中又跳又跑的穿梭，到最後，我的動作加大，所有人在我還沒進到他們視線以前，光從腳步聲就知道要遠遠的避開。

我那天穿著裙子。

校舍另一邊的牆壁剎地整個塌掉，尖叫、灰塵，漫天的考卷和參考書從缺口飛出。好多，好多，一瞬間占據了全部視線。白色，無盡飛舞的白色。我感覺整個走廊活了起來，高低擺盪，像個海浪一樣，向前跑著，好幾次都要摔倒了。跌跌撞撞的，我在那個缺口停了下來，回頭看了一眼。但我完全沒印象那時回頭裡面這間學校是什麼景像，我只記得我回頭的樣子。

然後我一躍而下。

下面是學校旁邊廢棄已久的工地。但在那時，那邊沒有怪手、沒有裸露的鋼筋也沒有蚊子和果蠅。一切都像以前，以前媽媽和我描述過的那個展覽館一樣。

那天是個旅展。

楊潔黎一個人站在台上，她看到了我，開心地揮手叫我趕快過去。

「妳遲到好久。」

「對不起。」我爬上台。

她嘻嘻地笑著。

「迷路了嗎？」

「不是。」我檢查了制服上排的扣子有沒有扣好，看著台下問她：「會不會都沒人拍手？」

「不會啦，台下都大人了耶。」她回答。

「也是。」

主持人從後台繞了出來介紹，我沒記住他講了什麼。我那時很專注在我趁機牽起楊潔黎的手，我很緊張。

文學叢書 664

INK PUBLISHING

新兵生活教練

作　　者　吳佳駿
總 編 輯　初安民
責任編輯　林家鵬
美術編輯　黃昶憲
校　　對　吳佳駿　吳美滿　林家鵬

發 行 人　張書銘
出　　版　INK 印刻文學生活雜誌出版股份有限公司
新北市中和區建一路249號8樓
電話：02-22281626
傳真：02-22281598
e-mail：ink.book@msa.hinet.net
網　　址　舒讀網http://www.inksudu.com.tw

法律顧問　巨鼎博達法律事務所
施竣中律師
總 代 理　成陽出版股份有限公司
電話：03-3589000（代表號）
傳真：03-3556521
郵政劃撥　19785090　印刻文學生活雜誌出版股份有限公司
印　　刷　海王印刷事業股份有限公司

港澳總經銷　泛華發行代理有限公司
地　　址　香港新界將軍澳工業邨駿昌街7號2樓
電　　話　852-27982220
傳　　真　852-27965471
網　　址　www.gccd.com.hk

出版日期　2021年 10月　初版
ISBN　978-986-387-482-9
定　價　360 元

國家圖書館出版品預行編目資料

新兵生活教練／吳佳駿著 --初版,
新北市中和區： INK印刻文學, 2021.10
面 ；14.8 × 21公分.（文學叢書；664）
ISBN　978-986-387-482-9　（平裝）

863.57　　110015358